台灣新文學史論叢刊 9.

後殖民理論與台灣文學

趙稀方　著

人間出版社

序

呂正惠

　　大約十年前，在北京的一次台灣文學會議上，我初次見到趙稀方。他的發言清晰而簡潔，論點鮮明，引人注意。以後我發現，凡是和他初次見面的台灣學者，對他留下深刻印象的都是聽他的發言。

　　在數次交往之後，我買到一本德國文化哲學家狄爾泰著作的中譯本。凡是有關狄爾泰，不論是他自己的著作，還是關於他的論著，我是必買的。但是這本書，吸引我的首先是它的譯者"趙稀方"。我知道大陸一些中文系出身的學者，外文能力極佳，但不能確認，這個"趙稀方"是否即是我所認識的趙稀方。下一次見面，我問了他，他說，他在英國待過一段時間，英文"還可以"。我就知道他的英文能力相當好，因為狄爾泰並不好譯。

　　他告訴我，他對當時在台灣紅極一時的某學者的困惑。某學者以熟知後殖民理論著稱，而趙稀方卻認為，他的某些議論顯然不合某理論家的原意。我說，台灣學界常有"故意誤用理論"以達到某種目的的企圖，未必不了解原著，他說，不是這樣。因為他終於可以確認，某學者並沒有讀過原著，他讀的是一個著名的學者對某理論家所寫的一段頗長的導言，而某學者

可能讀得太快，把導言的意思讀錯了。我知道趙稀方說的是實情。因為我也知道，台灣另一著名學者常常在論文中引用各種理論，但實際上他很少讀原著，讀的都是外國學者對這些理論的評論，甚至是入門性的評介。趙稀方跟我說，為了研究香港小說，他基本上把後殖民理論的重要原著都精讀過了。我相信他的話，要不然他不可能把一些關鍵問題都講得清楚。

我曾經花了大約十年的時間，刻苦的讀英文本（著或譯）的理論著作，最後終於知道，自己只能讀懂盧卡奇和巴赫金。我"決定"，理論對我不再有用，此後我就讀的很少。但我的功夫沒有白費，我能比較容易地認出，別人是否讀過原著，他的引用是否正確，還是他以艱澀掩飾他的一知半解。

要把一種理論，引到中國（大陸或者台灣），是非常艱難的。首先，如果我們不能理解，西方為什麼要講這種理論，就會迷失在文字的叢林中。西方流行這種理論，一定有他們自己的關懷點。理解了他們的"用心"，就比較能理解他們為什麼要這樣看問題。其次，西方理論一定有它的"邏輯性"，有它的推理方式。任何推理，一定有它的不足之處。人文學的推理，絕對不可能像數學的推理，達到十分嚴密的地步。所有的理論辨難，一定是攻擊對方的推論弱點，再提出自己的解決之道。第三個再攻擊第二個，如此不斷的遞換。不能掌握每一種理論的邏輯，最後你會完全"不知所讀"，如迷失在亂山叢中，連"出路"都找不到。

趙稀方為我們作了一個極好的"服務"。他讀過後殖民理論的重要著作，在他的評述中說明他們為什麼要這樣看問題，留下什麼不足，下一個理論家如何攻擊上一個，又留下什麼問題。從總體看，整個後殖民理論又有什麼問題。人間出版社一

個較資深的編輯跟我說,他把趙稀方的稿子從頭到尾看了一遍,終於知道,每個理論家在講什麼。我也把整本書看了一遍,也終於了解,爲什麼我自己不怎麼喜歡後殖民理論。因爲,如趙稀方所分析出來的,後殖民理論家所關懷的,我很少想要關懷。我的關懷點跟他們不一樣,當然對他們興趣缺缺。

後殖民理論近年在台灣紅極一時,但我絕對相信,很少人知道它在講什麼。如果你想知道,它至底講的是什麼,我認爲,在兩岸的有關著作中,這一本是最好的。它講的很清楚,只要你肯用心讀,一定看得懂。如果你想"享受"一次看懂理論的樂趣,那就不妨試試看。

二二〇九、五月、十四日

第一章
馬克思：後殖民之辨

（一）

　　西方的反殖思想，與「殖民」歷史一樣久遠。早期西方反殖思想大體上可分爲兩種：一種是人道主義的道德批評，另一種是自由主義的經濟批評。前者可以被稱爲歐洲殖民主義批評之父拉斯·加薩斯（Las Casas）主敎寫於 1542 年的《簡論印第安人的毀滅》（A Short Account of the destruction of America）一文爲代表，後者可以亞當·斯密寫於 1776 年的《國富論》爲代表[1]。應該說，19 世紀的馬克思主義旣繼承又超越了上述人道主義道德批判和自由主義經濟批判的兩種歐洲思想傳統。在經濟上，馬克思恩格斯一反亞當·斯密等人認爲殖民主義不能使宗主國受益的說法，認爲西方資本主義從根本上說就是殖民主義的產物。在政治上，馬克思恩格斯不同於軟弱的人道主義道德批評，主張徹底推翻資本主義和殖民主義制度。資本主義同時產生了他們的掘墓人無產階級，而在這種革命鬥爭中，殖民地人民又是宗主國革命鬥爭的堅強同盟軍。就西方的反殖歷史來說，馬克思恩格斯的反殖民主義無疑是最爲徹底的，它對後世的影響也是最大的。經由列寧，它們後來成爲了

20 世紀反帝反殖社會主義革命運動的理論綱領。

出人意料的是，以《東方主義》一書建立後殖民理論的薩義德不但不認可馬克思主義反殖民主義思想，反將其視為西方帝國主義東方主義話語的一種。在《東方主義》一書中，薩義德的批評依據，主要來自馬克思寫於 1853 年的《不列顛在印度的統治》一文。在《東方主義》一書中，薩義德大段引述了該文，予以批評。這些段落後來成為了馬克思與東方主義關聯的證據，據說馬克斯因此而「聲名狼藉」（RobertJ. C. Young）。為論述的清楚，我們在這裡此引述如下：

> 看到這無數的家長制的無害於人的社會組織拆散了、解體了、被投到苦海裡去了，以及它們的個別的分子同時又喪失了自己古老的文明形式和祖傳的生存手段，這對人的情感無論怎樣不愉快，我們都不應忘記：這些淳樸的村社不管外表上看起來怎樣無害於人，卻始終一直是東方專制制度的堅固基礎；它們把人類精神局限在最窄狹不過的範圍內，使它成為迷信的馴服的工具，把它當作傳統規則的奴隸，剝奪了它的全部偉大性和歷史首創性……
>
> 的確，英國在印度煽起社會革命，完全是為極卑鄙的利益所驅使，而且在堅持這些利益的方式是愚蠢的。但是問題並不在這裡。問題在於：如果亞洲社會狀況方面沒有根本的革命，人類能不能完成自己的使命的呢？如果不能，那麼不管英國犯了多大的罪，它在引起這個革命上卻是歷史的不自覺的工具。
>
> 這樣，無論古老世界崩潰的情景對我們個人的情感是怎樣難受，可是從歷史觀點看來，我們有權利同歌德一起

高唱：

　　這痛苦還要折磨我們嗎，

　　既然它增加了我們的快樂？

　　無量數的靈魂不是

　　已經被帖木兒的統治所吞噬了嗎？[2]

　　馬克思在這篇文章中談到，儘管英國對於印度的破壞是一種罪惡，但它在客觀上卻促進了作為東方專制基礎的家長制的印度破滅，因此在客觀上具有歷史進步作用。薩義德專門徵引了馬克思在同一年（1853）所寫的《不列顛在印度統治的未來結果》一文的話，證明這一結論，「英國在印度要完成雙重的使命：一個是破壞使命，──消滅舊的亞洲社會；另一個是建設的使命──在亞洲奠定西方社會的物質基礎。」在引完這段話後，薩義德認為：「使毫無生氣的亞洲實現再生，當然是地地道道的浪漫主義東方主義觀念」。薩義德從歌德的《東西詩集》這一標準的東方主義文本中，發現了馬克思東方觀點的來源，「這種觀點具有浪漫主義甚至救世論的色彩：作為人文研究材料的東方沒有作為浪漫主義救贖計劃之組成部分的東方重要。因此馬克思的經濟分析與標準的東方主義行為完全相吻合。」薩義德在《東方主義》一書中之所以忽然涉及到馬克思，是想說明西方東方主義傳統的強大。在薩義德看來，馬克思原來是對東方充分同情的，但這種同情卻由於陷入了東方主義的知識視野而消失。他認為，西方傳統的東方主義話語具有一種壓制力，「這一壓制力所起的作用是阻斷並且驅除同情心，與此相伴隨的是一種言簡意賅的蓋棺定論：他們並不覺得痛苦──由於他們是東方人，因此處理他們的方式必須與我們

一直在使用的方式不一樣。因此,一旦遇到由東方主義學科所
建立並且得到所謂合適的『東方』知識(比如,歌德的《東西
詩集》)證實的這類蓋棺定論,那陣突如其來的感傷便會消失
得無影無蹤。一旦遇到由東方主義學科甚至東方主義藝術字典
編纂式的強制行為,情感的詞彙便會蕩然無存。」[3]

在我看來,薩義德關於馬克思完全陷入了印度以至「亞
洲」的「再生」這樣一種東方主義視野的斷言是很成問題的。
首先,馬克思認為英國人在印度的破壞遠遠大於建設。馬克思
在《不列顛在印度統治的未來結果》一文中指出:「他們打破
了本地的公社,摧毀了本地的工業,鏟除了本地社會中一切偉
大和崇高的東西,因而破壞了印度文明。他們在印度統治的歷
史篇章,除了破壞以外,幾乎沒有講到別的東西」。《不列顛
在印度的統治》一文也說到:「英國把印度社會的整個機構摧
毀了,至今還沒有加以重建的徵兆。失掉了舊世界,而沒有獲
得新世界,這給印度人目前的苦難添加了一種特別的憂鬱。」
其次,馬克思認為,即使英國人為了自己的利益而給印度建立
的一些物質基礎,但這也絕不會給印度帶來「再生」。因為,
在馬克思看來,生產力的發展的確重要,但更重要的是誰來掌
握生產力。印度的「再生」的前提是不受殖民者的奴役,自己
掌握自己的命運。馬克思說:「英國資產階級可能被迫實行的
一切,既不會解放廣大人民,也不會根本改善他們的社會狀
況,因為兩者不但決定於生產力的發展,而且也決定於人民對
生產力的占有。」馬克思的這一觀點非常明確,他在《不列顛
在印度統治的未來結果》一文中指出:「在大不列顛自身現在
的統治階級還沒有被工業無產階級推翻以前,或者在印度人自
己還沒有強大到能夠全部擺脫英國的枷鎖以前,印度人是不會

收穫到不列顛資產階級在他們中間所播下的社會新原素的果實的。」

　　將馬克思主義與東方主義牽混爲一談，完全忽略了馬克思主義批判西方資本主義、殖民主義的特質。馬克思恩格斯一直毫不留情地揭露批判西方殖民主義的血腥罪惡，批判西方資產階級文明的僞善。在《資本論》論述原始積累的章節裡，馬克思指出：歐洲資本主義是建立在殖民地人民的白骨和血汗之上的，「美洲金銀產地的發現，土著居民的被剿滅，被奴隸化，被埋於礦坑，正在開始的東印度的征服與劫掠。這些牧歌式的過程，是原始積累的主要因素。」以文明自居的西方資產階級，到了殖民地立刻顯現了他們殘酷的面目，「只要把目光從資產階級的故鄉轉向殖民地，資產階級文明的深深的僞善和它所固有的野蠻就毫無掩飾地擺在我們面前，因爲在故鄉它還裝出一副體面的樣子。」[4]馬克思引用威廉・霍維特（W. Howitt）的最爲尖刻的話，形容披著仁慈的基督教面紗的歐洲人在殖民地的所作所爲：「世界各地所謂基督教人種對於他們所能征服的一切種族所加的野蠻的行動和殘酷的暴行，是世界史上任何一個時代，任何一個凶猛的無教育的無情的無恥的人種所不能比擬的。」[5]另外，馬克思恩格斯一直大力支持殖民地國家的反抗鬥爭。這一點可以恩格斯的中國論述加以說明。近代英國對於中國侵略的過程中，遭到了中國人民各種形式的反抗，但這些反抗竟然被英國報紙指責爲怯懦和殘暴。恩格斯對此十分憤怒，他在《波斯與中國》一文中指出：「那些炮轟毫無防禦的城市、殺人之外又強姦婦女的文明販子，或許會說中國人的抵抗方法是怯懦的、野蠻的、凶殘的；但是只要這種方法有效，那麼對中國人來說，這又有什麼關係呢？既然英人將他們

當作野蠻人看待，那麼，英人就不能否認他的野蠻性所具有的
充分優點。如果中國人的綁架、突擊和深夜屠殺是我們稱之為
怯懦行為的話，那麼，這些文明販子就不應該忘記：他們自己
表示過中國人用通常的作戰方法，是無法與歐洲的破壞手段相
對抗的。簡而言之，我們最好還是不要像武士氣味的英國報紙
那樣從道德上去衡量中國人可怕的殘暴行動，而是承認這是一
個衛國保家的戰爭，這是一個謀中華民族生存的人民戰爭。」
在此，恩格斯義無返顧地站在中國人民的立場上，支持中國人
民對於英國殖民侵略的反抗。薩義德對馬克思恩格斯著作大量
的反殖民論述視而不見，卻認為馬克思在東方話語中輕易地失
掉了對於殖民地東方的同情心，顯得很隨意。

（二）

　　在《東方主義》中，薩義德囿於一種文化決定論的視野，
將整個西方知識納入了東方主義的範疇，而忽視了西方知識界
內部的差異。在此情形下，以東方主義的視野收編馬克思主義
顯得可以理解。《東方主義》出版後，批評家對於薩義德完全
不提及這一領域的先驅很不以為然。在受到批評以後，薩義德
開始承認並論述了西方自身的殖民主義批判傳統——這其實也
是承認自己的後殖民批評的知識來源。譬如，薩義德在《文化
與帝國主義》的「抵抗與敵對」一章中，梳理了法儂，葉芝人
等的後殖民抵抗論述。但對於現代西方反殖思想主流的馬克思
主義思想，薩義德卻奇怪地保持著敵意和批評的態度，不知道
是不是一種「影響的焦慮」。

　　在《文化與帝國主義》一書中，薩義德多處提及馬克思主
義的「東方主義」和「帝國主義」的視野。有論據的批判出現

在第 2 章第 6 節中，薩義德認爲：

　　甚至像馬克思和恩格斯這樣不同立場的思想家們，也像法國與英國政府發言人同樣地發表這種意見。兩個政治陣營都依賴殖民主義文件，例如充滿意識形態信息的東方主義話語，和黑格爾認為東方與非洲是靜止的、專制的、與世界歷史無關的觀點。1857 年 9 月 7 日恩格斯談到阿爾及利亞的摩爾人時，把他們當作一個「怯懦的民族」。他們受到壓制，「雖然如此，他們仍保有嚴峻的性格和復仇心，在道德方面他們的水平也是很低的。」他這樣說，只是在附和殖民主義的陳舊理論。[6]

　　在「例如」後面，薩義德提及了三處馬克思依賴殖民主義話語的證據：一是「充滿意識形態信息的東方主義話語」，沒有明確說明出處，薩義德在《東方主義》一書中提到的馬克思對於歌德《東西詩集》當是一種。二是「和黑格爾認爲東方與非洲是靜止的、專制的、與世界歷史無關的觀點」，這裡當是指馬克思在《不列顛在印度統治的未來結果》一文中關於印度沒有歷史的說法，這一說法後來已經成爲後殖民批評家攻擊馬克思的一個話柄；三是恩格斯關於阿爾及利亞的摩爾人是「一個怯懦的民族」的論述。關於第一點，我們在前面已經有所說明。現在，讓我們簡單地討論一下後兩個問題。
　　馬克思的確說過：「印度社會根本沒有歷史，至少是沒有大家知道的歷史。」這段話聽起來的確有點聳人聽聞，但我們似乎還應該注意到上下文，如果將後面的話再引出來的話，意思就變得不同。馬克思的這段話出自於《不列顛在印度統治的

未來結果》一文，文章的第一段談論的問題是「英國的統治權是怎樣在印度建立起來的？」這兩句話後面的話是：「我們所謂的它的歷史，不過是一次又一次的侵略者的歷史，他們把帝國建築在這個毫不抵抗的一點不變的社會的被動的基礎上。」很明顯，馬克思在這裡的意思，顯然並不在說明印度此前有沒有歷史，而是在一如既往地批判英國統治者對於印度的侵略破壞的侵略者的行徑。一次又一次殖民侵略的歷史，構成了印度的全部歷史。這種反殖民主義的論述，居然成為薩義德論述馬克思殖民主義話語的依據，讓人有顛倒黑白的感覺。

薩義德提到的恩格斯貶低阿爾及利亞的摩爾人的話，如果回到原文中去，也是一種斷章取義。恩格斯《阿爾及利亞》一文的中心主題，是批判法國在阿爾及利亞的殘酷殖民統治。在文章的一開始，恩格斯首先介紹了阿爾及利亞的概況。在第一段說過地理位置後，第二段介紹居民情況：該國土著居民主要是卡比里人，其餘居民為阿拉伯人、摩爾人等。恩格斯首先讚揚了阿爾及利亞的主要土著的卡比里人：「卡比里人愛好勞動，居住於普通農村，是極好的莊稼人。」然後介紹了阿拉伯人：「阿拉伯人則承襲他們祖先的習慣，過著游牧的生活，將他們的居處根據牧場的需要或受其他情況所驅使，從一處遷到另一處。」在這篇文章的末尾，我們還能看到恩格斯對於阿位伯人英勇抵抗殖民者的稱讚：「對於阿拉伯城市阿特茲的圍攻證明了土著居民絕沒有喪失自己的勇氣，他們對侵略者也絕無好感。」恩格斯對於摩爾人的介紹放在最後：「在居民中最不受尊重的大概就是摩爾人。他們居住於城市，比較阿拉伯人和卡比里人享有更多的便利條件，但由於受到土耳其政府的經常壓迫，使他們具有羞怯的特點，雖然如此，他們仍保有嚴峻的

性格和復仇心，在道德方面他們的水平也是很低的。」[7] 很清楚，恩格斯對於阿爾及利亞人的介紹是客觀的，有褒有貶。對於摩爾人的評價，是相對於當地的卡比里人和阿位伯人而言的。如果像薩義德所說的那樣，貶低摩爾人表現了恩格斯的「殖民主義的陳舊理論」，那麼如何解釋他對於主要土著居民卡比里人和阿拉伯人的讚揚呢？摩爾人人口不及卡比里人、阿拉伯人，不足以代表阿爾及利亞，更何況整個非洲或者東方人，薩義德何以能從恩格斯對於摩爾人的批評中推導出他對於整個非洲和東方的看法呢？何況恩格斯所談的對於摩爾人的評價主要來自於當地居民的視野，「在居民中最不受尊重的大概就是摩爾人」應該說，恩格斯這篇文章也是一篇揭露抨擊殖民主義罪行的檄文，但居然也成爲了薩義德批判馬克思殖民主義的論據。

令人奇怪的是，薩義德煞費苦心地搜集馬克思恩格斯受「殖民主義話語」影響的言論，對於馬克思恩格斯著述中俯拾皆是的反殖民主義的思想卻視而不見。馬克思恩格斯對於殖民地人民反殖反帝鬥爭的稱讚，上文已經提過。這裡稍微提及馬克思恩格斯涉及殖民地「種族」和「心性」的地方，看一看馬克思恩格斯到底是否具有薩義德所批評的西方種族中心的殖民心態。鑒於薩義德在上文將馬克思與黑格爾相互比附的時候提到他們貶低印度的觀點，我們需要提及馬克思在《不列顚在印度統治的未來結果》一文中對於印度人的評價。在這篇文章中，馬克思評價說：「這個國家（印度——引者注）的高貴人民，甚至在最低的階級裡，如果用娑爾提考夫公爵（Prince Sal-tykov）的話來說，「比意大利人更細緻和更靈活」（plus fins et plus adroits que les Italiens）。」將印度人民稱爲「高貴」

的，並將印度低層階級與西方的意大利人相提並論，可見馬克思絲毫沒有西方種族較東方人更爲優越高貴的西方殖民主義思想。更能說明問題的是下面的話：「他們的國家曾經是我們的語言、我們的宗教的源泉，扎提是古日耳曼的典型，波羅門是古希臘人的典型。」馬克思在這裡指出印度在語言宗教等方面，原本是西方文化的源泉，這就從根本上顛覆了西方文化中心論的基礎。這讓我們想起近年來在西方引起轟動的馬丁·伯納爾的《黑色雅典娜》（Martim Bernal, Black Athena: The Afroasiatic Roots of Classical Civilization）一書，此書因爲指出了西方文明的黑色血統，從而引起了西方世界的軒然大波，並構成了對於挑戰西方中心主義的後殖民主義的強烈支持。但馬克思早在 150 年前對於西方中心主義的顛覆，卻非但引不起後殖民批評家們的興趣，反而遭受批評，有點讓人費解。

（三）

馬克思恩格斯的政治經濟革命學說，著眼於階級，而非民族的維度，視野是國際主義的，因此不太可能會有種族主義和殖民主義的問題。馬克思恩格斯明確宣稱：無產階級在奪取政權後，應結束任何一種民族壓迫，結束殖民戰爭和殖民剝削。而在革命的過程中，西方國家的無產階級與殖民地人民是同一陣線的戰友。馬克思在論及英格蘭與其殖民地愛爾蘭的關係時說：「英國工人階級獲得解放的先決條件是將現存的暴力合併，即對愛爾蘭的奴役，如果可能的話，轉變爲一種平等的和自由的聯盟，如果必要的話，就轉變爲徹底的分離。」主張英國工人階級與愛爾蘭殖民地人民平等聯合，或者乾脆分開，讓愛爾蘭徹底獨立。毫無疑問，馬克思恩格斯是徹底的反殖民主

義者，這是由他們的反資本主義立場所決定的。馬克思明確說過：「一個奴役其他民族的民族，就是給自己鍛造鎖鏈。」[8]

那麼，馬克思恩格斯是否就完全沒有「西方中心」的問題呢？其實也不盡然。以下從兩個方面談談馬克思這一方面的時代局限。

第一個方面涉及社會發展理論。馬克思持一種線性進化觀。他認為：「大體說來，亞細亞的、古代的、封建的和現代資產階級的生產方式可能看作是經濟的社會形態演進的幾個時代」，正是出自於對東方國家發展道路的考慮，馬克思在批判了英國殖民罪惡之外，又肯定了它在破壞印度封建制度和建立資本主義生產方式上所起客觀的進步作用。這一論述已經遭到後來的「依附理論」及「世界體系理論」學派的尖銳批評。阿明對馬克思關於東方資本主義化的論述耿耿於懷，「馬克思在談到殖民統治使這些社會，尤其是印度，發生的變革時，認為這會導致東方的資本主義的全面發展。他指出，殖民主義政策確實的反對這一點的，它使手工業遭到破壞之後阻止現代化工業在殖民地建立起來。但是，他認為，任何力量也不能長期阻擋當地按歐洲模式發展資本主義。專門論述『不列顛在印度統治的未來結果』的文章把這一點說得很清楚：印度被英國貴族和商業資本掠奪以後接踵而來的是宗主國資產階級進行的工業化；鐵路將使得自主中心的工業興起。馬克思對此非常肯定，他擔心一個資產階級的東方可能最終會阻礙社會主義革命在歐洲的勝利。」他認為，囿於時代局限，馬克思未能預料到壟斷資本主義的發展，「壟斷資本就是要阻止可能從競爭中產生當地的資本主義。外圍地區資本主義的發展仍然是外向的，它建立在國外市場的基礎上，因此不可能導致資本主義生產方式在

外圍地區充分發展。」[9] 與馬克思相反，印度的尼赫魯認爲英國的統治給印度帶來的長久的不發達。他在《印度的發現》一書中指出：「我們今天的幾乎所有重要問題都是在英國人統治期間生成的，而且是英國政策的一個直接後果：王公，少數民族問題，各種外國的和印度的既得利益，工業缺乏，農業荒廢，社會服務的極端落後，以及首先是人民悲慘的貧困。……一個突出的事實是：印度受英統治最長的地區在今天是最貧困的。的確可以畫一個圖表，說明英統治長度與貧困日益發展之間的密切聯繫。」[10] 「依附理論」的創始人美國的巴蘭支持尼赫魯的上述觀點，認爲英國人在肥了自己的同時，「系統地毀滅了印度社會的全部結構和基礎」。弗蘭克在《依附性積累與不發達》一書中專門申引了《印度的發現》中的上述文字，說明自己的理論，「印度不發達的發展的最經典的實例歷史，說明了我們在拉丁美洲和其它地區也碰到的資本主義不發達的發展中的所有重大的結構性因素：出口經濟的發展伴隨著極不平等的收入分配，經濟剩餘流向宗主國，全國與地方經濟和階級結構轉變爲符合世界資本主義發展和宗主國發展需要的職能，宗主國殖民勢力與本地反動利益之間的天然聯盟及其不發達政策，資本主義殖民地化的長度與強度同極度不發達之間的密切關係。」[11] 弗蘭克對於馬克思主義最爲尖銳的批評來自於他的近著《白銀資本》。在這部書中，他根據自己對於 1500 年後以中國爲中心的世界體系的發現，認爲馬克思關於東方落後的亞細亞生產方式的斷言是不正確的，因而馬克思的社會線性演進方式也不能成立。弗蘭克說：「馬克思把中國描繪成『小說保存在密閉在棺材裡的木乃伊』是絕對沒有依據的。他所謂的流行於印度、波斯、埃及等地的亞細亞生產方式的觀點也是如

此。」「亞洲根本沒有『停滯』，人口、生產和貿易都在迅速擴張。」由此，弗蘭克認為，馬克思主張社會階段的劃分是「純粹的意識形態虛構」。弗蘭克還援引蒂貝布的話，尖刻地將馬克思主義稱為「塗成紅顏色的東方主義」。[12] 弗蘭克《白銀資本》以反對「歐洲中心主義」為宗旨，書中稱引薩義德的《東方主義》及馬丁・伯納爾的《黑色雅典娜》等書，以為同道。在我看來，如果單從經濟及社會發展理論方面對於馬克思東方論述進行批評，是有積極意義的，如果將馬克思完全淹沒於西方的「東方主義」種族主義傳統中，則如前文所論是有有失公正的。

　　第二個方面涉及馬克思的社會解放學說。馬克思恩格斯的社會解放學說主要建立在資本主義社會工人階級推翻資產階級的鬥爭中，因此他們考慮的範圍主要在歐洲發達國家領域內，他們雖然堅決支持非西方國家的反殖民鬥爭，但事實上主要將其定位於對於歐洲無產階級革命的促進和配合上。我們常常津津樂道於馬克思《中國的和歐洲的革命》中所談的歐洲和中國革命的互動關係，事實上馬克思的著眼點主要在英國革命上，中國太平天國內亂的意義不過在於癱瘓了英國的對外輸出，造成英國的經濟危機，從而引發革命。「中國革命將火星拋到現代工業體系的即將爆炸的地雷上，使醞釀已久的普遍危機爆發，這個普遍危機一旦擴展到國外，直接隨之而來的將是歐洲大陸的革命。」在談到印度革命的時候，馬克思也強調，印度的革命使英國的武裝抽調出境，並且使英國耗費巨大，因而可能成為歐洲革命的促進因素。1882 年恩格斯在回答考茨基關於殖民地問題的時候說：「一旦歐洲經過重新組織，北美洲也會這樣，它將會提供如此巨大的力量和這樣一個先例，以至半文

明的國家也將會仿效。其實只是經濟上的需要就促使這樣做。」恩格斯在這裡的意思是，首先是西方（歐洲，北美）國家的革命，然後會引起非西方革命的效仿。後面一句話表明這種革命次序的根據，即經濟發展的程度。西方國家的經濟發展使其更早地達到革命的時刻，而非西方國家的仿效在根本上是由其經濟原因引起的。馬克思預言：「無產階級對資產階級的勝利，同時就是一切被壓迫民族獲得解放的信號。」[13] 但是未達到西方社會發展程度的殖民地，究竟如何進行革命？進行什麼樣的革命？這些問題馬克思恩格斯則並未多加思考，恩格斯承認：「至於說到這些國家在照樣達到社會主義組織之前必須經歷什麼樣社會的和政治的階段，我認為在今天我們只能提出一些頗為無益的假設。」恩格斯只能肯定一件事：「勝利的無產階級不能在不損害他們自己的勝利這種情況下將任何一種好事強加在任何別的國家的頭上」。「由於無產階級在解放自己的過程中不能進行任何殖民戰爭，這個革命只好任其發展。」也就是，西方無產階級即使在勝利的情況下，也不能直接幫助非西方國家的革命。[14] 由此我們看到，馬克思恩格斯的革命視野主要局限於西方世界，這是由他們的建立在對西方資本主義社會的分析之上的經濟政治學說所決定的，非西方國家則由於經濟的落後，其革命則變成了次要的，或者乾脆就沒有納入考慮。這裡或者可以說有一個「西方中心」的問題。但需要說明的是，這裡的「中心」與否並不涉及種族地區的優劣等級問題，而只是由兩者之間的經濟發展的差異程度造成的。

第二章
法儂：本土革命與心理分析

（一）

　　談法儂之前，讓我們先看一看列寧。列寧的反帝反殖思想是馬克思主義思想在 20 世紀的最新發展，並且成爲了世界反帝反殖社會主義革命的理論綱領。法儂參予的阿爾及利亞革命本身是 20 世紀殖民地獨立革命的一部分，對於他的思想的認識必須來自於這一歷史背景。

　　列寧的最大貢獻自然是他關於帝國主義的著名論述，即帝國主義是資本主義的最高階段，是壟斷的、腐朽的、垂死的資本主義，是社會主義革命的前夜。列寧繼承了馬克思恩格斯的階級學說，強調帝國主義的全面反動性，指出爲帝國主義所激化的各種矛盾只能通過無產階級世界革命的形式得以解決。這種革命理論與霍布森「帝國的聯合」的改良主義方案是不同的。列寧曾經對霍布森的帝國主義理論作出批判：「社會自由主義者霍布森不知道只有革命無產階級才能實行這種抵抗，不知道這只能採取社會革命的形式。」[15]

　　列寧關於帝國主義的論述已經爲人們熟知，這裡不擬復述。從後殖民知識譜系的角度說，列寧的理論最有價值的地

方，是他的殖民地革命學說。從前文中我們知道，馬克思雖然大力支持殖民地的反抗鬥爭，但他的理論建立在歐洲工人階級革命的基礎上，並未過多地涉及到殖民地革命的問題。他自己也承認，對於殖民地革命的定位與途徑尚不清楚。霍布森對於殖民主義、帝國主義雖有尖銳的批判，但他的批判立場來自於資本主義內部，並且他本人是反對革命的，因而他完全不可能涉及殖民地革命的問題。應該說，列寧第一次從理論上正面論述了殖民地的革命問題。簡而言之，有以下幾點值得注意：第一，列寧大力支持殖民地人民反抗帝國主義的民族自決運動；第二，將殖民地革命與整體推翻帝國主義的革命問題聯繫在一起；第三，最終將殖民地革命定位於無產階級世界革命的一個組成部分。從此，殖民地革命就有了明確的定位，與世界無產階級革命聯繫在了一起。不過，需要注意的是，列寧仍然嚴格地區分了歐洲無產階級革命與殖民地革命的區別。他認為在當時的歷史階段，殖民地革命只是世界無產階級社會主義革命的同盟軍，未能超越民主主義的性質。

（二）

在這種知識背景下，我們才有可能準確的定位法儂的思想地位。列寧雖然正面論述了殖民地國家的革命問題，但他仍然承襲了馬克思恩格斯的思想路徑，即以歐洲無產階級革命為社會主義革命的基礎，只不過他將殖民地國家納入了了世界無產階級革命的格局之中——因為不發達，只好成為同盟軍。嚴格地說，列寧的思想仍然是「歐洲中心」的，或者說得好聽一點是「世界視野」的。從後殖民的知識譜系來看，法儂（Frantz Fanon, 1925-1961）的新穎之處，首先在於他真正地以殖民地為

本位談論殖民主義問題。

　　與馬克思、恩格斯、霍布森、列寧等西方人不同，出生於加勒比海馬提尼克島（Martinique）而投身於阿爾及利亞獨立革命的法儂是一個地道的殖民地知識分子。正因為這種本土的位置，法儂能夠體察到上述來自於「西方本位」的革命思想的種種局限。譬如，以馬克思主義階級學說來度量殖民地國家的革命，便會出現種種意料不到的問題。問題之一是，殖民地國家的階級分布與西方國家並不一致。法儂認為：就阿爾及利亞而言，工人階級不但數量少，力量孱弱，而且本身是受益階層，因此革命的積極性不高，不應擔任領導階級。在法儂看來，阿爾及利亞最主要的革命力量是農民，這是一個為搬用馬克思主義的革命政黨所容易忽視的問題。在《世界上不幸的人們》一書（1961）中，他將《共產黨宣言》裡的形容無產階級的話放在阿爾及利亞的農民身上：「很清楚，在殖民地國家，只有農民是革命的，因為他們沒有什麼可以失去的，卻可以得到一切。」他認為，在階級劃分中不被重視的農民，其實最具革命的動力，「被劃分到階級系統之外的饑餓的農民，在被剝削者當中，首先發現（革命）中有訴諸於暴力。對他來說不存在妥協這一字眼，殖民者與被殖民者惟有力量的較量。」[16] 這一思想，讓我們想到毛澤東在中國革命中提出的農民是革命主力軍的說法。

　　另外一個更為重要的問題是，階級本位的劃分方法忽視了殖民地特有的種族問題。法儂認為，在殖民地，最根本的是殖民者與被殖民者的種族對立，而不是階級對立，或者說，在殖民地這兩個問題是二而為一的。法儂說：殖民地世界被劃分為兩個由不同種族構成的界線分明的世界，經濟的差別無法掩蓋

這種根本的區分，因此殖民地最為根本的問題是你隸屬於哪個種族，「在殖民地，經濟基礎同時就是上層建築，原因同時就是結果。你富有，因為你是白人，你是白人，因為你富有。這就是每次我們在面臨殖民地問題的時候，馬克思主義分析略略需要擴展的地方。」法儂認為，雖然馬克思主義對於西方社會作過透徹的分析，但殖民地與西方的歷史語境卻不盡相同，因此馬克思主義「在這裡必須予以重新思考」[17]。儘管對於馬克思主義的理解未必全面，法儂對於馬克思主義的反省批評卻是大膽而深刻的。前面我們已經看到，殖民主義思想出諸西方，反殖民主義思想也出自西方。法儂的出現意味著本土殖民主義批評的建立，它的出現立即彰顯出西方反殖民知識自身難以察覺的由其西方本位所帶來的問題。

有關於殖民地本土主義，這裡需要提到黑人文化認同運動（Negritude）及其創始人賽薩爾的《殖民主義話語》（Aime Cesaire, Discourse on Colonialism，1950）一書。賽薩爾與法儂一樣是法屬馬提尼克人，而且還是法儂中學時代的老師。賽薩爾在法國從事超現實主義詩歌創作，並加入了法國共產黨。在那個時代，馬提尼克殖民地黑人完全同化於法國白人的人權主義或共產主義運動之中。受到森格爾（Senghor）的影響，賽薩爾逐步感受到了自己的黑人身份的差異性，並意識到了黑人從事革命的盲目性。他發現法國的革命運動忘記了黑人的問題，完全沒有處理種族差異的問題。賽薩爾說：「在那個時代，我批評共產主義者忘記了我們的黑人特性。他們像共產黨那樣行事，這是對的，但他們只是抽象的共產主義者。我認為不能脫離黑人的境遇談論政治問題。我們是具有深厚的歷史特殊性的黑人。」在被共產黨人指責為種族主義者的時候，賽薩爾回

答：「馬克思是正確的，但需要我們去完善，政治解放與種族解放應該是關聯的。」[18] 由此我們看到，法儂的思想並非橫空出世，而是與賽薩爾黑人文化認同運動等相關的。馬克思主義在反帝反殖這一點上，與殖民地鬥爭的目標具有一致性，因此可以採納，但卻應該根據殖民地的實際情況對這一理論進行修正。殖民地革命是自足的，不必根據自身以外的「主義」來定位自己。法儂說：當代世界讓我們在資本主義和社會主義之間作出選擇，我們當然知道，資本主義的剝削、企業聯合及壟斷是不發達國家的敵人，而與此相反的社會主義政治會讓我們得到更快的發展，但不發達國家卻不必成為這兩種政治競賽的附屬，「第三世界國家不應該滿足於以前人的術語來定位自己，相反，不發達國家應該盡力去發現適應於自己的特定的價值、方法和風格。」[19]

（三）

　　法儂真正為後人所稱道的地方，並不在於其政治維度，而在於他的殖民主義文化分析。

　　在法儂的著作中，很多人對《黑皮膚，白面具》（1952）一書更有興趣。因為在這本書中，作為精神病醫師的法儂對黑人被殖民者的精神和心理作了前所未有的深刻挖掘。在這本書的第一章「黑人與語言」中，法儂談到：「具有一種語言的人，自然擁有這種語言所帶來的世界。因而我們能夠得到什麼就很清楚了：對於語言的掌握給我們提供了顯著的力量。」遺憾的是，黑人土著語言在本地根本沒有地位，它只是奴僕的語言，當地中產階級從來不說土語，學校的學生也輕視土語，他們的語言是殖民宗主國法國的法語。「法國人說：『他談論起

來像一本書』，馬提尼克人則說：『他談論起來像一個白人』」。法儂回憶：他在遇到德國人或俄國人的時候，對方的法語說得很差，熟諳法語的他儘量給他們一些提示，但他同時又想到，他們擁有自己的語言和文化，而對黑人來說，則什麼也沒有，「他沒有文化，沒有文明，沒有過去的歷史」。在第二章「黑人婦女與白種男人」中，法儂告訴我們：在馬提尼克有兩種婦女：黑人與黑白混血。第一種人的想法是變成白人，第二種人不但想變成白人，而且還要避免退回黑人。她們從來沒有想過到保存黑人人種的獨特性，而是夢想著通過使這一種族變白而拯救這一種族。」在第三章「黑色男人與白人婦女」中，法儂談到他在法國看到的情形，在法國的黑人的願望常常是占有白種女人，因為「她的愛帶我走上了高貴之路，實現我的全部願望。我與白色文化、白色美人、白色的白人女性結婚了。當我用不停的手愛撫著那些白色的乳房時，他們抓住並擁有的是白色的文明和尊嚴。」[20] 面臨這些嚴重的文化自卑和喪失自我的病症，法儂反復追問其後的動因，試圖構建黑人的精神病理學。

作為一個專業精神分析學者，法儂首先面臨著占統治地位的西方流行的精神分析理論，如弗洛依德、榮格、阿德勒以至拉康的理論等。基於對於黑人經驗的瞭解，法儂感到這些理論難以解釋黑人的心理結症，他說：「當我閱讀一種心理分析著作，和我的教授討論問題，或者和歐洲病人談話的時候，我深為這些教學內容與黑人的現實不一致而感到震驚。」在此情形下，法儂沒有盲從西方權威，而是從黑人的現實出發，分析批判了這些西方理論的盲點。法儂指出：在所有的病例中，精神分析學家都將家庭的概念作為「心理的境況和對象」（拉康

語），但黑人卻提供了相反的情況。「一個在家庭裡正常地成長的黑人兒童，在與白人世界有了些許接觸後立即開始變得不正常。」而俄狄浦斯情結也難以在黑人中找到，「無論我們喜歡與否，俄狄浦斯情結離黑人的存在十分遙遠。」「對我來說，很容易顯示的是，百分之九十七的安的列斯人都無法產生俄狄浦斯情結。」法儂認爲：可以肯定的是，黑人受殖民者的精神病症主要是種族主義、殖民主義文化情境的結果。霍布森曾在《帝國主義：一種研究》一書對於殖民宗主國生物進化論，文明輸入論等殖民主義、帝國主義話語進行了批判，法儂在這裡所揭示的則是這些殖民主義、帝國主義話語在殖民地所帶來的災難性後果。法儂說：「我們可以說，在安的列斯，所有的精神病症、所有的不正常的表現，所有的興奮增盛（ereth-ism），都是文化情境的後果。也就是說，已經形成了一種文化規約，在大量的書籍、報紙、學校及其文本、廣告、電影、收音機的幫助下，一系列的宣傳慢慢地、巧妙地作用於人的大腦之中，改變了人們對於所屬世界的看法。在安的列斯，對於世界的看法完全是白人的，黑人的聲音從來就沒有存在過。」霍布森曾提到政黨、新聞、教會、學校在宗主國殖民主義、帝國主義知識構建過程中的作用，法儂的論述表明，殖民地的情形也差不多。西方世界一方面將殖民地構建成低級、下等的東西，另一方面以此爲等級構建精神分析的等級，法儂指出：榮格（Jung）認爲作爲集體無意識核心的原型，是自我黑暗的壞的本能的表達，這種壞的本能體現於今天的野蠻人——黑人身上，「黑人沉睡於每一個白人的深處」。法儂對於這一論調十分不滿，他表示：「就我個人來說，我認爲榮格是在自我欺騙。」法儂認爲，榮格將一些東西歸結爲先天的神秘的集體無

意識，完全忽視了社會環境的影響，「榮格將集體無意識定位於內在的大腦的產物，其實這種集體無意識，用不著回到基因上去，它完全只是一個特定集團的偏見、虛構、集體性的態度。」他認為榮格混淆了本能與習慣，榮格所認為是先天性的東西其實往往只是後天形成的文化的「集體無意識」。他舉例：居住在以色列的猶太人的集體無意識，與他們從前流徙在他鄉異時的集體無意識肯定是不同的；而黑人居住在歐洲，整天沐浴在歐洲的種族主義偏見和神話中，於是就會同化進歐洲的「集體無意識」中，一同仇恨黑人。

法儂對於社會文化與個人心理之間關係的分析，讓我們看到了馬克思主義的影響。不過，更能體現馬克思精神的，是法儂暴力革命的「療救」方案。在《黑皮膚，白面具》一書的最後，法儂明確地說：呼籲理性和尊重人的尊嚴都不能改變現實，對於工作在里·羅伯特甘蔗種植園的黑人來說，只有一種方案：去戰鬥。他將從事這種鬥爭，追求這一鬥爭，倒不是一種馬克思主義或理想主義的結果，十分簡單，僅僅是因為除了向剝削、悲慘和饑餓作鬥爭之外，他別無選擇。」[21]

不過，如果僅僅將法儂視為殖民者／被殖民者政治和文化抗爭的馬克思主義者，則未免小看了他，果若如此的話，他也不會受到後殖民理論的青睞。事實上，在後殖民理論看來，對於那些建立在「人類普遍經驗」之上的精神分析理論背後的「西方中心主義」的分析，才是為馬克思所不及的長處，而對抗性敘事其實反倒是法儂理論的一個缺陷。

作為一個心理分析學家，法儂注意到，在複雜的心理現象面前，不能將白人和黑人簡單地分開或對立起來，而應當將黑人與白人之間的相互關係作為論述的基點。法儂在《黑皮膚，

白面具》一書的開始就談到，他試圖從自我與「他者」的關係中確定身份，與白人不同的是，「黑人具有兩重維度，一是與他的黑人同伴的關係，另一個是與白人的關係。」而與白人的關係，對於黑人的文化身份有極大的影響。在這本書的「前言」中，法儂強調說：「在這本書中，我們將努力地去研究黑人——白人之間的關係。白人存在於他的白人性中，黑人存在於他的黑人性中。我們將尋求確定這兩種自戀的方向及其激勵動機。」「我相信，白人和黑人種族並存的事實會創造出一個實在的心理存在主義複雜體。我希望通過分析去破解它。」黑人自我依存於白人他者確定自己的價值，白人自我也通過黑人他者樹立自己的優越，兩者互相排斥又互相依存，顯示出歷史及語言符號構建身份和主體的過程。法儂在書中特別分析了黑人在白人文化面前所受到了衝擊，「媽媽，看那個黑人，我害怕！」這句話讓「我」感到震撼，「我笑不出來，因為我已經知道那裡存在著傳說、故事、歷史，概而言之是一種我從吉斯皮（Jaspers）那兒知道的歷史性。於是，在被無數次襲擊之後，肉身的形式被一種種族的表面形式所取代。」「同時我需要為我的身體、為我的種族、為我的祖先負責。我使自己屈從於一種客觀的檢驗中，我顯露我的皮膚、我的種族性；我被食人性，智力低下、拜物教、族性低下、奴隸根性等等鼓聲所擊打。」霍米巴巴（Homi Bhabha）對於法儂的分析大感興趣，他在給法儂的《黑皮膚，白面具》一書所作的序中闡述了他對於身份問題的理解，並將法儂與拉康聯繫在一起，「認同的問題從來不是對於某一個既定身份的肯定，從來不是一種自我完成的預言，它通常只是一種身份『形象』的生產和設定這種形象的主體的移動。認同的要求——相對於『他者』——需要對

於在『他者』秩序的差異中的主體的表現。認同,正如我們上面所說,通常是對於回到一種身份的『形象』——這種『形象』刻畫著來自於『他者』的分裂的印記。法儂,正如拉康,這樣一種對於自我的複製的主要時刻建立在注視和語言的限制上。這種環繞著身體的『確定的不確定性的氣氛』證明了它的存在也預示著它的分解。」法儂的分析,對於主體的統一性和文化身份的單一性提出了疑問,這是為巴巴所讚賞的地方:「熟知的殖民主體——黑人/白人,自我/他者——被擾亂了,有了一個短暫的停頓,而在黑人性和白人文化優越性的自戀神話被發現後,種族身份的傳統依據也就破散了。分類和替代的可感的壓力將法儂的寫作推至事物的邊緣;這種不能顯示出主要的輻射的切面,顯露出一種真實性的變動得以出現的直接的傾斜。」這種主體和身份的消解,主要是針對西方的,因而巴巴以為法儂的黑人殖民地「他者」論述的出現,另有知識論上的更大的意義,那就是從根本上質疑了西方現代性知識傳統,「對於殖民壓迫的鬥爭,不僅改變了西方歷史的方向,而且挑戰了作為一個進步有秩的人類知識的社會現實的透明性。如果西方歷史主義在殖民論述中受到挑戰,那麼受到更深挑戰的是人類主體的社會和心理表現。」

　　巴巴看起來有點像借法儂宣講自己的解構主義身份理論,有時他嫌法儂「解構」的程度不夠而加以糾正和發揮。上文在談到法儂關於黑人身份與他者關係的論述時,巴巴緊接著又補充說:「『他者』的位置不應當像法儂有時建議的那樣被視為一個與自我相對抗,表現一種文化疏離意識的固定的現象學上的點,『他者』應該被看作是對於文化或心理的本源身份的必要否定,它會帶來使得文化作為一種語言、象徵和歷史的現實

得以表明的差異系統。」如上所說，法儂的確注意到了主體和
身份構成的依存性和不穩定性，但很明顯他的著重點在於揭示
白人文化對於黑人身份的破壞，而不在於主體和身份本身的破
壞。正是在這一點上，法儂與拉康存在著差異，法儂曾專門以
拉康的「鏡像階段」說明黑人與白人的差異，「當我們抓住了
拉康的機制，就會毫無疑義地明白白人真正的他者現在是，將
來還繼續是黑人，反之亦然。不過對於白人來說，『他者』絕
對不是在自我──也就是說在不能辨別、不能同化的層次上，
而是在身體形象的層次上被感知。對於黑人來說，正如我們上
面已經顯示的，歷史和經濟的現實會出現在圖像中。」正是站
在這種被殖民黑人的立場上，法儂會有身份的對立和抗爭性敘
事的出現，這些都是巴巴所非常失望的。巴巴覺得法儂對於主
體和身份的破壞還不夠徹底，「他太匆忙地從身份的曖昧性走
向政治疏離和文化辨別的敵對身份上；他過快地為『他者』命
名，太快地以殖民種族主義語言人格化它的存在──『白人真
正的他者現在是，將來還繼續是黑人，反之亦然。』這種法儂
稱之為恢復其政治時間和文化空間的夢想的嘗試，有時候卻使
得法儂對於病理殖民關係中的心理工程複雜性的精彩論述的刀
口變鈍了。」「在《黑皮膚，白面具》一書的結尾，似乎出自
於被壓迫階級的創傷傳統的欲望問題被否定了，從而為賜福的
旗幟般的存在主義人道主義開闢了道路。」法儂的政治文化辨
別、人道主義以至暴力革命，都是法儂所處的阿爾及利亞反抗
殖民統治的獨立鬥爭的產物。如果像後現代後殖民理論那樣完
全破除了主體和身份的確定性，那麼同時也就排除了政治對抗
的可能性，這是法儂所做不到的。巴巴一再強調，「儘管法儂
參予了阿爾及利亞革命，並影響了 60、70 年代的民族政治的

思想，但他的著作並非為某種政治運動或其它運動所擁有，也不會為天衣無縫的歷史解放的敘事所代替。」[22] 我們只能這樣理解巴巴的話，即法儂雖然與阿爾及利亞及第三世界革命有直接的聯繫，但他並沒有完全被「民族解放敘事」所限制，而考慮得更為深遠，卻不能因此以為法儂就脫離了他的時代而成為了黑人拉康或巴巴。

正因為具有對於「黑人─白人」文化複雜性的認識，法儂對於民族文化也有著超越了時代水準的精彩思考。法儂認為：殖民者對於殖民地不僅僅進行政治和軍事的占領，而且還致力於破壞殖民地本土文化的工作，「殖民主義並不簡單地滿足於將自己的統治強加到殖民地的現代和將來。殖民主義不僅僅會將殖民人民攥在手中並掏空其大腦，它還會通過一種反常的邏輯轉向被壓迫者的過去，並歪曲、損傷和破壞它。」在這種情形下，殖民地文化有兩種反應，一種是西化，一種民族主義。由於文化心態的問題，特別在殖民地初期，盛行著對於宗主國文化的摹仿。本土作家大力吸收占領者的文化，本土文學潮流基本上成為宗主國文化的反應，如文學中的高蹈主義、象徵主義和超現實主義等都出現於殖民地文學中。前面我們提到的賽薩爾開始就是一個超現實主義詩人，後來才走向「黑人運動」。本土民族文化的興起是殖民主義文化導致的對立面，「大量的人堅決維護與目下的殖民地文化完全不同的完整無缺的傳統。」民族文化在殖民反抗中具有積極的作用，但這其間其實還有很多東西需作具體辨析。法儂的過人之處正在於此。他認為，民族性並不意味著僵化和排外，在民族文化已經受了巨大的變化之後，我們切不可再死死抱住本土文化的古董不放，而應投入到戰鬥的現代民族文化中去。本土文化致力於回

到民族的過去，而與外國文化相對立，在法儂看來，這種邏輯過於簡單，因爲「在不斷地經歷反殖民的武裝鬥爭或政治鬥爭以後，傳統的意義已經發生了變化。」本土作家「拋開、否定外國文化，尋找眞正的民族文化，吸取他們認爲民族藝術的不變原則，但這些人忘記了：思想及其來源，信息、語言和服裝已經辯證重組了人民的心智，而那些在殖民時候起捍衛作用的原則現代正在發生巨大的變化。」在這種情況下，民族文化所強調的「民族性」其實往往已經是一種惰性的，被拋棄了的東西。由此，「那些仍在非洲黑人文化的名下戰鬥、在文化統一性的名下召開多次大會的非洲文化人，今天應該認識到他們所有的努力不過是在比較硬幣與石棺。」

　　很清楚，法儂對於僵硬的民族主義的反省，顯然來自於上述他對於文化身份的不確定性的認識。如果說，民族主義在反抗獨立的革命鬥爭中尚有其價值，那麼在殖民地國家獨立建國後，民族主義就更值得警覺。法儂認爲，從邏輯上看，民族主義與帝國主義是一致的，只不過方向相反而已。因而，「簡單地講述一個民族故事，不過是再重複、擴展、同時也是在生產帝國主義的新形式。」如果聽任民族主義的發展，那麼獨立後的帝國主義結構仍不能消除，只不過由本土人做首領而已。薩義德高度評價說：「法儂是第一個認識到正統民族主義是尾隨著帝國主義之路的，帝國主義雖然看起來承認了民族資產階級的權威，但它眞正地擴展它的領導權。」薩義德還指出：後來的穆斯林阿爾及利亞的出現，驗證了法儂的理論。法儂所提出的方案，是在殖民地國家獨立後，一定要從「民族意識」走向「社會意識」，從民族解放走向社會解放。法儂說：「如果我們不將民族主義解釋清楚，如果民族主義不能迅速地爲社會意

識和政治需要——換句話說——爲人道主義所豐富和加深，它將會走入死胡同。」至於具體的目標，法儂提出：「民族的努力必須持續地調整到不發達國家的一般事務上來。」也就是說，獨立後不必要再用民族主義的對抗邏輯，而應當本著人道主義精神，轉移到國內的經濟和社會公正等事務上來。因爲對於民族資產階級的不信任，法儂在「民族意識的陷阱」一章的最後，呼籲人民的當家作主，「民族政府，如果想成爲民族的，應該讓人民來統治，爲了人民，爲了無家可家的流民，讓流民來統治。任何領導，無論多麼有價值，都不能代替人民的意願；民族政府，在考慮自己的國際威望之前，應該首先將他們的尊嚴歸還公民，豐富他們的大腦和眼睛，創造一種意識和主宰寓於其中的人道景觀。」[23] 薩義德在《文化與帝國主義》一書中反復稱引法儂，他的興趣集中在法儂對於民族主義和帝國主義、民族解放和社會解放關係的辯證上，他在書中總結說：「我之所以時常稱引法儂，是因爲我相信，他更爲強烈、果斷地表達了從民族主義獨立的領域到解放的理論領域的巨大的文化轉折。」我們注意到，薩義德的關注點主要在於法儂對於民族主義立場的超越上，如他稱法儂將民族獨立運動轉化成了「超越個人、超越民族的崇高力量」，而在他在比較法儂與福柯的時候，稱「法儂代表了本土和西方的雙重利益，從限制走向解放。」[24] 這與霍米巴巴顯然不一樣，後殖民理論家們對於法儂有自己不同的解讀方式。

第三章
薩義德：東方主義及其演變

（一）

　　薩義德（Edward W. Said）被公認為後殖民理論的開創者，後來最為傑出的後殖民理論家如霍米巴巴、斯皮瓦克、羅伯特・揚等人等對這一事實均供認不諱，如巴巴說：「《東方主義》一書開創了後殖民的領域。」斯皮瓦克認為：《東方主義》「是我們這個學科的源泉」。從前面我們對於殖民、新殖民知識譜系的梳理來看，薩義德之前西方和東方在這一領域事實上早有豐厚耕耘——薩義德在《東方主義》一書未提及這一點受到行家的批評，但就後殖民理論來說，薩義德的這本書確具有決定性的貢獻。

　　西方東方主義的正式出現，一般被認為是在 1312 年，這一年維也納基督教公會決定在巴黎、牛津等大學設立阿拉伯語、希臘語、希伯來語等系列教席。但對於東方主義話語的研究，卻必須追溯得更早。西方對於東方的想像敘事，《東方主義》一書最早追溯到了雅典戲劇埃斯庫羅斯的《波斯人》。這一戲劇描繪了波斯軍隊為希臘人所摧毀、「亞洲大地在空虛中悲泣」的場面。在這裡，東方從西方分離出來，得到負面的想

29

像和表達。早期西方對於東方的怨恨主要針對伊斯蘭，因為直到 17 世紀，東方對於西方的威脅主要來自伊斯蘭。自穆罕默德在公元 632 年去世後，伊斯蘭在軍事上日益強大，對西方構成威脅，而在文化上伊斯蘭教也成為基督教西方世界的異端。「直到 17 世紀，『奧斯曼的威脅』一直潛伏在歐洲，對整個基督教文明來說，代表著一個永久的危險。」由此，伊斯蘭在西方呈現出極為負面的形象。薩義德說：「這種對於異域的歸化並沒有什麼特別需要異議和指責的地方，它們發生在所有的文化之中，當然也發生在所有的人中。」正如西方人想像東方一樣，東方會以同樣的方式想像西方人。但是，薩義德將著重點放到了東方主義家身上，因為東方主義家有意識地構造這種意識，從而強化了有關東方的固定印象。「然而，我想強調的是這一點：就象其它任何想像和經歷過東方的人一樣，東方主義家實施了這一種精神操練。更重要的，是一套加諸於他們自己身上的有限的詞彙和圖像。」這一時期的東方著作，薩義德列舉的是德爾貝洛（Rarthelemy d'Herbelot）《東方全書》（1697 年出版，至 19 世紀早期一直是這一領域的權威參考書）和但丁的《神曲》。薩義德認為這兩部權威的著作不但沒有澄清西方的民間的東方傳說，相反，系統化地固定了西方關於東方的知識，「想像的地理──從《地獄篇》中的生動圖像到德爾貝洛《東方全書》的實在神龕──合法化了一套詞彙，一套專門用於討論和理解伊斯蘭和東方的表現話語的體系，認為穆罕默德是一個冒名頂替者是一確論，即是這套話語的一個組成部分，這是一個迫使人們在遇到穆罕默德這個名字時就會想起來的陳述。」東方主義家對於東方的編碼，被作為眞理，為不瞭解東方的西方讀者廣泛接受。在這裡，眞理本身的存在是依

賴於東方主義家本身的。很顯然，薩義德接受了福柯關於眞理的話語性質的思想。薩義德將東方主義家看成是那種以此爲業的人，並且他們的行爲與社會機制聯繫在一起，他說：「將東方從一種東西轉化成一種別的什麼東西，東方主義家將此視爲自己的工作，他做此工作有時是爲了自己，有時是爲了西方文化，有時則認爲是爲了東方。這種轉移的過程具有學科的性質：它被教授，具有自己的社團、期刊、傳統、詞彙和修辭，這些都與西方流行文化和政治規範密切相關並從中產生。」事實上，薩義德認爲，東方主義不但創造了知識，更創造了現實，這一話語理論同樣來自福柯。

　　現代東方主義的產生開始於 18 世紀。東方主義在體制和內容上的巨大飛躍，恰恰與前所未有的歐洲擴張相吻合。從1815 年到 1914 年歐洲直接控制的地區從地球表面的百分之三十五擴大到了百分之八十五。兩個最大帝國是英國和法國。現代東方主義是殖民主義和帝國主義的產物，它較但丁、德爾貝洛的時期的前殖民主義意識發生了急劇的變化。如果說原來的東方主義主要體現在一種基督教神學的結構內，那麼現代東方主義就意味著一種世俗化的過程。在薩義德看來，擴張、歷史比較、內在認同和分類這四個因素構成了現代東方主義特定的知識結構和體制結構。這些因素使得東方主義從狹隘的基督教西方對於伊斯蘭教東方的宗教評判中走了出來，以世俗認同和分類的方式代替了原來的信徒與野蠻人之間的差別。如果說，我們將拿破崙的遠征東方視爲現代東方主義的第一次努力，那麼在薩義德看來，薩西（Silvestre de Sacy）和赫南（Ernest Renan）的科學人類學和語言學等則是現代東方主義的奠基。現代東方主義消除了從前的東方叙事中的含混性和宗教色彩，代之

以科學和理性的分類。但現代東方主義不但並未消除西方種族中心和種族歧視，反倒是以之爲前提的，只不過是將這種等級制科學化和系統化了。薩西、赫南等人不過是將西方較東方的種族優越性落實於人類學、語言學等不同的學科而已。用薩義德的話來說，「對於東方和東方主義的比較研究，於是和西方與東方明顯的本體意義上的不平等變成了一回事。」

　　薩義德在此著重探討了東方主義的知識運行機制。「我們發現我們不得不考慮東方主義所特有的字典編撰式的和制度化的強化效果。它的動作過程是，當你涉及到東方的時候，一種無所不能的可怕的定義機制會爲你的討論提供唯一的有效性。既然我們必須顯示這種機制如何獨特（有效地）作用於有時是與之相抵觸的個人經驗之上的，我們同時必須揭示，在此過程中它們哪兒去了以及採用了何種形式。」馬克思成爲薩義德論證東方主義機制的一個例證。薩義德認爲，馬克思之所以從對於印度的毀滅的感傷中輕易地走向了印度的「再生」，就是由於東方主義思路的強大牽引。這一說法的問題，本書在前面論述馬克思的章節裡已有論述，此處不贅。東方主義機制對於個人經驗的作用，薩義德分爲幾種類型。一種類型以雷恩（Lane）的《現代埃及風情錄》爲代表，他們注意以科學的方式觀察東方，但是他們僅僅是爲了驗證東方主義的觀念而去搜集材料，因此毫無個性可言。另一種類型以夏多布里昂爲代表，他們完全是主觀性的作家，並不注意觀察東方，而只是以自己的東方主義的詩興任意地想像東方。「雷恩會使他的自我屈服於東方主義的規範，而夏多布里昂則會使東方主義的第一觀點完全屈服於他的自我。」然而，相同的是，他們都完全沒有走出東方主義。薩義德談道，可怕的是，西方關於東方的知

識以承襲和互相徵引的方式累積，因而雷恩、夏多布里昂等人的方式在後來不斷得以複製，東方主義變得與現實東方沒有多少關係。此外一種較爲特殊的類型是伯頓（Burton）。與前兩種類型都不一樣，伯頓一方面熟悉東方，他不但會說東方語言，而且還完成了朝聖，另一方面他又不滿於西方種族意識的狹隘，不屈服於東方主義話語的限制，自居於東方的代言人。這在我們看起來已經近乎完美。然而薩義德認爲，伯頓這種觀察概括和代言的姿態本身，顯示出一種超越於東方的支配意識，處於這種優越的位置上，伯頓很容易不自覺地融入帝國的話語中去。例如當伯頓在《朝聖記》中告訴我們「埃及是一個有待贏得的寶藏時」，就顯示出了他與帝國聲音的合一。也就是說，在薩義德看來，即使伯頓這種「不惜以個人的、眞實的、系統的和人道的關於東方的知識與歐洲官方的東方主義知識進行博鬥」的學者，自身仍不免東方主義的影響。

至 19 世紀後期，現代東方主義已經從德爾貝洛和但丁式的包容同化積聚成爲一種「令人畏懼」的事業。薩義德說：「我們必須考慮的是一個漫長而緩慢的漸進過程，通過這一過程，歐洲，或者說歐洲的東方意識，將自己從文本的和冥思的狀態轉變爲政治的、經濟甚至是軍事的狀態。」由文本化逐漸轉向政治化的轉化，由「異域空間」的表現轉向了「殖民空間」的政治軍事的活動之中。薩義德認爲，此時的東方主義家已經不將自己定位於有著自己的傳統和慣例的專業團體，而是成爲了西方的代言人，其方式是通過闡述西方的政治文化等優勢，確認西方和東方的關係。「對於東方的知識被直接轉化成了實際行動，活動的結果產生了關於東方新的思潮和行動。而這些反過來又要求『白種人』對東方進行一種新的控制。」西

方的東方主義家不但表現了東方，也創造了東方的現實。於是，「一種相對無關緊要的語言學分科已經轉變爲一種處理政治運動、管理殖民地、爲『白種人』艱難的開化使命提供幾近天啓般的辯護的話語方式——所有這些都運行在一個據稱是自由的文化之中，這一文化自詡具有寬容、多元和開放的規範。」

　　從階段上說，19 世紀晚期以後的東方主義可分爲特徵不同的三個時期。一戰之前，一戰至二戰時期，二戰之後。一次大戰以後的東方主義家基本上沿襲 18、19 世紀以來的東方主義成見，斯奴克・赫格淪涅（Snouck Hurgronue）對於《伊斯蘭律法》的論述是一個例子。在這裡，舊有東西方的方差異完全被本質化，西方對於東方的宗主權也被看作天經地義。至一次大戰之後，情況發生了變化。雖然東西方的界線依然分明，但態度已經不同，西方對於東方的支配已經不是一種不可質疑的事實，東方反倒變成了對西方中心的挑戰和補救。一次大戰後殖民地政治獨立及與此相關的西方文化危機，是東方主義出現這一變化的原因。不過，在薩義德看來，隱在的東方主義仍然發揮著制約的作用。馬西農（Massighon）可以批評西方，爲伊斯蘭辯護，但歸根結底，伊斯蘭在其心目中只是靜止的、古代的，而西方則是現代的。東方主義的分界在這裡依然如故。第三是二戰以後的最近階段，這一階段的變化十分劇烈。事實上，作爲一種由英法傳統支撐的學科東方主義已經解體，而爲美國主宰的「區域研究」所代替。二次大戰後，世界政治格局的最大變化是美國代替英法成爲世界的中心。由此，社會科學的專業分工代替了龐大的東方主義傳統。這種社會科學嚴格地將文學文本排除在外，以現代化等美國社會科學觀念展開論述

——在這一時期，伊斯蘭已經不再是東方主義的中心。成就如何呢？薩義德認為它繼承了傳統東方主義家對於東方的敵意及基本術語，薩義德將其要旨概括如下：「一，理性、發展、人道、高級的西方和反常、不發達、低級的東方之存在著絕對和系統的差別；二，對於東方的概括，立足於古代東方文明總比立足於現代東方現實要更好；三東方是永恆劃一的，無法確定自己，因此來自於西方立場的形容東方的概括性、系統化的詞彙是必須甚至是科學『客觀的』；四，東方實際上或者是令人懼怕的（黃禍、蒙古部落、棕色統治）或者是受人控制的（平定、研究和發展，可能的時候直接占領）。」薩義德分析的文本是《劍橋伊斯蘭史》，他認為這本被認為是權威的史書事實上因為未能擺脫傳統的東方主義成見而變得一無是處，「在學術上按任何東方主義之外的標準來說都是一種失敗。」薩義德從福柯知識書寫與權力的角度解釋東方主義的成因，他認為關鍵在於西方是「書寫」，而東方是「被書寫」，「對後者來說，被動性是設定的角度；而對前者則是觀察、研究等權力。正如羅蘭·巴特所說，一種神話（及它的永久保存者）可能不止盡地發明自己（他們）。為了研究的需要，也為了獲得自身的知識，東方變得固定長久。論證是不敢想也不被允許的。存在著一種信息源（東方）和知識源（東方主義家），簡言之，一種作家和一種主題構成了的惰性，除非有所不同。兩者之間根本上是一種權力的關係，對此存在著為數眾多的想像。」

　　值得注意的是，在最後論述當代美國殖民統治的最後一章裡，薩義德在這部論述西方東方主義話語的書中第一次以專門的篇幅談到了東方。應該說，薩義德對當代東方的反映是相當失望的。當然論述對象主要還是伊斯蘭。薩義德根據自己的親

身經驗，斷言當代阿拉伯世界已經完全成爲了美國政治、文化和學術的附屬，更嚴重的，在對於阿拉伯自身的認知上，他們也受到美國學術的控制，因而處於薩義德所說的一種「自我殖民化」的過程之中。在社會科學的知識生產上，歐美的學術成果及規範成爲阿拉伯世界的中心，本地的知識者跑到美國接受東方主義話語的訓練，回國後即成爲指導本地的權威，而在歐美的東方主義家那裡，他則只是一個「本地信息的提供者」。阿拉伯世界的知識論述，自然以從美國接受來的關於現代化、進步和發展等理論爲核心，強化於本地社會之上。阿拉伯語的書籍和雜誌上，到處充斥著「阿拉伯心性」、「伊斯蘭」東方主義話語的第二手販賣。甚至於美國大衆媒體如好萊塢所製造了醜化阿拉伯人形象的電影電視，也被阿拉伯人不假思索地接受下來。結論是令人悲哀的，「簡言之，現代東方參予了自身的東方化。」

（二）

在《東方主義》中，薩義德明確聲稱採用福柯的話語理論：「我發現在這裡運用米歇爾‧福柯在他的《知識考古學》和《規訓與懲罰》中談到的話語概念來界定東方主義頗爲有用，我的觀點是，如果不將東方主義作爲一種話語，我們就不可能明白歐洲文化在後啓蒙時代從政治的、社會學的、軍事的、意識形態的、科學的和想像的方面控制——甚至生產——東方的大量系統的知識。」[25] 將東方主義視爲一種話語，這是薩義德，也是由他開始的後殖民理論，區別於與此前的殖民主義批評的一個獨特之處。

福柯反對事物和意義的人爲區分，認爲事物只存在於話語

之中，事物的意義是被話語生產出來的，「在話語之外，事物沒有任何意義」。由此，我們需要關心的只是話語創造的知識的對象，而不是所謂的事物本身 [26]。由這一立場出發，薩義德強調《東方主義》一書所討論的只是西方的東方主義話語，與所謂眞正的東方並無關係，而且根本不存在眞正的東方這麼一回事。東方只是一種話語建構，即使東方人自己的論述也不能代表所謂東方的本質。薩義德說：「我認爲『東方』只是一種建構體。下面一種說法是大有問題的，即在特定的地理空間裡，存在著可以根據其與特定地域相吻合的宗教、文化或種族本質加以界定的本土的、根本不同的居民。我完全不相信這種限定性的命題，即只有一個黑人才能書寫黑人，只有一個穆斯林才能書寫穆斯林，如此等等。」薩義德將西方的東方主義話語化，而讓眞正的東方缺場，這樣就成功地避免了後現代立場所忌諱的本質主義和二元對立。

那麼，論述東方主義話語的目的何在呢？薩義德將之歸結爲對於「差異／表現」問題的探討。根據索緒爾的說法，能指和所指的關係是任意的，那麼意義只是根據系統成員之間的差異來確定。如紅的意義只能相對於綠而言，父親的意義也只能在親屬類的詞語中得以明確。薩義德也引用了列維—斯特勞斯的說法，從人類學角度考察差異問題。分界是人類區分事物的基本行爲，人腦需要秩序，因而需要界線。一群人很自然地將自己的領地與其它地方區分開，產生「我們的」與「他們的」的區分。但界線的後面很容易產生價值判斷，「我們」往往將「他們」稱爲「野蠻人」，而當這種論述與物質的力量結合起來的時候，就可能產生可怕的對於異己的壓迫。西方的東方主義之於東方，即是這樣一種「差異／表現」的情形。薩義德反

復強調，他希望借東方主義的歷史過程探討這一問題：即，對
於差異的表現是否一定意味著對立和敵視，甚至於支配和壓
迫，我們能否客觀公正地再現差異，在《東方主義》一書的結
尾，薩義德明確宣稱：「我試圖提到一系列相關問題，探討人
類經驗的問題：人們怎樣表現其它文化？什麼是另一種文化？
一種差異的文化（或種族、宗教、文明）概念是行之有效的
嗎？它總是意味著自鳴得意（當談到自己）或者敵意和侵略
（當談到『他者』）？」

　　薩義德提出：「真正的問題是，我們究竟能否真實地表現
事物，或者任何表現——惟其因為它是表現——都首先植根於
語言，然後植根於文化、制度和表現者的政治環境中。」他明
確地選擇後一種，「如果後一種選擇是正確的話（我認為
是），那麼我們就必須準備接受這樣的事實：一種表現從根本
上牽連、交織、植根於大量的『真理』之外的事物中，真理本
身也不過是一種表現。」在福柯看來，知識與權力從來是不可
分的，因而無從導致所謂真實客觀的表現。薩義德發現，西方
對於東方的表現的確一直處於東方主義的話語軌道上。自古希
臘到當代美國，幾乎就沒有西方人能夠逃脫東方主義的思想制
約。即使像伯頓、馬西儂以至馬克思這樣的站在東方立場上尖
銳批判西方的西方學者也不例外。薩義德區分了潛在的東方主
義和顯在的東方主義：前者是一種無意識的思維方式，而後者
則是一種形之於各個學科的表述形式。薩義德認為：由於這種
潛在的東方主義的制約，顯在的東方主義一直恆定不變，「有
關東方主義觀念之間的差異毫無例外地都是顯在東方主義的差
異，極少有基本內容方面的差異。他們幾乎原封不動地沿襲前
人賦予東方的怪異、落後、沉默、冷淡、柔弱、怠惰等差別；

這就是爲什麼第一個書寫東方的作家，從赫南到馬克思（意識形態上的），或者從最嚴格的學者（雷恩和薩西）到最有想像力的作家（福樓拜和內瓦爾）將東方看作一種需要西方注意、重視甚至拯救的地方。」薩義德甚至毫不猶豫地發出以下聳人聽聞的斷言：「因此完全可以說，每一個歐洲人，無論他怎樣表述東方，最終都會成爲一個種族主義者，一個帝國主義者，和一個完全的種族中心主義者。」福柯的話語理論強調權力話語對於知識的規範機制和決定性，基本上否認個人主體和意願的可能性，也看不到歷史變化的可能性。說起來，薩義德在《東方主義》一書中唯一不同意福柯的地方就是上面這個觀點，「福柯認爲，一般而言單個文本或作家無關緊要，但據我對於東方主義的經驗（也許在別的地方不是這樣），情況並非如此。於是，我在分析時運用了文本細讀的方法，目的是揭示單個文本或作家與其所屬的複雜文本集合體之間的辯證關係。」不過，薩義德對於不同歷史時期東方主義文本的差異分析只是相對的，他其實是相信福柯的，因爲這些東方主義文本，無論有多少差異，都服從於東方主義話語這一不變的鐵則。事實上，薩義德在《東方主義》的另外一個地方，又引用了福柯的這一說法：「最重要的是，這樣的文本不僅創造知識，而且能創造它們似乎想描寫的那種現實。久而久之，這一知識和現實就會形成一種傳統，或者如米歇爾・福柯所說的一種話語，對從這一傳統或話語中產生的文本眞正起控制作用的是這一傳統或話語的物質在場或力量，而不是某一特定作者的創造性。」[27]

　　薩義德的《東方主義》所涉及的對象十分明確，是英法美對於伊斯蘭的論述。由此看，「每一個歐洲人都是東方論者」

的概括未免顯得過於龐大。問題顯然在於薩義德對於歐洲思想內部差異性的忽略上，它不僅僅表現在薩義德沒有充分注意到歐洲東方主義思想內部的差異上，更表現在他否定了歐洲內部的反殖民話語。另外的問題還出在「東方」。我在這裡想指出的是，如果將薩義德的「東方」形諸於伊斯蘭之外，例如中國，情形可能就不太一樣。歐洲對於中國文明的表現即不是以敵意開始的，西方第一本關於中國的學術著作是西班牙人門多薩（Mendoza）1585 年的《大中華帝國史》，這本將中國描繪得強大而發達的史書以七種語言出版了 46 個版本，成為歐洲文化的重要組成部分。在中國居住了 27 年（1583-1610）的利馬竇在《中國文化史》說，「他在向歐洲人講述中國時，同樣認為中國政府極有效力而且非常強大。」其後西班牙水手品托（Pinto）的《游歷者》和耶穌會成員白晉（Bouvet）的《中國史》「把對中國的美化、理想化，粉飾和浮誇推向了極至。」18 世紀 20 年代甚至出版了一本題為《中國──歐洲的榜樣》的書。史景遷認為，對於中國形象的表現取決於歐洲，而不取決於中國，這個看法倒與薩義德的觀點相一致。在史景遷看來，當時出現了正面表現中華帝國的書，是出自於對於當時歐洲內亂的批判。另外一個原因是便於天主教會募捐。這裡對於他者差異文化的「表現」，更加傾向於仰慕，這顯然與薩義德差異意味著敵意的觀點不同。史景遷將表現分為「文化類同與文化利用」兩種類型，這前一種類型是薩義德所缺乏的。[28] 在我看來，薩義德之所以得出這樣一種差異意味著敵意的絕對的觀點，緣於他對論述的對象歐洲與伊斯蘭關係的特殊性。前面我們已經提到，從 7-17 世紀伊斯蘭對於歐洲形成了長達一千年的政治和宗教威脅，這是基督教文明敵視伊斯蘭的根本原因。

而中國古代一直封閉於大陸，與歐洲少有來往。另外，史景遷所提到的宗教的原因其實十分重要。在利馬竇的《中國文化史》中，我們看到，利馬竇勸告教皇不要顧慮中國儒家思想的支柱敬祖觀念，因為它並不是一種宗教，而只是一種倫理儀式，因此中國人的思想與基督教並不矛盾，中國人可以在不放棄傳統思想的情況下入教。也就是說，中國傳統思想並不像伊斯蘭教那樣與基督教敵對，這是歐洲人對當時的中國文化有好感的重要原因之一。

　　《東方主義》一書在東方的反應，大大出乎薩義德的意料。這種反應主要將《東方主義》的傾向理解為反西方，將其看作是對於歪曲東方的西方文化的批判，並將薩義德視為東方被壓迫民族的代言人。這讓薩義德十分惱火，他在後來增加的「後記」中反復解釋這種解讀完全誤解了他的非本質主義和非二元對立立場。在 1994 年為《東方主義》寫的「後記」中，薩義德說：「我幾乎根本無法得知這些漫畫式的變形是如何得出來的，因為對於本書作者而言，書中的觀點顯然是反本質主義的，對諸如東方和西方這種類型化概括是持強烈懷疑態度的，並且煞費苦心地避免對東方和伊斯蘭進行『辯護』，或者乾脆就將這類總是擱置起來不予討論。然而，實際上，在阿拉伯世界，《東方主義》是作為對伊斯蘭和阿拉伯的系統辯護而被閱讀或討論的，即使我在書中明確地說過我沒有興趣——更沒有能力——提示真正的東方和伊斯蘭究竟是什麼樣的。實際上，我比這走得更遠，因為我在書裡很早即表明，像『東方』和『西方』這樣的詞沒有與其相對應的作為自然事實而存在的穩定本質。」[29]

　　薩義德覺得不可思議的事情，我倒認為事出有因：外部原

因是阿拉伯的接受語境，阿拉伯世界反對西方壓迫、爭取文化生存的歷史語境很容易將薩義德的思想理解爲對於西方思想的反抗；但外部原因其實是通過內部原因起作用的，更爲重要的因素在於《東方主義》一書的內部——薩義德試圖以話語理論來處理東方主義，但事實上他並沒有完全做到這一點。

　　薩義德是一個美裔巴勒斯坦人，僅此一點我們就可以想像，讓他完全服從福柯的後現代史學觀念決非易事。他的歷史背景，及其他作爲一個巴勒斯坦人在西方的遭遇，都與眞正的西方學者不同。據薩義德自述，少年時代對於他的一次很大的刺激，是他家的好友，共產黨員法若德‧哈代德（Farid Haddad）被埃及當局逮捕、鞭打以至槍殺的事件。薩義德後來說：「法若德的生死是我 40 年來生命中的秘密主題，而且不止於有意識或積極的政治鬥爭時期。」[30] 眞正促使薩義德從書齋走向社會，並注意東方主義問題的，是 1967 年的阿以戰爭。這次戰爭徹底粉碎了巴勒斯坦人重返家園的希望，也意味著薩義德的生命斷裂，「似乎意味著包括了其它所有損失的斷裂，意味著我的青春世界、我的教育的非政治歲月、在哥大的假想自由教學……1967 年後我換了一個人。」[31] 對身爲美國大學教授的薩義德來說，巴勒斯坦問題不僅是一個遙遠的家鄉的問題，也是一個切近的現實問題。因爲美國站在以色列的立場上，伊斯蘭在美國被負面地宣傳醜化，巴勒斯坦人薩義德在美國的處境自然不好。正是出自這樣一種背景，薩義德開始走出象牙之塔院，挺身而出爲伊斯蘭辯護，批判美國對伊斯蘭的「妖魔化」。早在 1967 年，薩義德就撰寫了《伊斯蘭畫像》一文，他在文中寫道：「如果阿拉伯引起了注意的話，它一定是負面價值。他被視爲以色列和西方存在的一個破壞者……或者以色

列 1948 年創造的不可踰越的障礙。」薩義德對於西方從英法從當代美國的東方主義的批判，正來源於這一思路。很明顯，《東方主義》表面上聲稱僅僅談論西方的「東方主義」話語，不涉及真正的東方，或者根本不承認真正的東方，但實際的思路卻在批判西方對於伊斯蘭東方的敵意歪曲。在這裡，薩義德的對抗性批判立場事實上已經與福柯的理論發生了不自覺的衝突。薩義德在《東方主義》一書的「前言」的最後有以下尖銳批判：「毫無疑問，種族主義、文化定型、政治帝國主義、非人道的意識形態之網套住了阿拉伯或伊斯蘭，正是這張網，使每個巴勒斯坦人感到自己奇特的被懲罰的命運。注意到這一點更糟：沒有涉及近東的學者——也就是東方主義家——曾在美國文化和政治上全心全意地認同阿拉伯人。」看起來，這是一種站在弱小民族上的意識形態批判和抗爭，而不是話語分析。這種意識形態批判在「東方主義」三部曲中的後兩部《巴勒斯坦問題》（1979）、《報導伊斯蘭》（1981）兩本書中，顯得更加清楚。如果說《東方主義》論述西方對於東方的再現，那麼《巴勒斯坦問題》則正面揭示為西方誤解的東方，向人們展示真正的巴勒斯坦。薩義德非常明確地說：「與《東方主義》相較，我的巴勒斯坦研究試圖更明晰地描述潛藏於西方人看待東方觀點之下的事物。」[32] 而《報導伊斯蘭》一書則又回到了西方，重點批判當代美國對於伊斯蘭的報導。在《報導伊斯蘭》的「前言」中，薩義德確定了他論述的出發點：當代美國學院和媒體「對於伊斯蘭的描述與伊斯蘭世界的特定真實之間，有著霄壤之別。」[33] 毫無疑問，「潛藏於西方人看待東方觀點之下的事物」、「伊斯蘭世界的特定真實」等語言已經完全是一種本質主義表述，完全背離了《東方主義》一書中認為

只存在東方話語、不存在眞正的東方的思路。本質主義的思路
導致了意識形態的抗爭。薩義德在《報導伊斯蘭》的「前言」
中對於《東方主義》及後面的兩部書有以下概括：「我在本書
以及《東方主義》中要表達的重點之一是，今日所謂的『伊斯
蘭教』一詞雖然看似一件單純事物，其實卻是虛構加上意識形
態標籤，再加上一絲半縷對一個名爲『伊斯蘭』的宗教的指
涉。西方用法中的『伊斯蘭教』與伊斯蘭世界中千變萬化的生
活之間，缺乏有意義的直接對應。」看起來十分淸楚，薩義德
以本質主義的思路進行意識形態的批判。

　　薩義德對於福柯的偏離，事實上並不是無意的。薩義德看
到了東方主義這一西方思想的獨立性、持久性，看到它對於西
方現實的制約性，這讓他對於福柯的話語理論情有獨衷，但作
爲美裔巴勒斯坦人薩義德卻顯然不願意看到西方東方主義話語
不可反抗、不可改變的情形。正是出自對於西方的文化批判，
讓薩義德轉向了葛蘭西的文化霸權槪念。在《東方主義》一書
的「前言」中，薩義德首先提到福柯的話語理論，認爲必須將
西方的東方主義視爲一種話語，但接著又提到葛蘭西的「霸權
理論」，認爲「正是霸權，或者正在起作用的文化霸權的結
果，賦予東方主義我所說到的持久性和力量。」文化霸權原是
一個西方文化內部的槪念，薩義德將其轉化到西方帝國主義與
殖民地、弱小國家之間，將東方主義也視爲一種種族壓迫的文
化霸權。只有在葛蘭西的反文化霸權的意義上，我們才能理解
上述薩義德站在巴勒斯坦立場上對於東方主義的尖銳批判。也
才能理解爲什麼薩義德在對於東方主義話語蓋棺論定後，在全
文的最後忽然又很突兀地提出「受傳統東方主義訓練的學者和
批評家完全有可能將自己從舊的意識形態枷鎖中解脫出來」的

說法。薩義德最後列舉出了當代學者伯克（Jacques Berque）和諾丁森（Maxime Rodinson）的例子，他們受過嚴格的傳統訓練，卻能夠超出東方的框架。人類學家吉爾茨（Clifford Geertz）的研究，也被薩義德認爲打破了東方主義的陳規和偏見。很顯然，這一結論與此前的福柯式的東方主義決定論互相矛盾。

　　薩義德的窘境，來自於他試圖調和「話語理論」和「文化霸權」理論的企圖。在強調知識與社會機制、物質力量的關聯上，馬克思主義意識形態理論與福柯的話語理論在思路上有接近的地方，但其間的差別卻不容忽視。馬克思主義主要將權力看作是自上而下的直接的階級壓迫，由此而來的意識形態理論限定於經濟利益和階級關係之間，是經濟、階級抗爭在文化意識上的表現。福柯卻不同意馬克思對於知識／權力範圍的限制，相反他認爲權力無所不在，正如他在《規訓與懲罰》一書中所說的：「必須拋棄暴力——意識形態對立、所有權觀念、契約和征服模式。」福柯認爲權力無所謂正確／錯誤之分，馬克思主義所標榜的「眞理」也並不存在，眞理不過是話語的一種形式而已。正因爲否定了知識／權力的分類與對立，在福柯那裡也就不存在「眞理」對於「謬誤」的抗爭問題了。作爲西方馬克思主義者的葛蘭西的貢獻在於，他破除了簡單的經濟決定論，破除了經濟／意識形態的直接對應關係。他從對於市民社會和政治社會的區分出發，認爲因爲資產階級文化霸權，市民社會已經形成複雜的結構，不會因爲政治經濟革命而立即改觀，應該注重在意識形態領域進行「陣地戰」，樹立無產階級的文化領導權，才會導致革命的徹底成功。葛蘭西對於文化力量的強調，在某種程度上與福柯更爲接近，但毫無疑問，葛蘭

西的「文化霸權」仍是一種意識形態理論，他事實上強調的是
政治軍事鬥爭之外的文化鬥爭，因而與福柯的話語理論根本不
同。

　　「話語」和「意識形態」常常交替或混合地出現於《東方
主義》一書中，薩義德希望將它們調和到一起。在《東方主
義》一書的開頭中薩義德說：「東方主義作爲一種話語模式，
通過支持制度、詞彙、學術、圖像、教條以至殖民體制和風格
上，在文化以至意識形態上表達和再現。」[34] 在這裡，薩義德
似乎希望將意識形態處理爲話語的一個與政治文化密切相關的
一個部分，但到了《東方主義》的最後一段，我們注意到，薩
義德只能將話語理論和意識形態並列起來指涉東方主義：「如
果這本書在將來有什麼用處的話，它只能是對於這一挑戰所做
出的自己的謙卑的努力，並對於人們有所警示：像東方主義這
樣的思想系統，權力話語，意識形態虛構──人爲製造出來的
思想枷鎖，這多麼容易製造出來，並得以運用和捍衛。」薩義
德徘徊穿梭於兩種不同的立場上，在面對當代西方對於伊斯蘭
的錯誤「再現」時，他立即加以抨擊，澄清其與阿拉伯現實的
差距；而在阿拉伯人歡呼《東方主義》，將之理解爲一種對於
西方的意識形態抗爭時，他又趕緊聲稱自己的非本質主義、反
對民族主義的後現代立場。「話語理論」與「意識形態」理論
的內在衝突，讓薩義德左右爲難。

（三）

　　薩義德在《東方主義·導言》中說：「也許最重要的任務
是進行可以取代東方主義的新的研究，拷問人們何以能夠從一
種自由的、非壓制的和非操縱的視野上研究其他文化和人民。

但如此我們就不得不重新思考知識與權力間的全部複雜問題。所有這些問題，都是我在這項研究中很遺憾地未完成的。」[35]由此可見，薩義德強調西方東方主義知識對於東方的決定性權力，來自於他對於福柯的「知識／權力」之間必然性關係的理解，而當他提出可以重建這種關係時，便會感覺到躊躇不安，因爲如此必須突破福柯的話語理論的限制。在「東方主義」三部曲之後，身陷矛盾與衝突中的薩義德果然開始重新思考福柯了。

　　薩義德緊接著「東方主義三部曲」《東方主義》、《巴勒斯坦問題》和《報導伊斯蘭》（1978、1979）之後一部書，是1983年的《世界、文本、批評家》。這部論文集刊載了一篇名爲「在文化與系統之間的批評」的論文，在這篇專門論述後現代理論代表人物德里達和福柯的文章中，薩義德集中清理了自己和後現代思想譜系，特別是與福柯的關係。薩義德認爲：在當代人文科學的研究中存在著一種知識視野的轉換，即不再簡單地滿足於從表面上確定文本的意義，因爲文本的意義早已被引導於一個延續的話語領域內，容易達到現成的結論；我們需要做的，不是確定文本的意義，而是探討知識確立的過程。薩義德正是在這一「從人文科學中的文本問題轉向對於文本知識進程的描述」的過程中，確立了德里達和福柯的貢獻的。他認爲，德里達與福柯都有一個明確的努力，即「將某種極其專門化的文本發現從構成直接歷史壓力的大量的材料、習慣、慣例和機構中解放出來。」如果說德里達處處針對西方形而上學的思想，那麼福柯則是針對不同時期的話語機制。但德里達僅僅將問題局限於文本之內，而福柯則能夠關注文本與外在機制的關係。薩義德的一句名言是：「德里達的批評讓我們陷入文本

之中，福柯則使我們在文本內進進出出。」薩義德質疑德里達
的是：德里達告訴我們不同文本都顯示出西方邏各斯中心主義
契約的存在，但我們應該問一問：「是什麼使這種契約集結起
來？是什麼使得某個形而上學思想系統以及衍生於它的意識形
態、實踐、理論的一整套結構從希臘到現在可以自我維持下
來，問問這些問題是合法的。是什麼力量使得這些思想粘在一
起？什麼力量使它們成為文本？人們的思想如何被浸染，又如
何被另一些思想所取代？所有這些都是偶然的嗎？」如果說德
里達選擇的反抗方式是文本不可確定性，那麼福柯選擇的則是
對於文本與權力的特定關係的解剖。薩義德認為福柯的方法是
「通過假定使文本假定它同機構、官方、媒介、階級、學院、
社團、群體、行會、意識形態確定的黨派和職業有著密切關
係，福柯以對文本或話語的描述的詳盡和細緻來對這些所有文
本為之服務的特殊利益進行再語義化、富有說服力的再定義和
再確定。」這是福柯較德里達高明的地方，但薩義德現在已經
不再滿足於福柯所達到的程度，他認為福柯還可以再進一步：
雖然已經注意到外在的社會機制的作用，但福柯未似乎未能識
別其間如經濟、利潤、霸權等關鍵性的結構及其與文化間的互
動關係。「儘管他相信歷史不能作為一系列的暴力不連續性
（由戰爭、革命、偉人所引起）而單獨被研究，在這方面他是
正確的，但仍然低估了歷史中的這樣一些刺激性力量，諸如利
潤、野心、觀點和純粹的對權力的熱愛，同時他對這樣一個情
況似乎也不感興趣，即歷史不是一個同質的法語版圖而是不平
衡的經濟、社會和意識形態間的複雜互動。」從這段話中我們
大致可以解讀出薩義德對於福柯的看法的變化：一是關於知識
與歷史關係的定位問題，二是從此引出的反抗的問題。在這些

方面，薩義德更加偏向於葛蘭西。薩義德遺憾福柯缺乏葛蘭西所具有的維度，他指出：「人們在福柯那裡未見到的東西是類似於葛蘭西的對霸權、歷史的障礙、關係整體的分析。」薩義德認為，福柯的「哪里有知識和話語，哪里就該有批評去揭露文本的確切位置和位移」的觀點，類似於葛蘭西的文化霸權分析，「這種批評儘管有意地同文化霸權分隔開來，但它仍就是文化內部的一種有意義的活動。」[36] 但不同的是，對馬克思主義的拒斥給福柯帶來了消極的後果。薩義德的質疑是：「不是使用權力，而是權力是怎樣被獲取、使用和控制的觀點，這就是他不同意馬克思主義而引起的最危險的結果，也是他的著作最難以讓人信服的地方。」[37] 所謂的「使用權力」，其實是在談壓制與反抗的問題。果然，在福柯去世後薩義德寫過一篇名為《福柯與權力的想像》（1986）的文章，談到他對於福柯缺乏反抗的不滿：「他有關權力的書中很驚人的模式：權力總在是壓迫、降低抗拒。如果你想要從他的書中獲得一些可能性的抗拒模式的觀念，根本就找不到。在我看來，他沉浸於權力的運作，而不夠關切抗拒的過程，部分原因在於他的理論來自對於法國的觀察。他根本不瞭解殖民地的變動，對於世界其他地方所出現的有異於他所知道的解放模式，他似乎也沒興趣。……因此，我覺得所有這些事情，尤其有關抗拒的考量，都是他議論中的嚴重缺失。」

　　對於福柯的突破，導致了薩義德視野的敞開。1993 年，薩義德出版了他後期最為重要的一本書《文化與帝國主義》。這本書雖然被稱為《東方主義》續集，但較前者已經有了較大的變化。最明顯的變化就是關於抵抗的思想。前面我們說到，在《東方主義》一書中，薩義德將東方描繪成沉默的、以至自我

東方化的他者。在《文化與帝國主義》一書的開頭，薩義德檢
討了這一點，「我在《東方主義》一書中所忽略的，是已經彙
聚爲整個第三世界的非殖民化運動的對於西方統治的回應。在
諸如 19 世紀在阿爾及利亞、愛爾蘭和印度尼西亞等地興起的
武裝抵抗外，同時還有大量的幾乎隨處可見的文化抵抗，民族
身份的強調，和政治領域內以自治和民族獨立爲共同目標的組
織和政黨的創建。沒有一處西方入侵者遇到的是麻木不仁的當
地人，他們遇到的往往是積極的抵抗，而且在絕大多數情況
下，抵抗都會最終取勝。」在第三世界國家民族主義受到西方
指責的時候，薩義德堅決地支持殖民地人民對於西方壓迫的反
抗，維護民族主義，認爲反對民族主義反西方霸權的鬥爭如同
反對牛頓的萬有引力定律一樣無濟於事。「無論是在菲律賓，
在任何非洲領土上，在印度次大陸上，還是在阿位伯世界，在
加勒比海的拉丁美洲大部分地區，在中國或日本，所有的原住
民都萬衆一心，爭取獨立，形成一股股民族主義力量，基於一
種文化、宗敎或社會性的民族自我意識，與新的西方擴張勢不
兩立。從來如此。所不同的是，這種反抗與獨立意識在二十世
紀已成爲一種全球性事實，因爲無孔不入的西方導致了無所不
在的反抗。在絕大多數情況下，人們同仇敵愾，反抗他們眼裡
的不公正行爲；他們認識到，他們之所以遭受不公正待遇，是
因爲他們不是西方人。」在《文化與帝國主義》一書中，薩義
德以法儂爲參照，批評了福柯。他認爲福柯將注意力集中於難
以抗拒的微型權力上，「也許因爲對 20 世紀 60 年代的各次起
義與伊朗革命兩者都失望了的關係，福柯離開了政治。」福柯
無視自己的帝國背景，因此實際上代表了一種不可抗拒的殖民
化運動。當代「後學」思潮將後殖民也包括其中，但薩義德卻

批評了利奧塔等人對於歷史宏大敘事的消解，他強調「第一代
後殖民主義藝術家和學者卻大多強調的是與此相反的東西，那
些宏大敘事仍然存在。」在薩義德看來，後殖民主義之所以與
後現代主義不同是基於不同的歷史經驗。在歐洲已經走向取消
歷史的消費主義後現代社會時，第三世界國家所面臨的卻是西
方的宰製的威脅，因此後殖民理論具有與後現代不同的歷史要
求。在 1994 年《東方主義》「後記」中，薩義德如此解說後
殖民批評，「對我來說，就總體方法傾向而言，它們最感興趣
的似乎是一些更具普遍性的問題，所有的問題都與民族解放、
對歷史和文化進行重新審視以及大量使用那些不斷重複出現的
理論模式和類型有關。其中的一個重要主題，是對歐洲中心論
和西方霸權進行不懈的批評。」

　　不過，薩義德的獨特在於，他雖然主張反抗，卻並不強調
對抗。它表明了薩義德與馬克思意識形態的距離和與後現代思
想的聯繫。事實上，薩義德僅僅在反抗殖民壓迫這一點上肯定
民族主義的積極意義，對於民族主義本身他並不欣賞。在薩義
德看來，民族主義在本質主義和二元對立的思維方式與殖民主
義完全一致。因而，在獨立之後如果仍然堅持狹隘的民族主
義，無異於重複殖民主義的結構，只不過將統治者從殖民者變
成本土資產階級而已。薩義德指出：「民族、民族主義、本土
主義：我相信，這種進展愈來愈具有強制性。像阿爾及利亞和
肯尼亞這樣的國家裡，我們能夠看到對於墮落的殖民主義的抵
抗，它導致了與帝國主義力量的長期的武裝和文化抵抗，進而
又讓位於一個專制的一黨專政的國家，在阿爾及利亞出現的則
是一個強硬的伊斯蘭原教旨主義反對派。」這樣的國家在薩義
德看來，還有菲律賓、印度尼西亞、巴基斯坦、扎伊爾、摩洛

哥、伊朗等。薩義德認為,不必要將本土主義作為反殖民族主
義的唯一出路,事實上堅持如「黑人性」、「伊斯蘭至上」這
樣的本質主義概念,就是接受了帝國主義留給我們的殖民者／
被殖民者、西方／東方對立的思維方式的遺產。[38] 在這一點
上,薩義德表示十分欣賞法儂,他認為法儂看到了民族主義與
帝國主義的一脈相承的關係,「法儂是第一個認識到正統民族
主義是尾隨著帝國主義之路的」。薩義德支持法儂提出的從
「民族意識」到「社會意識」的轉變。薩義德認為,最優秀的
反帝民族主義都不憚於批評民族主義本身,他例舉的例子包括
聶魯達、泰弋爾等人。薩義德《文化與帝國主義》一書重點是
對於文化抵抗的分析,但他在支持民族文化抵抗的同時,同樣
反對文化的隔離和對立,而強調交錯和滲透。薩義德認為,如
果意識到文化滲透交錯的現狀,如此問題就變得不再像二元對
立那麼簡單。

　　薩義德認為,對於民族文化的態度應該具有階段性的不
同。他專門比較了早期和較近期的兩部著作,早期的著作是
1930 年代的詹姆士的《黑人雅各賓》(J.L.R.James, The Black
Jacobins)和喬治・安特列斯的《阿拉伯的覺醒》(George An-
tonius),後期的兩部著作產生於 60、70 年代,分別是阿拉吉
特・古哈的《孟加拉財產規則:一項永久性解決法案》(Ran-
ajit Guha, A Rule of Property for Bengal: An Essay on the Idea of
Permanent Settlement)和阿拉塔斯的《懶惰的本地人的神話:
關於 16-20 世紀的馬來人,菲律賓人和爪哇人的形象及其在殖
民資本主義意識形態中的功能的研究》(S.H.Alatas, The Myth
of the Lazy Native: A Study of the Image of the Malays, Filipinos,
and Javanese from the 16th to the 20th Century and Its Function in

the Ideology of Colonial Capitalism）。在薩義德看來，前二部書的題材是殖民抵抗運動的故事，其中有聖多明奴隸起義、阿拉伯起義等，按照利奧塔的術語，這是「啓蒙與解放」的宏大叙事。這種激動人心的故事在後二本書中是找不到。他們的熱情卻並沒有被後人拋棄，古哈和阿拉塔斯已經在肯定早期的基礎上繼續探索新的問題，這些問題主要是「非殖民化，及由此帶來的自由和自我定位方面的不足。」[39]古哈所做的對於印度史學與殖民文化關係的分析，阿拉塔斯對於殖民主義懶惰土著的權力解構，都不是單向度的操作，而是一種對於歐洲和殖民地之間文化關係分析的雙向分析。

值得注意的是，「文化與帝國主義」這一書名將文化與帝國主義分開，看起來像離開了福柯的「話語」而走向了馬克思的反映論。薩義德在反省福柯的時候，曾指出福柯雖然注重考察文本與權力的關係，但似乎未能識別其間如經濟、利潤、霸權等關鍵性的結構及其與社會意識形態的互動關係。這裡已經牽涉到他對於文化觀念的重新理解。在《社會，文本，批評家》這篇文章中，薩義德批評了西方文學批評中的「文本中心主義」觀念，強調文本與歷史和社會間的關係。這裡，薩義德很少有地讚揚了馬克思對於文本與社會環境關係的論述，「對於環境，沒有任何一個小說家能夠像馬克思在《路易·波拿巴的霧月十八日》裡那樣態度鮮明。在我看來，沒有任何一部著作能夠那樣卓然不群而又令人信服地精確；通過這種精確性表明，環境可以使侄子重蹈偉大伯父的覆轍，但不是作為革新者，而是作為滑稽的重複者。馬克思所攻擊的是歷史由隨意的事件構成並由優秀個人指引的非文本論點。」在同一篇文章中，薩義德還將福柯的話語分析與馬克思的意識形態理論聯繫

起來，認爲福柯對於話語實踐規則的分析是「以馬克思和恩格斯在《德意志意識形態》裡所概括的命題爲前提」的。薩義德仍在調和馬克思主義與福柯。他認識到了意識形態的重要性，並且使用這個概念，但他似乎不願意僅僅局限於意識形態，而要延伸到更爲廣泛的文化經驗中去。薩義德在《文化與帝國主義》論述中使用過一個「不同的經驗」的概念，但他接著就聲稱：使用這個概念並不是爲了代替意識形態，任何經驗都不可能繞過意識形態，「但通過將不同的經驗並列，讓它們互相作用，我的解釋性的政治目標（在最廣義的意義上說）是讓那些在意識形態和文化上互相接近、然而又互相疏遠壓制的經驗並存。完全不是化約意識形態的意義，這些不同的展示和衝突突出了其文化重要性，它能讓我們欣賞其力量，理解其持續影響。」[40]

在《文化與帝國主義》的「導言」中，薩義德申言了他關於文化的基本觀點：「當然，帝國主義的主要戰爭是奪取土地，但當涉及到誰擁有這片土地，誰有權力在上面居住工作，誰建設了它，誰贏得了它，以及誰規劃它的未來——這些問題都在敘事中反映出來，展開爭論甚至一度被敘事所決定。正如一位批評家所主張的，民族本身就是敘事。敘事的權力，或者堵絕即將形成和出現的敘事的權力，對於文化與帝國主義非常重要，並構成了它們之間的主要聯繫。」這段話反映出薩義德的關於文化建立在歷史的結構之上，同時又與歷史相互纏繞，決定了歷史的看法。在談到西方小說的時候，薩義德批評那種將小說等文化形式看作是脫離社會的純淨物、或者天才的個人創造的觀點，認爲如此無法認識小說的來源。他讚賞那種將小說的發生與資產階級社會聯繫在一起的觀點，但他認爲這些評

論者只看到了西方資產階級對於西方內部的征服，卻遺忘了西方與海外殖民地的關係，因此最大的問題在於未能認識到西方文化的形成與殖民主義、帝國主義之間的關係，「無法將奴隸制、殖民主義、種族壓迫和帝國統治這樣一些經久不衰、骯髒殘酷與產生於這個社會的詩歌、小說、哲學聯繫起來。」從西方／海外殖民地的維度考察西方小說的起源，正是薩義德的獨特之處。薩義德認為，小說出現於英國並非偶然，它與英國強大的殖民擴張有關，第一部小說《魯賓遜飄流記》即是這種殖民擴張的表現，「那篇小說的主人公是新世界的創建者，他為基督教和英國而擁有這片土地。的確，是一種很明顯的海外擴張意識使魯賓遜做到了他所做的事——這種意識形態在風格上與形式上直接為巨大殖民帝國奠定基礎的 16 與 17 世紀探險航行的敘述相聯繫。而在笛福之後的主要小說，甚至笛福自己後來的小說似乎都為了激動人心的海外擴張的圖景而作。」從笛福到狄更斯、到吉卜林、康拉德，他們的小說始終是帝國的產物。但薩義德在聲稱「文學是現實的反映」、斷言「沒有帝國，就沒有歐洲小說」的時候，同時又鄭重說明，我們切不可將小說簡化為社會學的現象，看作是階級、意識形態等概念的附屬物，「儘管有小說的社會存在這樣一個事實，也不能把它簡化為社會學的現象，僅僅將美學、文化和政治視為階級、意識形態或利益的次要形式。」[41] 他強調了文學敘事對於歷史的決定性作用，「文學自身不斷涉及並以某種方式參預了歐洲的海外擴張，然後創造出威廉姆斯說的『情感結構』，正是這一結構，支持、說明並鞏固了帝國的實踐。」這時候，薩義德又明確地將意識形態和小說敘事視為帝國主義產生的動力。在《文化與帝國主義》的「導言」的後來，薩義德這樣談論他的

方法:「我的方法是盡可能地聚集於特定的作品,首先將它們作爲創造性或富於想像力的偉大作品來讀,然後將它們作爲文化與帝國的關係的一部分加以呈現。我不認爲作者機械地爲意識形態、階級或經濟歷史所決定,但是我相信,作者肯定處於他們社會的歷史之中,在不同程度上塑造了歷史和他們的社會經驗,也被這種歷史和社會經驗所塑造。」(xxiv)這裡,薩義德將文學敘事對於歷史的塑造放到了被歷史塑造的前面。這顯示出他既願強調歷史的決定作用,又不願意被動地看待文學及意識形態的心理。無怪乎巴特・莫爾—吉爾伯特在其《後殖民理論》一書中認爲:薩義德最終也沒有完全弄清楚帝國與小說到底哪一個是決定性的力量。很顯然,這仍然是既傾向於馬克思又不願意放棄福柯的結果。

薩義德對於福柯的批評,另外還有一個更爲重要的維度,即認爲他的理論缺乏一個非西方的視角,無形中局限於西方中心主義的視域之內。薩義德認爲,福柯的話語理論及其對於知識/權力的分析儘管十分犀利,卻完全局限於西方歷史的範圍內,「福柯似乎沒有意識到,在這個範圍內,話語和規則的觀點是十分武斷的歐洲式的,他也沒有意識到規訓——它同運用大量細節(和人類)的規訓的使用一道——如何也曾被用來統治、研究和重構——接下來就是占領、統治、開採——幾乎整個非歐洲世界的。」[42] 這種忽略使得西方整體性的東西——如以東方爲他者的東方主義思維——不能得到解釋。薩義德的《東方主義》即將話語理論延伸到西方與非西方關係上的一種分析。如果從種族主義的立場觀察,西方文化的局限則很容易顯露出來。《東方主義》一書論述的東方主義話語自不待言,《文化與帝國主義》更進一步,對於西方革命運動、激進理論

也進行了意想不到的清理。薩義德指出，東方主義並不僅僅屬於統治集團、保守階層，令人難堪的是，歐洲中心主義一直滲透在長期以來被我們認為最為進步的歐洲工人運動、婦女運動及先鋒藝術運動中。而歐洲批判理論，包括薩義德所欣賞的西方馬克思主義，也毫無例外地存在著種族主義的思想，「儘管法蘭克福學派的批評理論在統治、現代社會與作為一種批評的藝術所帶來的補救機會之間的關係上具有較強的洞察力，但對種族主義理論、反帝抵抗運動和帝國內部的反抗實踐方面卻一直頑抗地沉默著。」法蘭克福的當代理論家哈貝瑪斯甚至公開表示：對於「第三世界的反帝國主義，反資本主義的鬥爭」沒有什麼評論，即使「我知道那是一種歐洲中心論的有局限的看法。」薩義德的這些批評，揭示了歐洲現代文化自身沒有意識到的根本局限，用霍米巴巴的話說：西方之所以沒有完成現代性，並不是像哈貝瑪斯說的那樣未能耗盡現代性的潛能，而是未能將現代性貫徹到非西方世界去，這應該說是相當有力的。

　　對於西方內部的反殖民思想傳統，薩義德看起來顯得頗為苛刻而且有點自相矛盾。前面我們說過，在《東方主義》中，薩義德本著話語理論，決定論式宣稱每個西方人都是東方主義者，最後在文末卻又不無矛盾地指出存在著例外，而且西方人可以走出東方主義。在《文化與帝國主義》一書中，薩義德有所變化，但他對於西方歷史上的反殖民思想似乎心存敵意，態度曖昧不清。薩義德常常在書中一如既往地批評包括馬克思主義在內的這些反殖民思想與東方主義思路的邏輯關係，如認為馬克思恩格斯關於「印度社會根本沒有歷史」和認為摩爾人是一個「怯懦的民族」的論述是典型的東方主義話語，對此誤解本書在有關馬克思的一章筆者已有辨析。薩義德雖然不無遲

疑，但急於否定：「如果說歐洲理論與馬克思主義作爲解放的一個因素沒有能證明自己是抵抗帝國主義的可靠同盟的話，相反，人們可能懷疑它們就是幾個世紀以來把文化與帝國主義聯繫起來令人厭惡的普遍主義的一部分。」[43] 有的時候，薩義德似乎意識到了《東方主義》的武斷，不情願地指出西方歷史上的反殖民主義前驅，「至少從 18 世紀中葉起，在歐洲就有關於擁有殖民地得弊的辯論，其背後是巴德羅‧拉斯‧加薩斯、弗朗西斯科‧德‧維多利亞、弗朗西斯科‧蘇阿列兹、加蒙和鞏蒂岡維護土著人民的權利和批評歐洲人的虐待的立場。多數法國啓蒙思想家，其中有狄德羅、和孟德斯鳩，都支持阿貝‧雷納爾反對奴隸制和殖民主義的立場，持有同樣觀點的還有約翰遜、庫樸和貝克，以及伏爾泰，羅梭和伯納丁‧聖‧彼埃爾。」他甚至不無矛盾地列出了馬塞爾‧梅勒（Merle, Marcel）編撰的《歐洲反殖民主義運動：從拉斯‧加薩斯到卡爾‧馬克思》，並稱讚這是一本很有助益的書。但他接著又否定了這些前輩，否定的理由除了認爲他們沒有最終逃脫東方主義視野外，這次又找到了一個更爲充足的理由：這些思想家對於殖民主義的批判僅僅限於政治經濟等方面，而忽略了文化的方面，「一整套有系統的研究（從霍布士、盧森堡和列寧這樣的批評者在帝國主義最具侵略性的階段所做的研究開始）將其主要歸於經濟和界定清楚的政治過程（連較爲激進的約瑟夫‧熊彼特也是如此。）我在本書中提出的理論是，文化扮演了一種非常重要、眞正不可或缺的角色。」[44] 事實上這些前輩並沒有完全忽略文化的維度，但從文化角度對於西方帝國主義、殖民主義的分析倒確實是《文化與帝國主義》一書的專長。比如薩義德在這本書中對於奧斯汀、狄更斯、康拉德、吉卜林、加繆

等經典作家作品與帝國主義關聯的分析，基本上是前所未有的
（除了阿契貝對康拉德的分析），而他對於譬如西方小說的起
源與英國殖民主義的關係的分析，對於西方現代主義與殖民地
世界的關聯的分析，都相當新穎精闢，啓發了後來的後殖民文
學。與《東方主義》一樣，唯一能夠讓薩義德不加保留地稱讚
的，是當代的一些優秀的批評。如他在書中多次提及：在西方
東方主義領域（如中東，非洲，印度，加勒比與拉丁美洲）的
內部，一些當代優秀學者能夠打破舊的東方主義傳統，反對西
方文化統治。有趣的是，他們之所以能夠這樣做的重要原因之
一，是受到了薩義德等人後殖民批評的影響。

第四章

斯皮瓦克：女性主義與庶民發聲

（一）

　　斯皮瓦克（Gayatri Chakravorty Spivak）以其「女性主義、馬克思主義的解構主義者」的身份，在西方學術界素享盛名。需要糾正的是，論者在引用這一稱呼的時候，總認爲這一說法來自於柯林‧麥肯比（Colin MacCabe）爲斯皮瓦克的《在其它的世界裡》（1087）一書所作的「前言」[45]。其實不然，柯林‧麥肯比的說法事實上來自於斯皮瓦克本人早年的表述。在發表於1979年的《解釋與文化：旁注》一文的結尾，斯皮瓦克說：「作爲一個女性主義、馬克思主義的解構主義者，我對於教學實踐理論的理論實踐感興趣，它會讓我們在解釋產生的時候，建設性地質疑它的特權。」[46] 在我看來，「女性主義者、馬克思主義者、解構主義者」的確構成了斯皮瓦克的獨特之處，足以成爲本文論述斯皮瓦克思想的起點。正是這多重立場讓斯皮瓦克能夠從不同的角度看問題，從而從多方面拓進後殖民理論。應該說明的是：第一，人們似乎沒有注意到，斯皮瓦克並非一開始就是一個「女性主義者、馬克思主義者的解構主義者」，而是經歷了一個過程；第二，斯皮瓦克的這三種思想並

非僅僅相得益彰，而是彼此詰問，不斷衝突的。

斯皮瓦克早年畢業於英美文學專業，博士論文做的是葉芝，1974 年此書以《重塑自我：葉芝的生平與詩歌》為名出版，這是斯皮瓦克的第一部著作。不過，在依阿華大學讀博士期間受到保羅・德曼指導的斯皮瓦克最早成名於翻譯介紹德里達的解構主義。1976 年，斯皮瓦克在美國翻譯出版了德里達的《語法學》，她在此書的長篇前言中首次向美國人詳細介紹評論了德里達及其解構主義。在解構主義的背景下，囿於本人的性別，斯皮瓦克感興趣於女性主義的立場。她發表了「女性主義與批評理論」（1978）、《三個女性主義讀本：瑪克勒斯，瓦伯勒，哈貝瑪斯》（1979）等文章。如此，一方面在尚對解構主義陌生的美國學術界介紹德里達及解構主義，另一方面進行女性主義批評實踐，構成了斯皮瓦克在學生時代英美文學專業之後早期學術批評的主要內容。解構主義和女性主義是兩種不同的理論，有相互排斥也有相互發明之處，從我們在上面提到的《解釋與文化：旁注》一文中，我們可以看到斯皮瓦克交叉使用這兩種理論的魅力。

關於「公」與「私」，傳統的解釋是，政治、文化、社會、經濟等屬於「公」的領域，而感情、性、家庭等屬於「私」的領域，宗教、心理、藝術等在寬泛的意義上也屬於「私」的領域。這種分類的前提不言而喻，「公」的領域較「私」的領域更為重要。在女性主義看來，這種分類是男性政治的結果，是女性歧視的表現。女性主義運動致力於顛覆這樣一種等級秩序，強調「私」的領域才是更為重要的。在斯皮瓦克那裡，女性主義的駁詰固然有力，但僅僅是批判的第一個層次。自解構主義觀之，女性主義顛倒「公」「私」不過是翻轉

的二元對立，在方式上並無改變。斯皮瓦克首先解構「公」與「私」之間的截然分明的界線。她認爲：既然女性主義已經指出，每一個「公」的領域其實都離不開感情和性，而家庭的空間也不僅僅完全是私人性的，如此交織不清，「公」「私」如何進行翻轉呢？斯皮瓦克認爲，阻止這種女性主義顚倒『公』『私』等級的教條做法的方法，是解構主義，「解構讓我們質疑所有的先驗的觀念論。基於這種解構的特別之處，男／女、公／私的置換標誌著一種轉換的界線，而非徹底顚倒的欲望。」[47] 由此出發，斯皮瓦克對於自己的女性主義立場有著超越性的自覺反省，她認爲：「指出女性主義的邊緣位置，並不意味著我們要去爲自己贏得中心地位，而是表明在所有的解釋中這種邊緣的不可化約性。不是顚倒，而是置換邊緣和中心的差別。」[48]

可能與解構主義的解構界線的特徵有關，斯皮瓦克不願固守某種理論，而喜歡嘗試不同角度和立場的觀察。據斯皮瓦克自述，到了 1979 和 1980 年，「種族」和「階級」的思想開始侵入她的思想。這裡的「種族」與「階級」，都與馬克思主義相關。在與馬克思主義的關係上，斯皮瓦克與薩義德形成了奇妙的對比。在薩義德那裡，馬克思主義被當作西方東方主義話語的一個組成部分；對斯皮瓦克來說，恰恰是馬克思主義啓發她對於新的歷史條件下西方殖民主義的批判。作爲一個來自於印度的亞裔女性，斯皮瓦克發現，西方女性主義理論在處理東方女性的問題時具有很嚴重的盲視之處，而馬克思關於階級關係特別是資本主義國際分工的觀點，卻啓發了她對於處於世界資本主義殖民體系中的東方女性的眞正的處境的認識。這時候，斯皮瓦克對於自己早期的文章開始感到不滿，認爲它們僅

僅局限於女性主義和解構主義，而忽視了了種族和階級的維度。她對自己寫於 1978 和 1979 年的兩篇文章《女性主義與批評理論》和《三個女性主義讀本：瑪克勒斯，瓦伯勒，哈貝瑪斯》進行了重新改寫⁴⁹，於 1985 年以「女性主義與批評理論」為名重新發表。在這篇文章中，斯皮瓦克像模像樣的演繹了馬克思主義的資本主義國際分工理論，以此論述此前不久發生的韓國女工事件。

　　1982 年 3 月，在韓國首都首爾，一家名為 Control Data 美資跨國企業的 237 名女工舉行罷工，要求增加工資。結果 6 名罷工領導被開除和監禁。7 月，女工挾持兩名來訪的美方副總裁作為人質，要求釋放罷工領導。美方公司願意放人，但遭到韓國政府的阻撓。7 月 16 日，企業裡的韓國男性工人毆打女工，使很多婦女受傷，兩名婦女流產，以此結束了爭端。女性主義通常認為：女性走出家門，參加社會工作，是獲得解放的途徑，這種理論在此顯然遠遠不夠。另外，毆打女工的韓國男工是直接元凶，但直接將批判對象變成韓國男權主義似乎也沒有抓住要害。看起來「慈善」的美資，事實上至關重要，它們在這裡起到了什麼樣的作用呢？斯皮瓦克覺得馬克思主義給我們提供了一個觀察跨國資本問題的理論框架，她說：「在工業資本主義的早期階段，由於殖民地提供了原始材料，殖民宗主國得以發展他們的工業基地。殖民地本地的生產由此受到削弱和破壞。為了減少周轉的時間，工業資本主義需要建立適當的配套，如鐵路、郵局和教育的單一分級系統等文明設施就這樣出現了。如此，伴隨著第一世界的工人運動和福利國家機制，它們也逐漸地生長於第三世界的土壤裡。工人可以提出更多的要求，而當地政府得到貸款。使舊的機器製造業迅速過時的電

訊業，尤其如此。」[50] 這種經典馬克思主義論述，讓斯皮瓦克看清了在第三世界女性困境中國際資本的位置。她談到，韓國本國買辦企業雖然是韓國女工的迫害者，但他們本身並不是利潤的主要獲得者，剩餘價值的獲得者在美資，他們才是事情的操縱者，「美方的經理們監視著韓國男人殺害他們的婦女。」美方的管理者否認對於他們的指控，有人居然說：「的確，Chae 失去了她的孩子，但『這並不是她的第一次流產，此前她已經流產兩次了。』」斯皮瓦克憤怒地認為：這種資本主義生產較之古代的奴隸制生產相去不遠。令斯皮瓦克失望的是，西方女性主義居然站在美國資本家的一方，為其歌功頌德，「我要讚揚 Control Data 公司致力於雇用和促進婦女……」[51]，這一事件，讓斯皮瓦克對於西方女性主義的局限有了認識。在階級地位上，西方女性主義處於資產階級位置，不願同情下層；在種族上，西方女性主義又是西方中心主義的意識形態的體現者，故而對於非西方的女性難以認同。如此，才會順理成章地出現西方女性主義對於韓國女工的令人憤慨的評論。

　　這是不是意味著斯皮瓦克就此成為了馬克思主義者而拋棄了女性主義呢？否！在這篇題為「女性主義與批評理論」的文章裡，斯皮瓦克一方面既用馬克思主義批判女性主義，另一方面又反過來以女性主義質疑了馬克思主義。斯皮瓦克認為，馬克思和弗洛依德一樣，在理論上具有性別的盲點，「他們似乎只是從男人的世界及男人自身獲得依據的，因而證實了有關他們的世界和自身的真理。我冒險斷言，他們對於世界和自身的描繪建立在不適當的根據上。」[52] 此時對馬克思主義頗有熱情的斯皮瓦克，在文中又演繹了一番馬克思的使用價值、交換價值和剩餘價值的經典理論。不過此番引用目的卻不在參照，而

在質疑。斯皮瓦克的問題是：「一個女性無報酬地爲丈夫和家庭工作，這裡的使用價值何在？」「男人普遍認爲工資是價值生產的唯一標誌，我們應該如何與這種觀念鬥爭？」「否認女性進入資本主義經濟的含義是什麼？」斯皮瓦克更有興趣的是馬克思的「客觀化」和「異化」的概念。馬克思曾談到：在資本主義體系中，勞動過程使其自身及工人客觀化爲商品，由此造成人與自身關係的斷裂。在此，斯皮瓦克認爲馬克思忽略了婦女的生產：生產的場所「子宮」及產品「孩子」。她認爲，離開了這一點，對於資本主義生產及其與人的關係的分析顯然不全面。斯皮瓦克的野心頗大，她強調，不能僅僅滿足於在男性的法權中指出女性的例外，或者從女性主義的角度抵制馬克思主義，「我們必須著手糾正馬克思主義者的文本得以建立和運行的生產和異化的理論。」馬克思的文本，包括《資本論》，預設了一種道德理論：勞動的異化必須取消，因爲它損壞了主體對於工作和財產的擁有；斯皮瓦克指出，「如果從婦女和生育的角度，重新審視異化、勞動和財產的生產的性質和歷史，它會讓我們超越於馬克思之上來解讀馬克思。」[53]

斯皮瓦克以解構主義、馬克思主義質疑女性主義，以女性主義質疑馬克思主義，對於解構主義，她也毫不例外地加以質疑。斯皮瓦克認爲，解構理論對於女性主義實踐應有助力，但是德里達本人卻近乎性別歧視主義者，他在涉及女性時候，書寫立即變得自我中心和不著邊際，難以看到父權制對於女性的壓制。於此，斯皮瓦克感到，在以解構主義批評女性主義的同時，必須同時以女性主義啓示解構主義。她說：「近年來，我同樣開始看到，與其說解構主義爲女性主義打開了方便之門，不如說女性話語同時也爲德里達打開了一條通道。」[54] 1990

年，斯皮瓦克在接受采訪的時候說，「有一段時間，我對於解構主義非常惱火，因爲德里達看起來既不夠馬克思主義者，同時還似乎是個性別歧視主義者。但那是因爲我想讓解構主義做它做不了的事，我通過瞭解它的局限發現它的價值——不是讓它承擔一切。」[55] 這話語表明，斯皮瓦克一方面毫不留情地從馬克思主義、女性主義等角度批判解構主義，另一方面又努力地發現運用其長處和價值。

　　薩義德重福柯輕德里達，斯皮瓦克正相反。薩義德有一句名言：「德里達的批評讓我們陷入文本之中，福柯則使我們在文本內進進出出。」在斯皮瓦克看來，薩義德未能理解德里達要取消文本和語境之間的差別的意圖。不過，斯皮瓦克對於福柯的批評和對於德里達的褒揚，主要是從西方中心主義的角度著眼的。斯皮瓦克同意薩義德對於福柯的批評，認爲福柯過於注意微型權力而忽視了諸如階級、經濟、反抗等大的結構，不過她主要從種族的角度解讀這問題，「診所、精神病院、監獄、大學——所有這些看起來都是被遮蔽性的寓言，它們掩蓋了對於更大的帝國主義敘事的閱讀。」[56] 但她認爲，福柯的問題在於，他沒有認識到非西方世界的方面，因而自己事實上站在「國際勞動分工的剝削者的方面」。斯皮瓦克感嘆：「讓當代法國知識分子想像可以容忍歐洲的他者世界裡的無名主體，這是不可能的。」[57] 面對這種批評，斯皮瓦克調侃地說，福柯可能會嘀咕「對於不知道的事最好閉嘴」。不過，斯皮瓦克認爲，可以作爲比較的是，德里達要好得多。斯皮瓦克發現，早期德里達曾對於歷史上的歐洲中心主義做過分析。德里達談到，在 17、18 世紀的歐洲，存在著三種歧視：神學歧視，中文歧視和象形文字歧視。這種「歐洲意識」認爲，只有希伯萊

和古希臘才是上帝的真跡，中文適合於哲學，但它僅僅是一個將被取代的藍圖，埃及文字則過於尖端而難以破譯。德里達將這種「書寫的歐洲科學中的種族中心主義」，稱為「歐洲意識危機的症狀」[58]。在斯皮瓦克看來，這是歐洲從封建主義向資本主義轉型時期的產物，在此考察歐洲殖民主義經由他者認識構造自己的過程是十分有趣的。

面對女性主義、馬克思主義和解構主義，斯皮瓦克可謂各取所需。據斯皮瓦克自述，她從馬克思那裡取來的是全球的視野和資本的動作，從女性主義那裡取來的是女性主體性的理論，從解構主義那裡得來的卻是處理前兩者的方法，它不是一個「做」的理論，而是一個「看」的方法。面對這樣一個「女性主義、馬克思主義的解構主義者」，人們自然而然的疑問是斯皮瓦克如何能夠將這三種立場不同的理論融為一體，形成自己的思想呢？斯皮瓦克的回答出人意料：她不認為需要將三者融匯起來。他欣賞福柯的「非連續性」概念，認為：「與其尋找一個雅致的一致性，或者製造一個結果衝突的連續性，還不如在某種意義上保留這些非連續性，這就是我想做的。」[59] 她甚至認為，尋找一個連續性的體系的想法本身就是殖民主義影響的結果。

斯皮瓦克的說法未免有點聳人聽聞，事實上，她在運用女性主義、馬克思主義和解構主義等不同的方法的時候固然常常相得益彰，但有時卻自相矛盾，這並非保持「非連續性」可以輕易打發。譬如，以解構主義起家的斯皮瓦克固守話語理論，堅持歷史和文本的同一性，她批評包括馬克思主義在內的一切脫離文本的「真實」觀；然而她在論述當代資本主義問題時，卻因為運用馬克思的國際分工的經濟理論，由此獲得了銳利的

後殖民性視野，她據此批評如福柯等人的西方中心主義。在歷史與文本的關係上，解構主義的歷史文本同一性和馬克思主義經濟基礎上層建築的觀點水火不容，斯皮瓦克分別以Ａ的標準批評Ｂ，又以Ｂ的標準批評Ａ，她自己在這一點上到底持何種看法呢？我們不知道。斯皮瓦克似乎沉溺於批評的快感之中，有時忘記了基本的形式邏輯。在我看來，斯皮瓦克是一個非常犀利的批評家，她在女性主義、馬克思主義和解構主義三個領域都卓有成就和影響，但信奉「非連續性」卻讓她未能成為一個傳統意義的自成體系的更大的思想家。

（二）

關於斯皮瓦克在後殖民理論方面的貢獻，我們可以從「殖民話語」和「反話語」兩個方面進行討論。在殖民話語分析上，薩義德對於東方主義已有過深入的討論，但男性身份讓他在性別上成為盲點，斯皮瓦克的貢獻主要在於對西方女性主義的後殖民批判上，她在這個方面的著名文章有《一種國際框架裡的法國女性主義》（1981）和《三個女性的文本與帝國主義批判》（1985）等。在反殖民話語方面，薩義德基本上無所建樹，他的東方主義論述完全限制於西方話語，而將東方看作沉默的他者，這一直是批評家的詬病所在。斯皮瓦克在這方面也許貢獻更大，她參予了印度的「庶民研究小組」，致力於討論殖民統治下的庶民的發聲問題，寫出了很有影響的如《庶民能說話嗎？》（1988）等文章。

來自第三世界的女性主義者的斯皮瓦克，在省察到後殖民的視角後，自然而然地首先對西方女性主義中的西方中心主義傾向予以了批評。斯皮瓦克的這種批評，既體現在對於西方女

性主義的東方論述的解剖上，也體現在對於西方女性主義自身
經典論述的分析上。

　　《一種國際框架裡的法國女性主義》一文中對於克里斯蒂
娃《關於中國婦女》的分析，可以體現斯皮瓦克對於西方女性
主義東方論述的後殖民批評。克里斯蒂娃是當代法國最爲知名
的女性主義者，她於 1974 年 4、5 月間訪問中國，回國後寫下
《關於中國婦女》一書。這部書稱讚了中國文化和婦女，認爲
中國的革命給 1968 年五月革命後的歐洲帶來了新的希望。面
對這樣一本看起來對於中國和東方世界十分友好的著作，斯皮
瓦克發現了人們未曾注意的問題。在斯皮瓦克看來，克里斯蒂
娃對於中國的稱讚，事實上是站在西方立場上「他者化」中國
的行爲。斯皮瓦克在文章中引證了克里斯蒂娃《關於中國婦
女》一文的開頭：「一大群人坐在太陽下面，她們無言地等待
我們，一動不動。她們眼神鎮定，一點好奇都沒有，或許有輕
微地愉悅和擔心：無論如何，她們絕對屬於一個與我們毫無關
係的群體。」[60] 斯皮瓦克以此引述說明克里斯蒂娃與中國戶縣
農民的距離，她的引述到此爲止，實際上這段話的下文也許能
夠更爲形象地說明兩者的差距，讓我從《關於中國婦女》一書
中把這段引出來：「她們分不清我們的男或女、金色或褐色，
臉部或身體的特徵。她們彷彿發現一些奇怪特別的動物，無害
但錯亂。沒有進攻性，卻在遙遠的時間和空間的深淵的那一
邊。我們組裡的一位說：『不同的物種──在她們眼裡，我們
是不同的物種。」[61] 從這種友好戲謔的近乎面對動物式的觀摩
中，我們很容易發現背後隱含著西方女性的優越。面對如此陌
生的中國女性，克里斯蒂娃居然敢於根據很有限的西方漢學資
料大膽地展開她的論述或者想像。斯皮瓦克說：「談到古代中

國，她發現了一種更古代的母系和婚姻社會（資料來自於Mar-
cel Granet 的兩本書——開始於 20、30 年代，建立在『民間舞
蹈和傳說』（P47）之上，還有列維-斯特勞斯關於親屬結構基
本結構的一般性的書），並將這種儒家傳統延續至今。開始這
只是一種有趣的推論，但十頁之後這種推論就轉變成了心理因
果關係。」克里斯蒂娃以女媧補天等傳說推論出中國古代「陰
性」文化的特徵，並將此延伸至現代中國。她甚至斷言：「如
果有一天問題（在社會主義社會家庭之外的各種升華形式中尋
找一條性能量的渠道）必須被提出來，如果中國傳統的分析
（批林批孔運動似乎正在著手）不被打斷，中國可能會不加拘
謹和充滿崇拜地達到這一點，更甚於基督教西方的追求『性自
由』。」在斯皮瓦克看來，克里斯蒂娃的言論不過是西方 18 世
紀對中國文化熱的延續，她僅僅從自己的文化系統出發看待中
國。克里斯蒂娃的問題不僅僅在於資料粗糙，更重要的是其背
後的西方本位和優越感。她指出：「無論『基督教西方』作為
一個整體是否追求性自由，對於中國的預言肯定是一種慈善行
為。我以為，它起源於殖民主義樂善好施的症狀。」中國古代
文化無疑同樣存在著嚴重的男權中心傾向，克里斯蒂娃對於中
國的讚賞等於把中國排擠出「女性主義」的視野之外。

　　斯皮瓦克認為，法國與英美女性主義無論有多少區別，她
們的問題焦點應該是：「不僅僅問我是誰？而是問誰是他者婦
女？我怎樣命名她？她怎樣命名我？這不就是我要討論的問題
嗎？事實上，正是這種難以處理卻又很關鍵的問題的缺席，使
得作為主體的『被殖民婦女』將（西方女性主義——引者注）
調查者們看作來自其它星球自由來去的可愛的富於同情心的生
物，或者看作這樣一種人：她們依賴自己在殖民論中的位置，

將『女性主義』看作是先鋒階級的獨有，將其為之奮鬥的自由看作奢侈品，最終等同於某種『自由的性』。這當然是錯的，我們的觀點是，在我們最為複雜的研究中，在我們最為慈善的衝動中，仍有一些東西是錯的。」[62] 斯皮瓦克的意思是，西方女性主義最需要反省的問題是種族的他者問題，她們將「女性主義」「自由」等看作西方世界的產物，與第三世界女性並無關係。儘管克里斯蒂娃論述中國婦女採取的是表面上稱讚的立場，實際上她們甚至並沒有把第三世界婦女看作同類；當然，第三世界婦女也並沒有將她們當作同類。斯皮瓦克由此激進地說：西方女性主義走出教室後，對於第三世界女性沒有什麼用處，或者有害無益。「有害無益」的說法看起來有點過激，但斯皮瓦克自有解釋：「舉個最簡單美國的例子：即使更多的婦女被雇用，或者在會議上增加女性主義議題，這種天真的勝利也會導致欠發達國家的婦女的無產階級化，因為大多數美國大學都有可疑的投資，多數會議旅館都以極其無情的方式雇用第三世界婦女。」[63]

　　斯皮瓦克自第三世界的角度對於西方女性主義的後殖民批判，十分犀利，當然也不無偏激。這裡不妨為克里斯蒂娃說幾句話。《關於中國婦女》一書對於中國的表現自然是東方「他者」化的產物，不過需要指出的是，作者對於這一點並非沒有自覺。《關於中國婦女》一書明確地分為兩個部分：「從這一方面」（From this side）和「中國婦女」（Chinese women）。作者明言就是從西方的角度觀察中國，為 1968 年五月革命之後的歐洲、特別為西方女性主義尋找參照。克里斯蒂娃對於自己的西方位置其實是有察覺的，他在書中的第一章就聲稱：中國戶縣農民是被她這樣的「普遍的人文主義者，無產階級兄弟

之情和（為什麼不？）虛假的殖民文明」所塑造的。她還明確談到，發現東方「他者」是為了質疑西方自己。在 1974 年還沒有後殖民主義這個詞彙的時候，克里斯蒂娃就能夠反省到自己的「殖民性」及其與「他者」的關係，是難能可貴的。就此而言，斯皮瓦克對於克里斯蒂娃的批判顯然過於嚴厲。其實，在「東方」他者化這個問題上，西方批評家克里斯蒂娃固然應該檢討，斯皮瓦克自己其實也難逃其咎。斯皮瓦克以第三世界的身份批評克里斯蒂娃，但這一身份事實上是可疑的，因為她本人是美國哥倫比亞大學的教授。斯皮瓦克出身於第三世界的印度，後來受到西方教育，留在西方工作，這種人能否作為第三世界的代言人實在是個問題。事實上，真正的第三世界批評家常常批評斯皮瓦克這種類型的學者，他們以「第三世界」代言人的身份在西方謀利，兩邊沾光，這並非毫無道理。對此，斯皮瓦克本人對於自己的特殊地位也供認不諱，並有反省。

　　《三個女性的文本與帝國主義批判》對於《簡愛》的分析，可以體現斯皮瓦克對於西方女性主義經典文本的後殖民批評。在該文的開始，斯皮瓦克就指出：「如果不記住作為英國社會使命的帝國主義曾經是英國構建其文化的一個關鍵部分，那麼我們便無從解讀 19 世紀英國文學。文化表現中的文學的功能，是不可忽視的。在 19 世紀英國文學的閱讀中，這兩個明顯的『事實』一直被漠視，它本身就證明了不斷向演進為現代形式的帝國主義的持續成功，」[64] 我們知道，指出西方經典文本的「不清白」，揭示其在西方帝國主義意識構成中的作用，從種族角度對其進行文化清理，這是薩義德繼東方主義論述之後另一本著作《文化與帝國主義》（1993）的主要內容。薩義德在《文化與帝國主義》的「導言」中對於敘事與帝國主

義關聯的強調，是我們所熟知的。看來，斯皮瓦克很早就意識到了這一點，而她對於西方經典文體的帝國主義分析主要側重於女性主義方面。

　　夏洛蒂·勃朗特的《簡愛》是西方女性主義的一個「崇拜文本」，小說的女主人公簡愛是女性主義個人主義追求的典範。斯皮瓦克自後殖民的角度進行觀察，發現了其中的種族問題。在她看來，簡愛的成功，其實是建立在對於來自加勒比海的殖民地女性伯莎的壓抑的基礎之上的。簡愛在和男主人公羅賈斯特結婚的時候，才發現他原來已經是有婦之夫，他的太太就是被關在家裡樓上的伯莎。為合理化羅賈斯特和簡愛之間的崇高愛情，小說竭力為羅賈斯特開脫，證明他的無辜和清白。書中交代，羅賈斯特的父親把財產全部給了哥哥，而為了不讓羅賈斯特過於貧窮，就讓他娶了富有的加勒比海商人的女兒伯莎，婚後羅賈斯特才發現伯莎家有精神病史。在簡愛等人眼裡，伯莎不過是一個瘋狂的野獸，「在房間的深處，一個人在黑影裡來回竄動。那是什麼？是野獸還是人？分不清楚：它匍匐著，似乎用四肢；它抓著、嗥叫著，像奇怪的野獸；但它披著衣裳，馬鬃般的黑中帶灰的密密的長髮遮住了她的頭和面孔。」[65] 羅賈斯特和這樣一個「人」生活在一起，自然令人同情。伯莎後來成功地點燃了房子，把自己燒死了；羅賈斯特為了救伯弄莎瞎了自己的眼睛，而簡愛不計較羅賈斯特的殘廢而嫁給了他。這是一幅合理又感人的設計：伯莎自取滅亡，讓出了新娘的位置；羅賈斯特不但因為伯莎的自殺而得以開脫，還因為救伯莎時弄瞎了眼睛而贏得了道德上的同情；簡愛也用自己的犧牲精神驗證了愛情的純潔；最終羅賈斯特的眼睛逐漸痊愈，結果皆大歡喜，他們一家裡過著幸福的生活。在這裡，一

切都建立在伯莎之死的基礎上。在西方的語境裡，伯莎的犧牲被視為理所當然，小說的合理化敘事從來沒有遭到過懷疑；但在後殖民的語境裡，伯莎卻成為一個問題。出生於加勒比海的作家潔恩‧瑞絲在讀到《簡愛》的時候，即被伯莎的命運所吸引，後來寫下了關於伯莎的小說《寬闊的藻海》。斯皮瓦克在文中徵引了《寬闊的藻海》中克里斯蒂芬批評羅賈斯特、為伯莎辯解的一段話：「說實話，她並沒有去人們說的你的英格蘭的家裡，並沒有去你那漂亮的房子裡懇求娶她。不！是你千里迢迢來到她家向她求婚。她愛你，給了你一切。現在你不愛她了，你毀了她，你拿她的錢怎麼辦？」多少年來，我們已經習慣於西方經典的傳統詮釋，來自於第三世界的後殖民視野的確啓人深思。可以補充的是，據小說交待，羅賈斯特之娶伯莎並非出於強迫，他在第一次見到伯莎的時候就被她吸引了，認為她很漂亮，並明確承認自己愛上了她。另外，羅賈斯特與簡愛的愛情是否那麼崇高也值得懷疑。在小說中，羅賈斯特開始並沒有看上簡愛，而是迷戀美貌的布蘭切‧印格若（Blanche Ingram），並準備和她結婚，在受挫之後，才注意到簡愛。也就是說，從伯莎，到印格若，到簡愛，羅賈斯特可能不過是一個見異思遷的公子哥而已。斯皮瓦克精闢地指出：「在這個虛構的英格蘭，她（伯莎）必須扮演她的角色，扮演自我向『他者』的轉變，放火燒屋並且殺掉自己，由此簡愛才能成為英國小說中的女性主義個人主義女英雄。我只能將此讀為一般的帝國主義認識論暴動的寓言，殖民地主體為了殖民者的社會使命的榮光而自我犧牲的建構。」[66] 她甚至認為伯莎之死是殖民者將其作為「好妻子」的有意識安排，她提醒讀者，如果明白了英國殖民政府對於印度寡婦殉葬的合法操控，就會理解這一

點。

在西方，女性主義本來是一種激進批判理論，它從女性性別的立場上批判男權中心主義。出人意料的是，這種激進批評理論在維護女性的時候卻將非西方的土著女性排除在外了。也就是說，西方主義的「男性／女性」仍然建立在「西方本位／東方他者」這一種族主義框架之下，西方女性主義與西方男性共享了西方中心主義的殖民性立場。作為女性主義者斯皮瓦克對此感到遺憾，「當女性主義批評的激進視角，又重新產生了帝國主義的公理後，似乎特別地不幸。」[67]

上文提到的《在國際框架裡的法國女性主義》一文，主要內容是批評以克里斯蒂娃為代表的法國女性主義，卻是以第三世界的批評開頭的。斯皮瓦克在文章的一開始提到，一位沙特阿拉伯大學的年青蘇丹女士告訴她：「我寫了一篇關於蘇丹女性割禮的結構功能主義的論文。」這一做法頗讓斯皮瓦克心有戚戚。她引用了 Nawal El Saadawi 對於阿拉伯世界婦女陰蒂切除過程的描繪，讓我們目睹這一血淋淋的殘忍過程。然後指出，西方的結構功能主義所採用的客觀分析立場，無非是對於現有社會（性別）體制的擁護。如此，我們就不能不感到將兩者拉在一起是如何的荒謬。這裡談論的，事實上是薩義德在《東方主義》一書的後面所涉及的東方世界「自我殖民化」的問題。即西方的東方主義式論述已經影響以至主宰了東方人對於世界及對於自己的想像。正是在這種背景下，蘇丹年青女學者才會將西方的結構功能主義視為普遍、高級的理論形式，以之規範阿拉伯世界的女性經驗。斯皮瓦克由此聯想到，自己目下在美國大學教授的位置同樣是一個尷尬的問題。她自我剖析道：一個印度加爾各答上層社會的女性接受西方教育，成為美

國的大學教授，選擇女性主義，這一事實本身就是意味深長的；的確，西方女性主義在面對第三世界女性的問題時，就像結構功能主義一樣構成了一道障礙網。由此，斯皮瓦克覺得最好的方法是給自己提出一個問題：「我能為她們做什麼？」[68]

　　薩義德僅僅用「自我東方化」就將第三世界打發了，斯皮瓦克卻不願意這麼簡單，她接下來對於「第三世界」究竟能否發聲及知識分子如何表現「第三世界」等問題進行了深入的探討。斯皮瓦克發表了一系列的關於「庶民」的文章，其中包括1985 年發表的標誌著她與「庶民研究小組」建立了合作關係的文章「庶民研究：解構主義歷史學」，及 1988 年發表後來被反復轉引的「庶民能說話嗎？」等。福柯和德努茲認為：如果被壓迫者得到機會、或者通過聯盟政治團結起來的機會，他者能夠表述自己。斯皮瓦克從西方之外提出了問題：第三世界的被壓迫階級能表述自己嗎？以古哈等人為代表的印度「庶民研究小組」注意到，關於印度的表述長期以來被殖民者和本地精英所壟斷。關於印度民族及其意識的形成發展，殖民主義歷史學認為應該歸功於英國殖民統治，而本地民族主義者則認為應該歸功於印度資產階級，唯廣大的被壓迫階級沒有發言的空間，處於沉默的狀態。「庶民研究小組」打算通過對於被壓迫階級歷史的研究，釋放廣大的人民的聲音，形成古哈所謂「人民的政治」。斯皮瓦克對於「庶民研究小組」的工作是欣賞的，她本人也參予了其間的工作，但她卻從方法上對於「人民的政治」提出了的質疑。

　　就研究對象而言，斯皮瓦克認為被壓迫階級很難精確定義，所謂「精英之外的大眾」的說法並不周延，殖民統治者、本土精英與下層大眾之間其實存在著一個廣大的模糊不清的地

帶。而且，大眾之間也存在性別、職業等完全不同的情形，由此產生的意識也不盡相同。如此，就很難說有一個清晰整齊的大眾意識。而就真正的下層而言，斯皮瓦克認為，他們根本沒有機會發出自己的聲音，即使發出聲音，也沒有被聽到。在1993年的一次採訪中，斯皮瓦克舉了一個例子說明底層的聲音無法被聽到。18世紀的孟加拉國原有完整的渠道澆灌系統，土地領主支配他們的農奴進行管理。英國人來了之後，解散了封建體制，把領主變成了納稅人，農奴也不存在了，水渠就沒人管了。英國不明白水渠的用途，以為是運輸水道或其它什麼，也不派人管理。天長日久，水渠臭了，英國人就把它們拆毀了。後來一個稍稍精明的英國水利檢察官偶然發現水渠的用場，英國統治者才意識到最好的方法就是恢復荒廢的水渠。斯皮瓦克說：「我們不斷地聽到農民反抗失敗的故事，一直持續到今天。這是一個底層階級不能『說話』的例子。」有人可能會說，底層並非不能發出自己的聲音。斯皮瓦克解釋說，「庶民不能說話」的意思是，即使百姓能夠說話，也沒人能夠聽得到。或者這種聲音會被一種「精神感應」的東西所主宰，轉變成了另外的聲音。

這就牽涉到另一個重要問題，即「庶民研究小組」能否反映底層階級聲音？斯皮瓦克的答案是否定的，她認為，「庶民研究小組」雖然希望站在底層的立場上，表達大眾的聲音，但他們也沒有代表被壓迫階級的專利，這些知識者只能「表現」底層大眾。「庶民研究小組」的成員，多是受西方教育的知識者，他們能夠在多大程度上代表大眾肯定是個問題，而他們與西方知識的關係肯定又是曖昧不清的。斯皮瓦克本人坦認：作為一個後殖民知識分子，自己處於全球資本主義所提供的西方

學院的特權位置上，與西方話語事實上是一種「協商」的關係。她認為，試圖通過借助於第三世界的背景從而獲得一個清白的論述立場的想法是不現實的。這樣一種自我反省的視野，在我看來是斯皮瓦克較薩義德以至霍米巴巴高明的地方。

　　值得一提的，斯皮瓦克在談到底層階級被壓抑的時候，特別突出底層階級中女性被壓迫的地位，「庶民能說話嗎？」事實上主要討論印度寡婦自焚（Sati）的情形。斯皮瓦克強調，如果說底層階級受到了統治階級的遮蔽，那麼同時受到男權壓迫的底層女性則可以說受到了雙重遮蔽。整體上說，無論在殖民話語和反話語的分析方面，斯皮瓦克都著重於女性。如此看，斯皮瓦克大約可以算得上是一個女性主義的後殖民理論家。

第五章
霍米巴巴：文化的定位

（一）

　　雖然霍米巴巴的晦澀難懂受到不少批評，但他在理論上確有創見，大大深化和拓展了後殖民理論。目前執教哈佛，算得上是西方學界對於他的一種承認。巴巴的後殖民論述主要可以從兩個方面展開，一是前期的對於殖民話語的關係分析，二是後期自後殖民立場對於西方現代性、後現代性的訂正分析。

　　在《東方主義》一書中，薩義德的東方主義論述既沒有涉及西方內部的反殖傳統，也完全沒有涉及東方，後來他的《文化與帝國主義》一書，在這兩個方面俱有不同程度的彌補。霍米巴巴所提出的質疑卻完全不同，在他看來，薩義德的主要問題不在於兩個方面論述得不夠，而在於沒有從殖民者／被殖民者，自我／他者關係的角度來論述殖民主義話語。他認為，薩義德站在西方單一主體和文化的角度進行論述，看不到作為文化或心理的本源身份的必要否定的「他者」的作用，看不到作為一種語言、象徵和歷史的差異系統的殖民話語構成的複雜性，也看不到由此衍發的反殖民話語的可能性。

　　薩義德一再聲稱，他雖然支持殖民反抗，卻反對二元對

立。事實上，薩義德所反對的只是東西對立，在思維方式上，他仍不免本質主義的立場。薩義德將東方主義區分為潛在的、本質的和顯在的、歷史的兩種，巴巴認為，這種分類方法導致了一種「被意圖的極端性所破壞的話語概念的效果」。在巴巴看來，薩義德正確地聲稱東方主義並不是一種對於東方本質的錯誤表現，但他在運用福柯的話語概念時，卻沒有正確地認識到由此而來的對於知識與權力間關係的分析——這種分析是以反對本質／形式、意識形態／科學的二分為前提的。巴巴提出，「很難設想這種殖民話語的歷史闡述自身不同時被那種無意識的潛在東方主義所決定、干預或替代；同樣，很難設想專門為主導主體設定東方主義或殖民話語而自身卻不陷入其中的主體化過程。」從觀念上說，薩義德所不自覺地運用的主客二分，二元對立的思想傳統可以追溯到黑格爾的辯證法。巴巴試圖打破這種主體／客體、自我／他者、本質／現象的辯證關係，而代之以矛盾、分裂、雙向、模棱兩可等概念。巴巴認為，我們無法通過肯定／否定而超越或繞過黑格爾，而只能學會將矛盾或辯證法的概念化為「非此非彼」的存在狀態或思路。[69] 巴巴談到，因為他本人一直致力於與「權力運作中的極性和二元對立的主體構成概念」作鬥爭，故而在讀到福柯的時候，牢牢被其吸引。他又特別提到了本雅明的《歷史的安琪兒》一書對於他的影響，「他的著作引導我思索辯證思維和增補或縫隙的限制性過程中的差異的暫時運動——我將之稱為『第三空間』或一種『時差』。」[70]

在我看來，對於巴巴產生了更重要影響的人物是拉康。拉康關於人類童年時期的鏡象理論，說明了主體形成過程中自我與外界的不可或缺的複雜關係。拉康強調「想像的機制」，用

巴巴的話來說，「所謂想像就是這樣一種轉化過程，在主體形成時期的鏡象階段，它設想一種能夠讓它在外界客體中假定一系列對等相同物。然而，這種位置自身是有問題的，因為主體通過一種同時疏離進而潛在對抗的圖像尋找或認識自己。這就是兩種關係相近的身份形式——它們合一為自戀性和侵略性的圖像——的基礎。」[71] 依據於此，巴巴認為：殖民者的主體構成也不可能是單方面的，而是脫離不了作為「他者」的被殖民者；殖民主體的形成徘徊於「自戀」與「侵略」的身份之間，而威脅正來自於作為參照的「他者」的缺失。由這種主體間性的思路出發，傳統的以單一主體為單位的二元對立模式自然瓦解，巴巴認為，拉康論述中最為關鍵的說法是「他者是一種雙重的進入模型」的話，在「重複和替代之中循環」的能指自然「不允許形式／內容、上層建築／經濟基礎、自我／他者這樣的相互、二元的分類。」[72]

由拉康出發，巴巴特別欣賞法儂的殖民論述就變得可以理解了。法儂的獨特之處在於，他試圖從對於「他者」的關係中確定黑人的身份，由此延及殖民者和被殖民者的關係，顯示歷史及語言符號構建身份和主體的過程。法儂的名言是：「所謂的黑人不過是一個白人的人工製品。」巴巴高度評價這一論述，並從三個方面分析身份形成的動態過程：「第一，存在就是在與一個他者的關係中呈現出來，呈現其面貌和位置。」「第二，陷入需要和欲望的緊張中的認同位置，是一個分裂的空間。」「最後，身份的問題從來不是一種既定的身份，從來不是一種自我實現的預言——它常常只是一種身份圖像的生產，及其設置這種圖像的主體的轉變。」[73] 不過，50、60 年代的法儂顯然還沒有達到巴巴的要求。法儂的思想存在著兩個不

同的方面：一方面他強調主體身份的曖昧建構，另一方面限於現實他一直強調政治和文化對抗。在巴巴看來，這種對抗無疑意味著身份的固定化，削弱了法儂對於主體複雜性的精彩論述。

　　寫於八十年代中期的兩篇文章《狡詐的文明》和《奇蹟的符號：1871年5月德里城外一棵樹下的威權與矛盾問題》，大體上可以體現巴巴對於殖民話語的歷史分析和理論主張。巴巴分析的重點，自然在於他所強調的殖民者／被殖民者之間在心理、文化、身份諸方面的複雜關係。如果說，前一篇文章主要從殖民者的角度展開，後一篇文章則主要從被殖民者的角度展開。

　　在《狡詐的文明》一文中，巴巴從國人所熟悉的西方自由主義開山人物密爾（J.S.Mill）開始。19世紀英國的密爾在寫出《論自由》等闡述自由主義原則的經典之作的同時，正擔任英國海外殖民地東印度公司的新聞檢查官。這一現象頗發人深思。來自於現代西方宗主國的殖民者，一方面尋求自由民主，另一方面又在海外實行公開的殖民統治。我們正可以用拉康的有關主體構成的「自戀」與「侵略」性理論來說明這一境況，這裡的自戀是西方內部的現代性，而殖民性是外在的侵略性，現代性與殖民性存在一種奇妙的依賴關係。用曼修萊的話說，「既是當地人的父親又是壓迫者，既公正又不公正，既謙遜又貪婪。」在巴巴看來，這一種矛盾的位置，只能在殖民者與「他者」的互為主體性中確定，從而變成分裂的「情感矛盾和話語驚擾的主體。」但來自於被殖民者的，並不常常是崇拜和恭維。巴巴援引了1818年皮特在教堂講演中的事例：

如果告訴他們粗糙的、無價值的、誤解的自然觀念，及其怪誕可笑的理論信仰，告訴他們上帝的意志，他們會以一種狡詐的文明或者流行的輕率的格言為藉口予以拒絕。他們可能會告訴你，「天堂是一個很寬敞的地方，有一千個門」；他們的宗教才是他們願意進去的地方。因此，帶著特有的固執，他們擁有可疑的自負。藉此，他們乾脆完全不加考慮事物可能的優點，並在上帝和真理和正義的名義下鼓勵人們將最可憎的迷信作為有益的行為。

在這種情形下，殖民者就會陷入焦慮。巴巴引用弗洛依德關於偏執狂的論述，說明這種殖民者在文明話語和殖民話語之間建立起來的穩定身份被破壞後的失衡心理。殖民者要問的問題是，「告訴我們為什麼我們在這裡？」「正是這種回聲表現出，自戀權威的另一方面可能是對於權力的偏執。」[74]

在殖民統治下，土著的反映往往不是單純的抵制，也不是單純的接受。在多數情形下，是接受與反抗並存。有時候看起來土著接受了現實，但這種接受其實並不那麼簡單。《奇蹟的符號：1871 年 5 月德里城外一棵樹下的威權與矛盾問題》一文詳細揭示其間的複雜關係。這篇文章所分析的事件，正如題目所示，是記載中的一件在早期印度基督教和本地土著相遇的故事。

1871 年 5 月的第一個星期，在印度最早的牧師之一阿努德・麥賽在德里城外發現有一群土著聚集在樹叢下。約有 500 百人，有男有女，有老有少。阿努德・麥賽上前一打聽，發現這些人正在閱讀《聖經》，那些《聖經》有的是印刷的，有的是手抄的。於是，阿努德・麥賽很有興趣地和這一群土著有了

交談。部分對話如下：

> 阿努德・麥賽：「你們在這裡幹什麼，從哪里來？」
>
> 本地人：「我們是窮人，我們閱讀、喜愛這本書。」
>
> 阿努德・麥賽：「誰寫的書」
>
> 本地人：「這是上帝！他給了我們這本書。」
>
> 阿努德・麥賽：「你們在哪得到這本書的？」
>
> 本地人：「天上的天使在黑頓沃集市上給我們的。」
>
> 阿努德・麥賽：「一個天使？」
>
> 本地人：「對，對我們來說他就是天使；但他是一個人，一個印度學者。」
>
> 阿努德・麥賽：「這些書教授歐洲大人們的宗教，是他們的書，但他們印刷出來給你們用。」
>
> 本地人：「啊，不！不可能，因為他們是吃肉的。」
>
> 阿努德・麥賽：「上帝傳授《聖經》，不管他吃喝什麼……」
>
> 阿努德・麥賽：「為什麼你們身穿白衣？」
>
> 本地人：「上帝的臣民應該穿白衣，表示他們乾淨和贖罪。」
>
> 阿努德・麥賽：「你們應該在聖父、聖子、聖靈的名義下受洗。去麥努特吧，那裡有基督教牧師，他們會告訴你們應該怎樣做。」
>
> 本地人：「現在我們必須回家秋收了，那可是一年一次的，明年我們可能會去麥努特吧。」
>
> 阿努德・麥賽向他們解釋聖餐和洗禮。

　　本地人：「我們願意受洗，但我們不願意接受聖餐。基督徒的所有其它習俗我們都願意遵從，但聖餐除外，因為歐洲人吃牛肉，這對我們完全不適應。」

　　阿努德・麥賽：「這是上帝的話，不是人的話。上帝說服你的時候，你應該洗耳恭聽。」

　　本地人：「如果我們全國都接受了聖餐，我們也會的。」

　　阿努德・麥賽：「你們全國人接受上帝的話的日子，很快就會到來。」

　　本地人：「當然！」[75]

　　從記載上看，印度本地人已經接受了《聖經》，並且喜愛它，自發地學習，並且身穿白衣，以示聖潔和贖罪。毫無疑問，這是殖民者及西方文化的勝利。但在巴巴看來，這只是問題的一個方面，問題另外一個方面是，印度本地人並沒有無條件地接受殖民者的文化。他們接受《聖經》，卻不願承認這是西方人給他們的禮物，對於去找西方的牧師的建議，他們以秋收為由輕易推卻，對於受洗也沒有興趣，特別對於違反印度風俗的聖餐他們予以堅決的拒絕。由此看，印度人所接受的基督教其實是有問題的。巴巴認為，這本《聖經》的發現，既奠定了西方文明的權威和秩序，也同時奠定了模擬的尺度，它說明了「在這些場景中，正如我所說的，預示了殖民主義者權力聖典的凱旋，但接著還必須承認，那些狡猾的律令文字賦於權威的文本以極大的矛盾性。因為它介於英文法令和黑暗世界的攻擊之中，殖民文本變得不確定起來。」與追求差異和對抗的哲學相反，霍米巴巴在此強調一種話語混雜的歷史情形。他認

為，抵抗並不需要一種政治意圖的對立行為，也不是對於另一種文化的一種簡單否定或排斥。而其實往往只是文化差異中的疑問或修改，使其變得面目不一。印度本地人的發問事實上就是一種力量，使得西方的話語權威變得模糊和變向。「本地人的問題很認真地將這本書的實際面目轉變成了一個謎。首先，『上帝的話怎麼能出自於食肉的英國人之口呢？』──這是一個在其闡述的歷史時刻的文化差異中直面權威的單一性和普遍性的問題。然後，『在我們相信它是上帝給我們的禮物時，它怎麼能是歐洲的書呢？他在黑頓沃送給我們的。這不僅僅是一個福柯稱為權力微觀技術毛細血管效應的說明，它顯示出 19 世紀早期印刷文字技術的滲透的權力──既是心理的還是社會的。」對巴巴來說，混雜才是一種有效的力量。它導致了殖民話語與本土話語間的緊張關係，「插進縫隙」的質疑駁詰了殖民話語的權威性。巴巴談到：「當他們提出這些跨文化的、混雜的要求時，本地人既挑戰了話語的邊界，又巧妙地通過設置與文化權威進行協商的其它特定的殖民空間而改變了其術語。」[76]

這裡，需要簡要說明體現了巴巴思想構架的幾個理論術語，它們在今天已經成為了巴巴的學術標誌。

一是「雜交「（Hybridity）。雜交指的在話語實踐上殖民者與被殖民者你中有我、我中有你的一種狀態。在理論上，它與涇渭分明本質主義者和極端論者的二元對立模式相對立。巴巴說：「要抓住雜交的模稜兩可性，必須區別那種本源是真正的『效果』的顛倒之論。」傳統理論常常將殖民主義／反殖民主義的對立作為自己的理論前提和出發立場，薩義德的東方主義雖然竭力避免二元對立，但他完全離開被殖民者而從話語的

角度描述東方主義，其實仍然是一種二分的思維。雜交作爲巴巴對於殖民主義實踐一種描繪，是他的富於洞察的發現和論述。從批判殖民話語的立場上說，雜交的效果主要是動搖了殖民話語的穩定性，「它們以驚人的種族、性別、文化、甚至氣候上的差異的力量擾亂了它（殖民話語）的權威表現，它以混亂和分裂的雜交文本出現於殖民話語之中。」[77]

二是「模擬「（Mimicry）。在巴巴看來，體現了殖民者與被殖民者之間關係的一種重要狀態是模擬。模擬指的是當地人對於殖民者的一種模仿，但這種模仿卻並不完全一致，而且內含著嘲弄和變形，殖民話語於此變得面目不清。模擬表面上看起來是對於殖民話語的尊重，但在實踐上卻戲弄了殖民者的自戀和權威。巴巴說：「模擬不僅僅通過差異和欲望的重複滑落破壞了自戀的權威，它是一種殖民性的定位過程，是一種在被阻斷的話語中跨類別的和差異性的知識。」[78] 巴巴引用拉康的話，說明模擬只是一種僞裝，而不是和諧。它通過部分重複、部分顛覆的混雜，威脅了殖民主體的穩定性。巴巴認爲，薩義德設立了殖民控制和歷史反抗的二元對立，而模擬代表了一種諷刺性的妥協。

三是「第三空間」（third space）。巴巴的「第三空間」不是想像中的兩種對立文化之外的第三者，或者調停兩種不同文化的中和客觀性，他所強調的是殖民者／被殖民者相互滲透的狀態，「第三空間」關心殖民空間中「權力和統治作用於符號和主體化的過程」，關心在文化關係的領域內「象徵結構或表現機制立刻轉變成了社會話語的中介和政治策略的運作實體。」巴巴感興趣的問題是，「什麼是文化相交和作用的時刻？權威秩序建立與下層規則失範的認同變化的過程怎樣？爲

什麼這種文化轉變正好發生在權力作用的過程中？它被為返回自身的文化源頭而奮鬥的論述所否定，但卻發生於這種鬥爭的過程之前。」[79] 從第三空間的立場出發，巴巴對於法儂的一個著名的結論提出了質疑。法儂在分析黑人與白人關係的時候認為：從心理上看，黑人只有兩種選擇：「成為白人或者消失」[80]。巴巴認為，其實還存在著一個介於兩者之間的模棱兩可的、偽裝的、模擬的第三空間，這是一個大有可為、真正需要探究的領域。

　　需要交待的是：一，巴巴的常用術語不止於此，還有如模棱兩可（ambivalence）等等；二，從上面的論述可以看出，這些術語是相互聯繫的，比如「雜交「（Hybridity）是對於殖民者／被殖民者文化關係的狀態描述，「模擬「（Mimicry）是被殖民者的一種行為策略，「第三空間」（third space）是殖民話語實踐狀態和行為的結果，它們從不同方面表現了巴巴對於殖民話語的獨特認識。

（二）

　　霍米巴巴的第一部著作——事實上是一部編著——是 1990年出版的《民族與敘事》。從題目上就可以看出，這部書致力於探討民族作為現代性敘事的性質。在為這本論文集所寫的序「敘述民族」中，巴巴從本尼迪克特・安德森的「想像的共同體」的論述出發，說明現代民族國家的「構成」（coming into being）性質的意義，「作為一種文化意義的系統，作為社會生活的表現而非社會政體的律令，民族的『構成』性質強調了這一知識的不穩定性。」由這種知識的不穩定性，巴巴聯繫到了模棱兩可及差異的概念。巴巴說明這部論文集所探討的正是

「對於現代社會的這種模棱兩可性的文化表現。如果說這種民族的模棱兩可性表明的是變動的歷史、概念的不確定性和詞彙間的交織的問題，那麼這裡在敘事和話語方面的努力即體現在一種『民族性』的意識上：壁爐的家庭快樂，他者的種族或空間的的恐懼；社會所屬的舒適，階級的隱形傷害；口味的習俗，政治聯繫的力量；社會秩序的意識，性的感覺；官僚的盲目，制度的見識；正義的性質，非正義的公共意識；法律的語言，人民的言語。」在巴巴看來，對於什麼樣的文化空間構成民族的「侵擾的界線」和「斷裂的內部」，不同的作者有不同的看法，但他認為大家在宗旨上則是統一的。巴巴將這部書的「標誌」概括為「文化差異的交叉融合，在這裡反民族主義的模棱兩可的民族空間變成了一種新的轉換的文化的十字路口。」[81]

　　在《民族與敘事》一書中，巴巴更多地從「想像共同體」及其模棱兩可、差異等觀念上分析民族國家的概念，似乎還囿於後現代觀念。到了《文化的定位》一書，巴巴開始主要從自己所擅長的殖民關係及移民的角度批評民族國家觀念，並延及到現代性和後現代性。《文化的定位》一書中，專門有一篇文章題為「DissemiNation」。「Dissemination」（播灑）原來是德里達的概念，但巴巴把其中的N大寫就凸顯了「民族」（nation）的概念。巴巴說明，這個概念雖然借自於德里達，但他以自己的種族移民的經驗置換了這個概念。巴巴來自於從前英國的殖民地印度，而且他本人在印度還屬於少數民族，因此他敏感於從殖民的角度衝擊固定的種族中心的國族概念。在這篇文章的開頭，巴巴說：「這一章的題目——DissemiNation——即可以說來自於雅康・德里達的智慧，但也可以說更多地來自

於我自己的移民經驗。我處於這樣一些場合，在這裡居住於其它時間、其它地方、其它民族的散佈的人變成了一種時間的聚集。這是一種流亡、移民和難民的聚集；是『外來』文化邊緣的聚集；是邊界的聚集；是城市中心的猶太人區或咖啡館的聚集；是半生不熟的外國口音或者他者語言的巨大影響的聚集；是同意、接受、程度、話語和風紀的聚集；是對於不發達其它世界的追溯記憶；是對於再生後過去的聚集；是現在的聚集。」巴巴指出，從 19 世紀中期開始的現代民族的後期，正是殖民主義的對外侵略擴張時期，也是非西方人大量持續地移居西方的時期，正是這種異文化的移植進入大大衝擊了現代民族國家和文化的觀念。巴巴很讚賞霍布斯巴姆（Hobsbawm）的做法，他所想做的，正是「從民族的邊緣和移民的流亡的角度，書寫現代西方民族國家的歷史。」在這一方面，他的障礙是西方不言而喻的民族主義概念，他試圖釋述的是「在『人民』或『民族』的名義下活動、並使其成為社會和文化敘述的範圍的永遠的課題的文化身份和話語運行的複雜策略。」[82]

民族國家是現代性的基本單位，巴巴解構現代民族國家的觀念只是一個開始，他更大的目的是從宏觀上批評、補充及訂正整個現代性的概念。在《民族與敘事》中，巴巴就已經談及了「邊緣」／「民族國家」／「現代性」的關係。他說，顯示邊緣性並不是為了爭取文化優越性——無論是西方的東方的，或者追求「邊緣」自身的烏托邦，它的意義在於以特有的邊緣空間打斷西方現代性的秩序，「它大大地捲入進了現代性的辯護中——進步、同一、文化有機體、原初的民族，長長的過去——它在民族利益或種族特權的名義下理性化了文化中的獨裁的、『正當化』的傾向。」[83]

　　作爲《文化的定位》一書中「結論」的文章「種族，時間和現代性的修訂」一文，是巴巴從種族和殖民性的立場論述現代性的重頭文章。在這篇文章的開頭，巴巴以法儂的黑人視野進入論述。黑人在白人世界被作爲骯髒的另類他者，「『骯髒的黑人』或簡言之『瞧，一個黑人』」，巴巴認爲儘管法儂談論的是「一位來自馬提尼島的人在里昂的街頭承受了種族主義的目光」，但由此而及的黑人在現代世界的「遲誤性」（belateness）具有普遍性和重要意義，因爲他所談論的不是簡單的黑人的歷史性，而是涉及到對於現代性的理解。在通常談論的西方現代性中，「人類」得以「授權」產生。對於白人來說，黑人遲到了，「你們來遲了，太遲了，將永遠只有一個世界一個在你和我們之間的白人世界」，但這種黑人的「遲誤性」不言而喻地對現代性提出了挑戰。巴巴說，「正是這種對於白人世界本體論的反抗——對於它預設的理性和普遍性等級形式的反抗——使法儂轉向一種重述和質詢，一種對於原初，不同的歷史的重述，它再不會返回到同樣的權力中去。」巴巴拈出的法儂的另一個概念爲「時間滯差」（time-lag），「時間滯差」體現的是殖民地及邊緣世界與現代西方世界的不平衡狀態。正如法儂認爲「遲誤性」不過是把白人想像爲普遍性規範性的結果，所謂「時間滯差」其實也是在人類持續進步主義者的神話中產生的。不過，在巴巴看來，正是在這種「時間滯差」所體現了殖民後殖民的歷史和符號中，現代性工程顯露出自己的矛盾性和未完成性。故此，巴巴說，他試圖將文化差異的「時間滯差」作爲表現底層和後殖民世界的結構來發展。

　　關於現代性，哈貝瑪斯將其形容爲一種「在人類與社會世界關係上造就了一種認識簡化的西方自我理解的形式」。「在

本體論上，世界被簡約成爲一個整體的實體（作爲一個客體的整體）；在認識論上，我們與世界的關係被簡約爲認識的能力……各種事態……呈出目的理性的樣式；在語義學上，它被簡約爲自信的事實陳述話語。」這樣的一種現代性，處於一種不斷的重構和再造的過程中。巴巴想問的是，這種重構和再造中是否沒有意識到一種文化局限性，那就是文化差異中的種族中心主義。正如羅伯特·揚所說的，「自我之中變化的銘刻，會帶來一種新的道德關係。」的確，一但將殖民性的維度帶入現代性，問題立刻就會浮現出來，巴巴說，「我想提出我的一個反現代性的問題：在殖民條件下，在給予其自身的是歷史自由、公民自主的否定和重構的民族性的時候，現代性是什麼呢？」

巴巴欣喜地看到，在後殖民寫作實踐中，人們已經不再僅僅強調簡單的反帝反殖，或者黑人民族傳統，而開始「試圖通過置換的、置疑的底層或後奴隸制敘述，和他們生產的批評理論視角，來打斷現代性西方話語。」關於後殖民實踐，巴巴列舉了休斯頓·貝克（Houston Baker）對於哈來姆（Harlem）的解讀，他主張，「對於西方現代主義的修訂，既需要主體的語言授權，又需要隱喻性的移民實踐。」還有卡諾·貝肯內吉（Carol Breckenridge）和阿尤·阿帕都萊（Arjun Appadurai）的「公共文化」計劃，巴巴認爲，他們所強調的重點是「文化現代性的跨國界的播撒」。在這篇文章的另一處，巴巴再次提到了「底層的、出生於奴隸的人們現在抓住了現代性的特別事件，他們以生硬的姿態賦與現代性『休止符』，並轉化其思想的領域，並在他們的後殖民批評之中書寫。」例如黑人表現主義，「黑人『表現主義』顛覆了模式化的情緒和模式化的感

覺，從流行於平民的現代主義之中，『理性不斷地產生』出來。」例如斯圖加特・霍爾在英國黑人語境中提出的「新種族性」，它「創造了一種文化差異的話語，它標明了反對種族固定化、擁護一種體現在性別和階級上的寬泛的少數民族話語的種族性。」

　　從殖民性的視角看，現代性的問題到底何在？現代性的後殖民轉換需要注意哪些問題？這些是巴巴反復提到並著重探討的問題。巴巴認為，關於現代性，從後殖民的視角出發確實有很多可以爭議的問題，如「現代性的當下到底是什麼？誰來介定我們說的當下？這又導致了一個更有挑戰性的問題：這種被反復提到的現代化欲望是什麼？為什麼強制堅持其同時發生的現實、其空間維度及其傍觀的距離？」在受到壓制的殖民性空間和時間內，顯示了一種反現代性的殖民性，但巴巴認為，這種轉換並不是對於原有的文化系統的簡單推翻，不是以一種新的符號系統代替原有的符號，這樣做的話其實只是助長了原有的未加反省的「統一性政治」。殖民性構成了現代性的斷裂，但它既質疑現代性，又加入現代性。它構成一種滯差的結構，從而重述現代性。從後殖民的結構出發，巴巴強調現代性的分裂性，他認為克拉德・萊福特（Claude Lefort）的分析的精彩之處就在於看到了社會的模棱兩可和分裂性。他認為：「新的、當代的東西，通過現代性作為事件和闡述的分裂，體現在時代性或日常性之中。現代性出現於分裂的過程中，出現於時差中，作為當代性它給予日常生活的實踐持續性。」[84]

　　西方內部本身也產生了反現代性的理論，那就是後現代主義，那麼從後殖民的角度看，後現代本身是不是也有問題呢？巴巴的回答是肯定的。巴巴在後期的文章，如《後殖民與後現

代：中介問題》、《新東西怎樣進入世界：後現代空間，後殖
民時間和文化翻譯的試驗》及《種族，時間和現代性的修訂》
等文中，專門探討了後殖民與後現代的問題。也就是說，巴巴
不但批評、訂正現代性，他還同樣地批評、訂正後現代性。

對於後現代主義，薩義德持一種抵觸的態度。他嚴格地將
殖民地第三世界的現實與西方後現代區分開來，認為利奧塔等
人對於歷史宏大敘事的消解，並不適用於西方之外的世界。他
認為在歐洲已經走向取消歷史的消費主義後現代社會時，第三
世界國家所面臨的卻是西方的宰制的威脅，因此反抗鬥爭的
「宏大敘事」仍然存在，「其中的一個重要主題，是對歐洲中
心論和西方霸權進行不懈的批評。」[85] 如此看，薩義德基本上
站在一種中西對立的二元立場上對後現代主義進行排斥。巴巴
則將文化混雜作為當代文化現實，論述後現代主義的思想脈絡
及其問題。

在巴巴看來，後現代主義在觀念上破除了很多固定的西方
現代性概念。譬如在《民族與敘事》一書中，巴巴明確主張引
用後現代思想資源，解構舊的民族國家觀念，「我的意圖是，
我們應該在一種友好的合作張力關係中建立一種植根於後結構
主義敘述知識理論的廣泛閱讀——文本性、話語、闡述、書
寫、命名策略的『語言的無意識』——以便理解民族空間的模
糊的邊緣性。」到了《文化的定位》，巴巴開始更多地從後殖
民角度批判後現代主義的不足。在《後殖民與後現代‧中介問
題》一文中，巴巴指出，「通常的後現代爭論質疑了現代性的
可疑之處——它的歷史反諷、它的分離的暫時性、它的進步的
悖論、它的表現的疑問。但如果接受這一看法——離開了這些
文明的觀念的野蠻殖民前輩，都市的文明史將無法想像——這

些質疑的價值和判斷將會大大改觀。」他明確表示，他在反現代性的意義上借鑒後現代主義，但後現代主義還遠遠不夠，需要接受後殖民歷史的質疑，「我在這種後殖民性的反現代性意義上使用後結構主義理論，我試圖表現西方授權在殖民性『觀念』中的挫敗以至不可能性。我的動力是現代性邊緣的下層的歷史，而不是邏各斯中心主義，我試圖，在較少的規模上，修訂成規，從後殖民的位置重新命名後現代。」[86]

　　在《文化的定位》的「結論」《種族，時間和現代性的修訂》一文中，巴巴專門以福柯爲例說明後殖民視野中的後現代主義的局限。福柯從康德的《什麼是啓蒙運動》一文的讀解出發，認爲「現代性的符號是一種破譯的形式」，其價值在於必須在歷史宏大事件之外的小型、邊緣叙事中尋找。通過康德，福柯將其「當下的本體論」追溯至法國大革命，他的現代性的符號正是從那裡開始的。福柯認爲：「法國大革命雖然產生了諸多有問題的後果，但人們卻不能忘記它所顯露出的（現代性）安置。」在巴巴看來，福柯雖然避免了君主主體和線型因果關係，但是如果站在西方之外的殖民地立場上就會發現新的問題。他認爲，福柯所談論的法國大革命的現代性意義僅僅是針對於西方人而言的，對於非西方殖民地人民來說，法國大革命只是一個「難以忘懷的不公平的戲弄」，「如果我們站在後革命時期聖多明哥黑人的立場上，而不是巴黎的立場上，福柯的現代性空間符號的種族中心主義局限就暴露無遺了。」巴巴認爲，後現代主義反思西方現代性的問題在於不能脫離西方自身的視野，這種自我反省的結構無法掙脫西方自身的邏輯系統。特別在種族主義的問題上，巴巴對於他很欣賞的福柯及本尼迪克特・安德森都進行了尖銳批評。因爲福柯沒有西方種族

主義的視野，故而他在《性史》中不得不將歐洲 19 世紀種族主義解釋為一種歷史的倒退。巴巴認為，希特勒在前現代而不是在性政治的名義下對猶太人的大屠殺，是對於福柯所說的現代性的一個巨大的歷史諷刺，「在這裡被深刻地提示出來的，是福柯與西方現代性的同構邏輯的共謀關係。將『血統的象徵』描繪為倒退，福柯否定了作為文化差異的符號及其重複模式的種族的時間滯差。」如果說，福柯缺乏非西方的視野，那麼本尼迪克特・安德森則有意識地將西方／非西方的界線同質化了。「正是王朝與民族的殖民焊接，使西方民族社會的現代性遭遇了它的殖民地對手。這樣一種對於理解西方當代都市種族主義至關重要的暫時斷裂狀態，卻被置於『歷史之外』。正是安德森提出的作為想像共同體的模型敘事的『一種跨越同質空洞的同時性』，遮蔽了這一點。」[87] 巴巴認為，安德森的「想像的共同體」概念建構了進步的西方現代性的同質性，而事實上「資本主義和階級的宏大相關敘事駕馭社會生產的機器，但其自身卻不能為環繞於性別、種族、女性主義、難民、移民、或艾滋病的死亡的社會命運的生活世界的文化身份和政治傾向提供一個基本框架。」[88]

從殖民者／被殖民者的話語混雜，到闡述民族國家的敘事性，再到質疑西方單一現代性，質疑後現代性的不徹底，巴巴最後得出了自己的「文化的定位」。他強調一種「文化差異」的現實，它的歷史前提是「後殖民移居的歷史、文化與政治的離散、農民和土族社群的社會置換、流亡的詩學、政治經濟難民的控訴作品」等等。這種文化差異，首先要求打破根深蒂固的文化本質主義的觀念，即不再將文化看作固有的本源，巴巴說：「理論創新和政治關鍵所在，就是需要超越本源敘事和原

初主體的思考，而集中產生於文化差異的表達的時刻或過程。」其次，「文化差異」還要求與當下流行的文化多元主義觀念相區別。因為所謂的文化多元強調的是異質並存的寬容原則，並存的前提是差異，而不是混合或融合。「文化差異」著眼於殖民及移民對於西方現代性觀念的衝擊，「文化差異的界線設置衝突與重合並置，它們可能會大大衝擊傳統和現代的定義，重新設置私與公、高與低之間的常規界線，挑戰發展和進步的常規經驗。」它要求確認文化混雜的現實，並把社會文化差異看作一個複雜的、持續的協商過程。它探討的問題是，「主體怎樣在差異（通常被看作種族／階級／性別等）的部分之間或之外形成的？在剝削和歧視的歷史、價值的交換、意義和首要等方面都不能相通對話，甚至嚴重地對立、衝突，以至不能通約的情況下，表現或權力的策略怎樣進入社群思想主張的形成之中的？」具體到個人，巴巴談到後殖民文學的時候，主張作家站在一種「離家」（unhomed）的立場上。所謂「離家」（unhomed）不同於「無家可歸」，也不同於反對家的概念，而是不以某種特定文化為歸宿，而處於文化的邊緣和疏離狀態。昔日歌德提出世界文學的概念，但那仍然是歐洲中心主義的，只有今天「離家」作家才能創造真正的後殖民文學。

（三）

中國學者對於霍米巴巴的批評，最常見的是指責他只注重話語實踐，而忽視政治實踐，忽視真正的反殖民革命鬥爭。這種批評，緣於中國學者不瞭解基本的後學理論立場。所謂政治實踐云云，正是巴巴等人所致力於批評的立場。巴巴反對民族主義的二元對立立場，認為這種政治對抗並沒有改變殖民者／

被殖民者的同一思維。薩義德在批判東方主義的時候,就一再提醒不能陷入民族主義的陷井,並贊成法儂及時地將民族意識轉換成了社會意識的說法。到了巴巴,他索性徹底倒向了後現代的政治文本化,強調話語的力量。不過巴巴在政治文本化的同時,也同時將文本政治化了。他在談到殖民者/被殖民者話語混雜滲透過程的時候,強調了被殖民者的接受中的抗拒及反凝視,及至對於殖民話語權威及真實性的變形和動搖。在談到了移民和文化雜交的時候,他強調了對於現代性話語的質疑和改寫。當然,我們可以懷疑混雜過程對於殖民話語的反抗效果。我們在前文談到,巴巴欣賞法儂黑人/白人他者在文化身份關係的心理分析,批評他最終走向了二元對立的政治對抗,也就是說,在文化混雜和政治對抗上,巴巴與法儂的分歧是有意識的,因而我們無法用後者來批判前者。

不過,在另外一點上,即在對於西方精神分析理論的運用和反省上,巴巴倒確實遜色於法儂。後殖民理論的基本立場是反省西方中心主義的現代性,但對於完全以西方為「人類」的弗洛依德、拉康等精神分析學說,巴巴卻毫無反省地運用。前面我們已經談過,法儂一方面運用拉康,另一方面又以黑人經驗質疑了拉康,認為拉康忽略了社會和歷史的因素。巴巴言必稱法儂,但這一疏忽實在讓人有點奇怪。

第六章
揚：白色神話

（一）

在後殖民批評界，英國牛津大學的教授羅伯特・揚（Robert J.C.Young）是一位很有實力和影響的人物，霍米巴巴即對他評價甚高。遺憾的是，大陸學界對於此人所知甚少，更談不上研究。

羅伯特・揚後殖民批評的特徵，來自於他自己的獨特位置。在這裡，我想指出兩點：一，後殖民理論雖然是一種西方理論，但後殖民理論家卻主要由非西方裔學者構成，如法儂來自中美洲和阿爾及利亞，薩義德來自巴勒斯坦，斯皮瓦克、霍米巴巴來自印度等等；羅伯特・揚卻是一位純粹的歐洲白人；二，羅伯特・揚在進入後殖民批評領域之前的學術背景是歐洲高雅理論解構主義；羅伯特・揚的第一部後殖民理論批評的著作《白色神話》出版於 1990 年，而在 1981 年他就編輯出版了兩部有關解構主義及歷史問題的著作，並在此領域為人所知。這種獨特背景，決定了羅伯特・揚在進入後殖民批評的時候會採取與其他非西方裔學者相對的觀察立場，即會從西方理論的內部——特別是他所擅長的當代解構主義與歷史——的角度回

應後殖民理論。自薩義德以來的後殖民批評，在問世後，在歐洲內部受到不少排斥，如牛津大學的康拉德（Peter Conrad）、劍橋大學的蓋爾納（Ernest Gellner）都在報刊上諷刺批評薩義德，麥肯齊（MacKenzie）更寫出著名的《東方主義：歷史，理論與藝術》一書，對薩義德進行了無情的批駁。羅伯特·揚卻並不本能地排斥後殖民理論，他從西方歷史和理論的內部進行學理回應，既在很多方面為「西方」正名，又在整體上支持了後殖民理論，應該說難能可貴。

後殖民理論是非西方裔批評家依據自己的「他者」經驗自種族的視角對於西方知識系統的批判，在眾口討伐下，西方知識淪為了同質化的「西方中心主義」標本。如薩義德在《東方主義》中聲稱：每一個西方人都是東方主義者。這種外部批判，顯而易見忽視了西方內部的差異。來自於西方內部的學者對此顯然更加敏感。在 2001 年出版的《後殖民主義：一個歷史介紹》一書中，羅伯特·揚專門關有「歐洲的反殖民主義」一章，梳理歐洲反殖民主義思想線索。不過，這還說不上羅伯特·揚的多大貢獻，因為薩義德在出版《東方主義》以後，早已經受到批評，並且他在後來的《文化與帝國主義》一書中已經含糊其詞地提到不少西方內部的反殖民主義者的名字。在我看來，薩義德的更大疏忽在於，他的斷言僅僅根據西方的東方主義這一差不多可以說以種族主義為前提的學科，卻並沒有涉及西方知識的更多領域，如此大放厥詞顯得輕率。羅伯特·揚的獨特之處在於，他專門從史學觀念的角度對西方知識進行了系統考察，從根本上檢驗後殖民理論。羅伯特·揚檢驗的結果是：西方的歷史書寫的確折射出根深蒂固的西方中心的整體化和單一化的傾向，這無疑有力地支持了後殖民理論；不過與薩

義德等人的理論不同的是，羅伯特‧揚認爲當代西方思想其實
不乏觀念上的突破者，可以德里達爲代表；他甚至認爲，在一
定程度上，薩義德本人也是西方中心的整體化和單一化思想的
組成部分。

　　羅伯特‧揚的論述從黑格爾和馬克思開始。他認爲：黑格
爾認爲非洲沒有歷史，馬克思認爲英國對於印度的殖民會促使
印度的發展，這兩者都是歐洲中心主義的。對於黑格爾和馬克
思的批判，在後殖民理論那裡並不新鮮，羅伯特‧揚的視角有
所不同，他主要著眼於歷史觀和思維方式。與後殖民批評家常
常動輒把歐洲中心主義追溯到黑格爾的「主人／奴隸」二分法
不同，羅伯特‧揚引用西蘇（Helene Cixous）的話說明：黑格
爾本人並不需要對此負責，因爲他並沒有「發明」什麼新的東
西，而只是體現了西方日常生活的邏輯。在羅伯特‧揚看來，
馬克思更驗正了這一邏輯的可怖，因爲馬克思是反歐洲帝國主
義，反黑格爾的，但他在思維方式上竟然與他所反對的系統有
了一種不自覺的「共謀」。這種思維方式，羅伯特‧揚稱之爲
「同一與他者的辯證法」，「在整體系統內作爲一種知識形式
的對於他者的占用，與歐洲帝國主義歷史（如果不是預謀）及
與種族主義、性別岐視主義聯繫在一起的他者的慣例並肩而
立。」[94] 這種辯證法思維的威力在於，你無法通過反對它而戰
勝它，「眞正的困難在於尋找一個黑格爾辯證法的替代物──
非但困難，嚴格說來簡直不可能，因爲辯證法的運作已經包括
了它的否定形式。你不可能通過簡單地通過與之矛盾走出黑格
爾，你也不可能通過簡單地反對走出其它黑格爾系統，馬克思
和心理分析，因爲你的批評都是還原性的，就像意識形態或心
理抵抗一樣。」[95]

如此看來，黑格爾、馬克思之後的西方歷史書寫，很難逃出這一「同一與他者的辯證法」魔咒，無怪乎後殖民批評家全面否定和批判西方當代理論的「種族中心」。不過，問題沒那麼簡單，在羅伯特‧揚看來這種輕易的否定只是一種想當然。他認爲，當代西方理論其實經歷了掙脫黑格爾、馬克思思維方式的艱難過程，特別是後結構主義在這一方面功莫大焉，這一點似乎不被批評者所注意。對於馬克思之後西方歷史觀念變革過程的考察，正是羅伯特‧揚的用心所在。

羅伯特‧揚大致將歐洲一戰後的西方理論區分爲德國學派和法國學派，認爲兩者都是在對於西方歷史傳統的反思中發展起來的，而後者較前者在歷史觀念有更可觀的突破。德國學派以法蘭克福學派爲代表。一戰之後，法蘭克福學派致力於追究法西斯得以產生的原因。在《啓蒙辯證法》中，霍克海姆和阿爾多諾將法西斯的根源追溯到了西方啓蒙理性傳統。知識理性原來用於發現規律，控制自然，但最後發展成爲對於人自身的控制。結果，理性變成了非理性，啓蒙運動變成極權主義。如果說歐洲內部的一次大戰導致法蘭克福學派主要在西方的文化脈絡上追究法西斯與啓蒙理性傳統的關係，那麼二次大戰後的法國的後結構主義則因爲又經過了殖民戰爭的失敗及殖民地獨立革命等歷史而具有了更爲寬闊的視野，他們思考的中心問題已不僅僅是法西斯主義，而是產生法西斯主義症狀的文化機制，「這裡的焦點不再是非理性的繼續存在，因爲非理性終究不是理性自身排斥卻必需的他者，而是可能取消其控制趨勢的存在於理性內部的其它邏輯。」[96]

不過，德國學派和法國學派的分法只能是大致的，因爲作爲德國學派傳統的最後人物卻是法國人薩特。在捍衛馬克思主

義方面，薩特與德國的西方馬克思主義者站在一起；並且，至五六十年代，存在主義馬克思主義在歐洲形成了馬克思主義的最高峰或者說絕唱，其後就成了法國結構主義和後結構主義的天下了。斯大林主義的後果導致了馬克思主義在歐洲的普遍幻滅，西方馬克思主義試圖以回歸眞正的馬克思爲要旨，正本清源。羅伯特‧揚認爲，他們雖然反對馬克思的經濟主義，卻並不反對歷史整體論。以西馬的始祖盧卡契爲例，羅伯特‧揚談到，「在他的著作中，我們會很清楚地看到他對於整體性的堅持與作爲形塑所有藝術作品內在需要的整體性的浪漫美學的關係。更意味深長的是，整體性在這裡正是作爲補救異化於外在世界的現代人的缺失的手段而出現的。按照盧卡契的說法，小說正構成了向統一性的努力。」[97] 盧卡契的這種思路，對於戰後尋求以新馬克思主義人道主義代替斯大林主義的馬克思主義知識分子產生了極大的影響，這其中最顯著的人物就是薩特。不過，按照羅伯特‧揚的說法，這種思想事實上在當時就受到了主要來自法國思想不同方面的批評。羅伯特‧揚首先提到的，是梅洛—龐蒂。梅洛—龐蒂質疑那種「眞正的」與「虛假的」或「眞正的」「官方的」馬克思主義之說，認爲問題可能應該追溯到馬克思主義自身。羅伯特‧揚提出：「對於梅洛—龐蒂來說，任何東西都解決不了馬克思主義自身在其理論和其實踐的歷史之間的分裂，它自身在作爲自然需要過程的歷史和作爲人類實踐的歷史之間存在著理論上的模糊。」梅洛—龐蒂希望擺脫那種作爲一種客觀眞理過程的歷史的辯證邏輯，而代之於一種開放的辯證法。[98] 梅洛—龐蒂之後，羅伯特‧揚提到了列維—斯特勞斯（Levi－Strauss）。以人類學見長的列維—斯特勞斯容易發現薩特歷史觀的單一性，他認爲，「薩特排斥

西方之外所有的歷史，從而創造了一種單一的歷史；他的整體化的歷史，只能通過一種既定的種族中心主義才能得以進行。」[99] 羅伯特・揚認爲，列維—斯特勞斯將薩特的理論與種族中心聯繫起來，是打中了薩特的要害。當然，他也指出，列維—斯特勞斯其實並沒有完全否定整體化的思想，他事實上是以結構主義的共時整體化替代薩特的歷時整體化。在列維—斯特勞斯批評薩特一年後，德里達就發表文章質疑他的共時整體論的概念。薩特尚未回答列維—斯特勞斯的批評，阿爾都塞出版了《保衛馬克思》（1965）和《讀資本論》（1968）。阿爾都塞並沒有因爲捍衛馬克思而支持薩特，相反，他的批評矛頭恰恰是薩特等人的人本主義馬克思主義。阿爾都塞批評了薩特關於人和主體的概念，這種觀點違背了馬克思關於人的主體並非歷史的中心的思想，也壓抑了弗洛依德關於人甚至不是自己意識的中心的思想。阿爾都塞所探求的，是「無主體過程」的歷史，是「斷裂的，非持續的，非常區別和非整體化」[100] 的歷史。後結構主義的「非歷史」性，其實可以追溯到阿爾都塞。德里達在《立場》中承認：阿爾都塞對於黑格爾整體論的批判和對於差異的強調，在一定意義上構成了自己源頭。當然，在後結構主義者的眼裡，阿爾都塞仍有很大的局限。對阿爾都塞的突破，最值得一提的當然是他的學生福柯。福柯摒棄了阿爾都塞的意識形態的概念，代之以話語，並對於歷史主義理論進行了被羅伯特・揚稱之爲最有力的攻擊。

在羅伯特・揚看來，福柯已經意識到了西方中心主義的問題。他認爲，福柯將歷史追溯到胡塞爾的《笛卡爾沉思》（1929）和《歐洲科學的危機》（1936），笛卡爾的所發現的「單一的理性運用的『西方』工程和科學實證與哲學激進論之

間的關係」使得福柯能夠建立一種對於阿爾都塞所回避的有關
科學的批評立場。在回答啓蒙運動之於當代理論的意義的時
候，福柯指出了三點：一是日益增長的技術的重要性；二是與
『革命』相關的樂觀的理性主義；三，「在殖民主義時代結束
的今天，啓蒙運動讓我們追問西方：爲什麼它的文化、科學、
社會組織及其理性自身能夠自居普遍性？它是否是一種與經濟
控制和政治霸權相關的幻象？」羅伯特・揚認爲，福柯所說的
第三點能夠代表法國學派與德國學派的不同興趣所在，即強調
「馬克思主義與啓蒙理性的聯繫」和「對於啓蒙主義所聲稱的
價值普遍性的質疑」，強調「普遍啓蒙主義，宏大叙述及其自
居的普遍性眞理與歐洲殖民主義歷史的聯繫」[101]。羅伯特・揚
認爲，雖然這裡並沒有出現對於殖民主義的直接分析，但福柯
的上述論述已經構成了對於歐洲知識普遍性的有力解剖。

　　當然，只有到了薩義德，西方知識中的歷史主義問題及其
與帝國主義的關聯才被眞正地揭露出來。薩義德在《東方主義
再思考》一文中對於歷史主義進行了明確批判，他認爲：西方
的歷史主義不過意味著從歐洲中心的角度觀察歷史，而且歷史
主義已經擴張到了帝國主義已經能夠包含它的對立部分的程
度，對於帝國主義的批判能夠與帝國主義實踐並生，而對於這
一點，西方缺乏一個「對於歷史主義內部的聯繫的最基本水準
上的認識論的批判」[102]。不過，羅伯特・揚認爲薩義德自身的
歷史觀也存在著問題。在他看來，薩義德拒絕解構，將之僅僅
看作是一種文本實踐手段，這使他在面對關於同一和他者的複
雜的概念性和辯證法的時候不免困惑。羅伯特・揚認爲，薩義
德的分析性的多元論不能解決問題，而他重新建立一種新的類
型的知識的企圖則帶來更多的麻煩。總的來說，羅伯特・揚認

為，薩義德並沒有走出他所批判的黑格爾模式，卻正畫龍點睛
重複他自己所批判的路徑。羅伯特・揚還提到了法儂，他認為
法儂所強調的「第三世界」的概念打破了西方世界資本主義和
社會主義的辯證法，但這個術語的問題同樣在於將異質化的世
界作了單一的描述，這個失誤表明我們無法提供一個一般性的
替代性範疇。

羅伯特・揚最後重點推出的人物，是列維納斯和德里達。
他認為，這兩位歐洲哲學家在清理西方與他者的關係上做出了
前所未有的貢獻，在一定程度上打破了同質性的西方傳統。

伊曼紐爾・列維納斯（Emmanuel Levinas，1906-1995）是
法國重要的現象學家，他早期將胡塞爾引入薩特，後期受到德
里達的推崇，在歐洲哲學史上具有獨特影響。萊維納斯解構本
體論傳統，然而又強調他者，重視倫理，在後現代思潮中獨具
一格。奇怪的是，這位從哲學角度清理批判西方中心主義傳統
的思想家，居然沒有引起當代後殖民批評的注意，甚至連福柯
也不提他。可以說，將列維納斯帶入後殖民理論，從而阻斷和
發展後殖民批評的結構，算得上是羅伯特・揚的一大貢獻。在
羅伯特・揚看來，如何理解和處理「他者」是我們所討論的知
識、理論或歷史的問題的節癥，就此而言，列維納斯給我們提
供了前所未有的理論批評。列維納斯的《整體性與無限性》
（1961）一書寫於兩次大戰的陰影下，他從戰爭引出了哲學。
他認為，戰爭是占有他者的一種形式，而其背後是一種主導西
方哲學的總體性概念，而西方哲學的發展過程，恰恰與對於他
者的排斥相吻合。列維納斯認為，這種「占有、取消他人的本
質而開放自己」的做法，可以黑格爾哲學可作為代表。不過，
還不止於黑格爾，它其實是一個從古至今的西方本體論問題。

羅伯特·揚說：「在西方哲學中，當知識或理論面對他者的時候，後者就固定並消失了，並變成了同一性的一部分。列維納斯認爲這種『本體論帝國主義』根深蒂固，至少可追溯到蘇格拉底，而當下也可在海德爾格爾那裡發現。」[103] 在歐洲哲學家中，很少有人像列維納斯這樣清醒地意識到和反省自我與他者的關係，並將其視爲歐洲文化的中心和基礎，這種視角導致了出人意料又發人深思的結論。列維納斯認爲，歐洲哲學重複了西方的外交政策：「自由」不過是一種自我擴張，它任意侵入他者文化；而國內的「民主」事實上以國外的殖民主義爲代價。這一點讓我們想起霍米巴巴在《狡詐的文明》一文中對於密爾的（J. S. Mill）論述，我們所熟悉的西方自由主義開山人物密爾在寫作《論自由》等闡述自由主義原則的經典之作的同時，正擔任英國海外殖民地東印度公司的新聞檢查官。這一例證，很生動地說明了列維納斯所說的西方自我與殖民地他者的西方文化結構關係。那麼我們如何瞭解和尊重他者？是否有一種方法，可以既避免像康德那樣在知識與道德之間求助於美學、又抵制利奧塔所認爲的兩者乾脆無法兼容呢？列維納斯以倫理學代替本體論，反對吸納他者的個人主義中心，主張經由社會關係而開放自己。他的具體方案是語言，而語言的存在形式是對話。這種語言和對話使得主體各自獨立，打破總體性，「他者仍是絕對的他者，他僅僅是進入一種對話關係，這就是說，作爲一種同一性身份的歷史自身，並不能對自我和他者進行總體化。」[104]

羅伯特·揚「白色神話」的點題人物是德里德，事實上「白色神話」這一術語就來自於德里達。德里達一開始受到列維納斯倫理學思路的影響，早在 1964 年談論列維納斯的文章

中，德里達就在深入思考「『書寫』的條件使倫理學可能又不可能」的問題，「德里達甚至將他的邏各斯中心主義批判形容為首先是對於『他者』的尋找。」[105] 這一思考方向，正是來自於列維納斯關於同一性與他者的關係的論述，德里達曾談到，歐洲思想「不能夠尊重他者的存在和意義」，這種哲學傳統成為「壓迫和同一的整體主義的通常原因」。在羅伯特‧揚看來，這正是列維納斯的關鍵影響所在。羅伯特‧揚認為，列維納斯關於尋求自古希臘以來同一性壓迫的思想，構成了德里達《語法學》論述的語境，羅伯特‧揚指出：人們通常注意到德里達的解構對於一般知識的批評，卻沒有注意到他對於「西方」知識的批評；人們只是注意到德里達對於歐洲邏各斯中心主義的批評，卻沒有注意到他對於西方種族中心主義的批評。事實上德里達在《論文字學》中曾指出：「在將自我強加於世界的過程中，最原始最強大的便是種族中心主義。」德里達對於列維斯特勞斯之於他者文明的研究很有興趣，在「結構，符號，扮演」一文中所進行的著名的解構實踐中，德里達即向我們展現了「常常以科學和客觀的面目出現的人類學知識如何受到未被意識到的問題所控制：那就是中心的哲學範疇──德里達經之將其與歐洲中心主義聯繫起來。」[106]

對於歐洲內部的德里達何以能夠具有非殖民的視角，羅伯特‧揚給我們提供了獨特的解釋。羅伯特‧揚在《白色神話》的開頭有一段著名的話：「如果所謂的後結構主義是某一歷史時刻的產生，那麼這一時刻可能不是 1968 年五月革命，而是阿爾及利亞獨立戰爭，無疑它自身既是一種症狀也是一種結果。在這個方面，意味深長的是，薩特、阿爾都塞、德里達和利奧塔都或者生於阿爾及利亞或者與那場戰爭有關。」[107] 也就

是說，德里達等後現代思想之所以能夠從外部反省西方自身，與其阿爾及利亞這樣一個殖民背景有關。羅伯特・揚在此又將後現代從後結構主義裡面劃了出來，並認為後現代主義的發展伴隨著西方自我意識的相對化過程。羅伯特・揚斷言：後現代主義自身不但是晚期資本主義新階段的文化效應，更是西方歷史與文化的世界中心位置失落的產物，「根據福柯的說法，在 18 世紀末，『人』的作為『經典秩序』的中心位置解體了，讓位於『歷史』，那麼，在 20 世紀末，當『歷史』讓位於『後現代』，我們目睹了『西方』的解體。」[108]

（二）

對於當代法國的「高雅理論」，薩義德與後來的後殖民批評家一樣，在方法上利用，但從種族的角度加以否定。薩義德曾在訪談中對於當代法國理論進行蓋棺定論式的批評，他認為德里達、福柯以至拉康、阿爾都塞等人看起來顛覆了西方的結構和正統，但致命的問題是「他們出奇地以歐洲為中心。他們只對歐洲感興趣——真正說來甚至不是歐洲中心，而是法國中心，而我一貫反對任何中心。」[109] 人所共知，薩義德的《東方主義》受到福柯的影響，但他只是從方法上借鑒話語理論，後來因為對福柯的權力／話語的不可抵抗性的不滿而離開了福柯。在薩義德看來，福柯的權力／話語的不可抵抗性的局限恰恰來自於他的西方中心主義，「在我看來，他沉浸於權力的運作，而不夠關切抗拒的過程，部分原因在於他的理論來自於對法國的觀察。他根本不瞭解殖民地的變動，對於世界其他地方所出現的有異於他所知道的解放模式，他似乎也沒興趣。」與德里達比較起來，福柯還算幸運的，薩義德認為德里達的問題

更嚴重。薩義德的名言是：「德里達使我們陷入文本當中，福柯則使我們在文本內進進出出。」他認為德里達的作品缺乏社會、政治、歷史的維度，不滿意他的「不確定性」。薩義德毫無例外地批判德里達的西方中心主義，「他對瓦解種族中心主義既毫無興趣——雖然他曾高雅清晰地提到過它，他和弟子們對於發現、知識、自由、壓迫或不公正之類的問題沒有任何承諾。」[110] 薩義德的著述對後世影響很大，導致後殖民批評界對於西方當代理論大抵採取一種簡單的否定態度。在這樣一種背景下，我們清楚地看到羅伯特‧揚的價值。羅伯特‧揚對於黑格爾、馬克思之後的西方歷史觀念的內在同一性及變革過程的具體考察的考察，打破了後殖民批評批判西方當代西方理論的「同一性」。德國學派對於馬克思主義的反省，法國學派對於西方自我／他者關係的認識，讓我們看到了現代西方思想的異質發展過程。而列維納斯的思想，一方面讓我們驚嘆其批判西方「帝國主義本體論」的眼光和理論建樹，另一方面又不得不感嘆薩義德等人的孤陋寡聞。羅伯特‧揚對於德里達非種族意識的分析，也讓我們感覺到薩義德等人的否定失之簡單－－在這一點上，斯皮瓦克後來曾對薩義德有所糾正，羅伯特‧揚對於德里達等後現代與阿爾及利亞歷史淵源的揭示，也是道人所未道。

在我看來，羅伯特‧揚為當代後學批判理論的辯解似乎有點過甚其辭。像薩義德那樣完全將其視為西方中心主義固然片面，而像羅伯特‧揚那樣完全將其視為反西方中心主義也走到了另一個極端。如果說，薩義德等人忽視了德里達思想中的反西方中心主義因素，那麼羅伯特‧揚則忽視了德里達思想中的確存在的西方中心主義立場。羅伯特‧揚為福柯所作的辯護，

顯得更為勉強。他認為，崛起於阿爾及利亞獨立戰爭之後，本
人又曾在非洲的突尼斯待過兩年的福柯，擅長於分析知識中的
權力運作，自然不會放過殖民主義和種族中心主義的問題。可
惜事實並不然，福柯的著作事實上一直謹守西方中心主義立
場，對種族和殖民主義問題保持沉默。薩義德之外，斯皮瓦
克、霍米巴巴都對福柯作過有說服力的批評。斯皮瓦克認為：
福柯的權力分析忽視了種族的視角，「診所、精神病院、監
獄、大學──所有這些看起來都是被遮蔽性的寓言，它們掩蓋
了對於更大的帝國主義敘事的閱讀。」[111] 她認為福柯沒有認識
到非西方世界的方面，因而讓自己站在「國際勞動分工的剝削
者的方面」。斯皮瓦克感嘆：「讓當代法國知識分子想像可以
容忍歐洲的他者世界裡的無名主體，這是不可能的。」[112] 霍米
巴巴也曾在對福柯關於法國大革命的解說為例，剖析他的西方
中心主義，「如果我們站在後革命時期聖多明哥黑人的立場
上，而不是巴黎的立場上，福柯的現代性空間符號的種族中心
主義局限就暴露無遺了。」羅伯特・揚本人在後來的文章《福
柯關於種族與殖民主義的思想》（1995）及著作《後殖民主
義：一種歷史介紹》（2001）一書中曾無可奈何地承認，福柯
在種族問題上的空白的確讓人失望。

與此相反的是，對於馬克思及以繼承馬克思主義自居的薩
特，羅伯特・揚則評價過低。讓人奇怪的是，羅伯特・揚一廂
情願地在德里達、福柯等人西方中心的思想體系中搜索例外，
對於馬克思、薩特著作中大量顯在的反殖思想卻視而不見。羅
伯特・揚大約是受到薩義德的影響，僅僅摘取英國殖民主義會
促進印度歷史進步的話，就將馬克思打發了，並將其與黑格爾
相提並論。馬克思的看法其實沒這麼簡單，他的確認為殖民主

義可能會給殖民地帶來生產力，但他同時認為印度人如果不推翻英國殖民者，掌握生產力，則不可能掌握自己的歷史。馬克思對於歐洲殖民主義批判有加，事實上構成了西方反殖民主義史學傳統，而羅伯特・揚卻僅僅將其與黑格爾一道作為西方中心主義傳統的根源加以批判。同樣的情形也發生在薩特身上。正如馬克思是西方十九世紀最重要的反殖思想家，薩特可以說是二十世紀歐洲批判理論中最重要的反殖批評家。羅伯特・揚提到的最重要西方思想家如列維納斯、德里達、福柯等，事實上主要是觀念的辨析，並沒有直接的殖民主義批判，只有薩特直接進行了殖民主義批判。薩特的殖民主義批判，主要體現在他為梅米《殖民者與被殖民者》（Albert Memmi, The colonizer and the colonized）和法儂《地球上不幸的人們》（Frantz, Fanon, The wretched of the earth）這兩部書所寫的「前言」中。在這兩篇「前言」中，薩特對於歐洲殖民主義進行了詳盡的分析和批判。他從經濟角度分析殖民地的起源，認為宗主國從殖民劫掠原材料，然後向殖民地傾銷商品，造成了殖民地的依賴和貧窮。薩特支持被殖民者起來反抗，以暴抗暴，推翻殖民者，「你說他們只懂得暴力？當然，開始暴力只是殖民者的，但不久他們也會運用暴力；也就是說，同樣的暴力會返回到我們身上。」[113] 薩特還從種族的角度，觀察到階級鬥爭學說的內在局限。在歐洲，貧窮者雖然受到壓迫，但他們尚被視為出賣體力的自由人，而被殖民者則乾脆被視為非人。馬克思主義號召全世界無產者聯合起來，薩特卻從其中看到了種族主義的問題，即歐洲的無產者往往不願意理睬殖民地的被殖民者，因為他們的待遇相對而言較被殖民要好，而且存在著種族優越感，因此同樣成為「小的殖民者」[114]，這種看法是發人深省的。作為西

方現代最有影響的思想家，薩特獨具慧眼地支持如今被視爲後殖民批評源頭的梅米和法儂，在西方世界公開進行殖民批判，應該說意義非同一般。羅伯特・揚在書中大談薩特的《辯證理性批判》（1960），批判其中的歷史總體性和辯證法，卻很少提到這兩篇「前言」。羅伯特・揚可能會回應：這是薩特的政治反抗，而他的「白色神話」談的是歷史書寫的問題。的確如此，羅伯特・揚在書中曾提到，薩特因爲政治上的反殖民，所以避免了歐洲中心主義的指責。但在我看來，歷史觀的問題與政治問題其實並不那麼容易分開，政治反抗總是要追溯到文化反省和歷史清理。薩特在給法儂的書所寫的前言中指出：其實這裡並不需要我的前言，因爲這本書並不是寫給歐洲人看的，歐洲殖民者在這裡不過是被根除的對象，不過我們卻可就此反省自己，「我們必須面對意想不到的揭露，對於我們的人道主義的剝弄。然後你可以看到，赤裸裸的，它並不美妙。它不過是意識形態的謊言，是對於掠奪的完美辯護；一切甜言蜜語和傷感不過是我們的侵略的藉口而已。」薩特談到，西方歷史文化的發展一向是建立在壓抑「他者」的基礎之上的，所謂「自由，平等，友愛，愛情，榮譽，愛國主義」等等，「所有這些都並不妨礙我們發表關於骯髒的黑人、猶太人及阿拉伯人的種族主義言論。高貴的人，自由主義者或好心人抗議說，他們震驚於這種言行不一，但他們不是錯誤的就是不誠實的，自從歐洲人通過創造奴隸和怪物而變成人之後，沒有什麼比種族人道主義更言行一致了。」[115] 在這篇前言的最後，薩特預言，西方的把戲快要結束，「這是辯證法的結束」，即將開始的是「另外的故事，即全人類的歷史」。羅伯特・揚在批判薩特的歷史總體論、辯證法以至種族中心主義的時候，似乎完全忽視了這

些寫於《歷史理性批判》一書之後的文字[116]。

（三）

　　薩義德的《東方主義》及其所帶動的後殖民批評面世以來，作爲被批評對象的白人學者不服氣，而非西方學者也並不買帳，如阿加茲・阿罕默德（Aijaz Ahmad）等人的批評更爲激烈，後殖民理論變得裡外不是人。羅伯特・揚，態度卻大不一樣，他雖然從西方內部澄清這一理論的問題，但他同時明確地支持後殖民理論，並從自己的立場上推動和發展這一理論。前面我們提到，羅伯特・揚認爲薩義德的「東方主義」和法儂的「第三世界」概念在歷史觀上仍有局限，這並不意味著羅伯特・揚否定他們，相反，他對這兩個人評價很高。羅伯特・揚將法儂視爲後殖民理論工程的開端，並將他的《地球上不幸的人們》一書視爲「旣是去殖民化的革命宣言，又是對於被殖民者及其文化的殖民主義效應的開創性分析。」[117] 至於薩義德，羅伯特・揚不止一次提到，雖然此前早已存在著殖民主義批評，但是《東方主義》一書的出版使得後殖民成爲一種引人注意的學科。羅伯特・揚認爲，薩義德的《東方主義》一書的影響「無論怎樣高估都不過份」，而從一定意義上說，後殖民理論就是在批評薩義德的基礎上發展起來的[118]。羅伯特・揚首先提出了薩義德、斯皮瓦克和霍米巴巴「三位一體（Holy Trinity）（俗稱後殖民理論「三劍客」）的概念，認爲他們三人建立了後殖民批評公認的核心領域，並在《白色神話》一書中對他們進行了專章論述。看起來，羅伯特・揚在確定和推動後殖民理論的過程中起了奠基性的作用，怪不得吉爾伯特說：羅伯特・揚的《白色神話》是一本「後世所有的評估後殖民理論的

人都必須承認從中受益」的書[119]。

在後殖民批評家中，羅伯特・揚最推崇的是曾在牛津與他同事的霍米巴巴。薩義德雖然批判東方主義的二元論，但他自己僅僅在西方的範圍內呈現知識生產，因此無意中仍在重複西方／東方的二元論。羅伯特・揚認為，對於薩義德二元論的最大挑戰來自於霍米巴巴。霍米巴巴試圖打破這種主體／客體、自我／他者、本質／現象的辯證關係，而代之以矛盾、分裂、雙向、模棱兩可等概念。羅伯特・揚列舉了霍米巴巴的《奇蹟的符號：1871年5月德里城外一棵樹下的威權與矛盾問題》一文，以文中牧師向印度本地傳教的事例說明殖民話語的混雜性。在羅伯特・揚認為，如果說薩義德的貢獻是以福柯的話語理論替代了從前的文化批評，那麼霍米巴巴則以心理分析替代了薩義德的話語分析。羅伯特・揚特別偏愛霍米巴巴的「雜交性」（Hybridity）這個概念，他將這個術語單獨提了出來，進行了歷史追溯，並將其從種族理論發展成為文化批評的概念，以之說明二十世紀文化交匯的狀態。羅伯特・揚認為，「雜交性」不同於非此即彼的常規選擇的「雙重邏輯」，「正可以作為二十世紀的特徵，與十九世紀的辯證思維相對立。」[120] 非但如此，羅伯特・揚還將描繪殖民話語交匯狀態的術語「雜交性」進一步發展成了一個動力學和本體性的概念。

霍米巴巴以弗洛依德、拉康的精神分析概念，深入分析殖民者與被殖民者之間的互動關係，的確精采，但羅伯特・揚猶感不足，他覺得這種分析尚是一種靜態分析，它可以從微觀的角度說明殖民話語的複雜狀態，卻不能從宏觀的方面說明殖民主義的動因；與此相反的是，馬克思從資本主義的經濟擴張的歷程說明歐洲殖民主義的起源是有說服力的，但看起來過於外

在，無法切入到心理欲望的深處。羅伯特・揚覺得只有將這兩
個方面結合起來，才能夠全面地釋闡殖民主義，從而徹底超越
薩義德的東方主義模式。羅伯特・揚找到一個合適的理論武
器，那就是德努茲（Deleuze）和瓜塔里（Guattari）的反俄狄
浦斯（Anti-Oedipus）理論。他認為，僅僅注意到德努茲和瓜塔
里的少數裔文學的概念，卻沒有注意到他們的反俄狄浦斯理
論，是後殖民理論的一大失誤。弗洛依德的俄狄浦斯理論是一
個洞見，但其問題在於它只說明個人和家庭，卻不能顧及到社
會，德努茲和瓜塔里察覺這一問題，他們認為俄狄浦斯情節不
但是一種個人壓抑，而且經由家庭構成了社會壓抑，是「資本
主義社會意識形態壓制的主要手段」，這一思想給了羅伯特・
揚以極大的啟示。羅伯特・揚說：「我想考慮德努茲和瓜塔里
的著作，他們給我們提供的，不是可以稱為替代薩義德模式的
東西，而是關於殖民主義運作的不同的思維方式。首先，反俄
狄浦斯具有非中心的殖民分析的長處，讓我們遠離那種走向全
球化的東方；它同時又提醒我們注意兩個明顯而重要、在今天
的話語分析中卻不被重視的兩個要點——作為殖民主義決定性
動力的資本主義的角度，和殖民化過程中所牽涉的物質暴力。
從理論上看，德努茲和瓜塔里的觀點的吸引力同樣在於這樣一
種方式：即哲學、心理分析、人類學、地理學及經濟學，等
等，都存在於一種相互關聯的系統中，顯示於資本主義的殖民
化過程中。」[121] 在這裡，德努茲和瓜塔里的貢獻在於指出打破
了物質生產和欲望生產的二元模式，他指出，欲望不僅是一種
個人的產物，更是社會的產物，它滲透到社會組織之中，因而
欲望的生產和社會的生產事實上是一種同構的關係。羅伯特・
揚認為，種族主義可以說是最為典型的說明欲望與社會生產的

例子，「於是，幻想不再是個人的，它是集體的幻想。」[122] 殖民主義也是如此，它不但是一種政治經濟軍事行為，同時也是一種欲望的生產。羅伯特・揚借助於德努茲和瓜塔里的想表達的意思是，殖民主義不但涉及物質上的領土，而且涉及心理上的殖民主義關係，不但涉及經濟和工業化，而且涉及文化關係。羅伯特・揚對於西方歷史進行了深入的考察，發現那裡存在著一種根深蒂固的對於「他者」的欲望。比如勃朗特、哈代、勞倫斯、康拉德、喬易斯等等西方現代經典作家，都無限熱衷於描寫「身份的不確定的交錯和侵入」。關於文化與帝國主義的關係，薩義德早已發表專著《文化與帝國主義》一書加以論述，羅伯特・揚的不同之處在於：他吸取了霍米巴巴的靈感，認為這種殖民欲望不完全是簡單的侵略或占領，而是一種「嫁接」和「雜交」。羅伯特・揚指出：「情況常常如此，殖民主義力量，如英國，並不消滅或破壞一種文化，而寧願試圖將殖民主義的超級結構移植過來，以便間接統治的方便，強加一種新的帝國文化模式，將殖民地文化轉變成為一種學術分析的對象，從而凍結這種原始本土文化。」[123] 這種內在的「嫁接」「雜交」的欲望與資本主義物質侵略結合在一起，形成了殖民主義的機器。

上面主要討論的是羅伯特・揚的《白色神話：書寫歷史與西方》（White Mythologies: Writing History and the West,1990）和《殖民欲望：理論、文化和種族的雜交》（Colonial Desire, Hybridity in Theory, Culture and Race, 1995）兩本書，前者主要討論西方的歷史書寫問題，後者借霍米巴巴的「雜交」和德努茲和瓜塔里的「反俄狄浦斯」概念建立自己關於殖民主義與欲望機器的理論，作為後殖民理論家羅伯特・揚的主要建樹差不

多都在這裡了。但在漢語世界裡，較爲人知的反而不是這兩本
著作，而是他出版於2001年的《後殖民主義：一種歷史介紹》
一書，原因很簡單，台灣2006年出版了這本書的漢譯[124]，這
是羅伯特・揚著作唯一的漢譯本。事實上，的確如書名所標
示，這部篇幅龐雜的書不過是一本介紹性著作，沒有多少理論
建樹。就後殖民理論的介紹而言，它的格式是比較特別的。它
既沒有按照主題來介紹後殖民理論，也沒有逐章地論述後殖民
批評家，而是花了大量篇幅介紹三大洲（Tricontinentalism，羅
伯特・揚自創了這個概念，用以取代第三世界和後殖民主義的
概念）殖民反抗的歷史。此書共28章，自第8章到第25章都
在談論世界反殖革命。從以下章節題目，我們約略知道其內容
之龐大：8，馬克思論殖民主義和帝國主義；9，社會主義和民
族主義：從第一國際到俄國革命；10，第三國際到東方民族的
巴庫會議；11，婦女國際，第三國際和第四國際；12，民族解
放運動：導言；13，馬克思主義與民族解放運動；14，中國，
埃及，萬隆會議；15，拉丁美洲（一）：馬力亞特吉，文化互
化與文化依賴；16，拉丁美洲（二）：古巴，格瓦納，卡斯楚
和三大洲；17，非洲（一），英語系的非洲社會主義；18，非
洲（二），恩克魯瑪和泛非洲主義；19非洲（三）拉明・桑格
爾，立歐波・桑戈爾和法語系非洲社會主義；20，非洲四：法
儂／卡布拉爾；21，暴力的承受者／主體：阿爾及利亞、愛爾
蘭；22，印度（一）：馬克思主義在印度；23，印度（二）：
甘地的反抗現代性；24印度（三）：雜揉性和底層階級的能動
性；25，婦女、性別與反殖民主義。很顯然，這本《後殖民主
義：一種歷史介紹》對於現代世界反殖民實踐的介紹打破了薩
義德將西方視爲鐵板一塊而將東方視爲沉默他者的結論。在

1993 出版的重要著作《文化與帝國主義》一書中，薩義德本人書中已經糾正了自己的錯誤，簡單談及了世界反殖民抵抗。當然，羅伯特・揚在這本書中的論述顯然更爲詳盡和系統。

有趣的是，正因爲系統地整理了現代世界反殖革命實踐，所以羅伯特・揚無法像薩義德那樣回避馬克思主義與反殖運動的關係，而正視的結果導致了羅伯特・揚對馬克思主義態度的微妙變化。在《白色神話》中，羅伯特・揚和薩義德一樣敵視馬克思主義，將馬克思與黑格爾一道視爲西方歷史主義的源頭，並將歐洲思想的變化建立在對於馬克思主義的糾偏上。到了《後殖民主義：一種歷史介紹》一書，羅伯特・揚這才發現：無論從第一到第四國際，還是第三世界的殖民反抗，都與馬克思主義息息相關，並以之爲指導思想和理論武器。如何解釋這一問題呢？羅伯特・揚對馬克思的敵視態度有了很大的緩和，他認爲：一，馬克思主義本身就具有反西方的性質，「馬克思主義既是一種革命政治形式，又是一種人類歷史上最豐富、最複雜理論和哲學運動，從某種意義上說，它從來都是反西方的，因爲它被馬克思發展成爲一種對於西方社會和經濟實踐及其價值的批判。」二，羅伯特・揚認爲馬克思士義似乎具有變通的性質，因此容易被非西方世界所採納，「如果說二十世紀的反殖民鬥爭和書寫都來自於馬克思主義的視野，這多半是因爲馬克思主義意識到了創造革命情境的不同主體條件的重要性，馬克思主義由之被修正爲適應非西方的環境，結果變成與經典主流不相符合。」雖然羅伯特・揚似乎仍然堅持馬克思對於印度的看法中所蘊含的「西方中心」問題，但他對於馬克思反殖民主義立場的認識已經今非昔比。羅伯特・揚開始轉而強調當代後殖民批評與馬克思主義的歷史聯繫，認爲「殖民抵

抗歷史中馬克思主義的歷史角色，在後殖民思考的基本框架中仍是最爲重要的。後殖民理論在馬克思主義批評的歷史遺產中運作，並繼續汲取同時轉化三大洲最偉大的反殖知識政治家的思想。」[125] 在另外一個地方，羅伯特·揚還專門提到：馬克思主義存在主義和馬克思主義一道，成爲後殖民理論的主要理論和語言資源 [126]。羅伯特·揚在這裡表現出的對於馬克思和薩特的善意，是從前所沒有的。由薩義德開始的後殖民理論，一直強調反馬克思主義的立場，羅伯特·揚在客觀地考察了馬克思主義反殖民理論和實踐的基礎上，將後殖民批評與歷史上的馬克思主義反殖傳統聯繫起來，應該說這是一種有價值的扭轉。

第七章

察特吉：東方歷史與民族主義

　　薩義德在《東方主義》等書給我們描繪了東方在西方的東方主義書寫中的「他者」形象，羅伯特・揚更在《白色神話》等書中具體地清理了西方史學觀念中的整體化和單一化觀念，讓人好奇的是，在破解西方中心主義歷史觀的過程中，東方自身的歷史書寫占據何種位置呢？東方的殖民地國家如印度，半殖民地國家如中國，它們的標榜「反殖反帝」的民族主義史學是否如想像中的那樣構成了對於前者的挑戰呢？察特吉（Partha Chatterjee）和杜贊奇（Prasenjit Duara）等人告訴我們：並不竟然！在對於印度和中國的歷史研究中，他們發現，東方民族主義雖然在政治上與殖民主義、帝國主義相對立，但在思想前提上卻往往不自覺地沿用了西方民族主義的思路。西方中心主義之強大、東方民族主義之渾然不覺，都同樣令人震驚。無怪乎八十年代察特吉關於民族主義與殖民主義關係的論述出現的時候，受到東西方學術界相當的重視；而九十年代在西方廣有影響的杜贊奇的中國研究，對於一直認為後殖民理論與中國無涉的中國史學界，無異於當頭棒喝。

（一）

　　察特吉是亞洲以至西方世界很有影響的學者，他的《民族主義者的思想與殖民世界：一種衍生的話語》（Nationalist Thought and the Colonial World: A Derivative Discourse，1986）和《民族及其碎片：殖民與後殖民歷史》（The Nation and Its Fragments: Colonial and Postcolonial Histories，1993）等早已成為談論亞洲民族主義的經典之作。察特吉是印度加爾各答社會科學研究中心（the Center for Studies in Social Science in Calcutta）的政治學教授，不過他的學術背景來自於西方，他曾受教和任教於美國 Rochester 大學，也曾在英國牛津、美國紐約等地大學任客座教授。他是印度庶民研究小組的核心成員之一。印度庶民研究小組以 1982 年出版的系列論著《庶民研究》（Subaltern Studies）為標誌，主編為當時任教於英國Sussex大學的古哈（Ranajit Guha）。到了第五期，察特吉成為主編。庶民研究小組的成員有各自的研究方向，但大體上是相關的。察特吉的著作很多，但最為出名的學術貢獻是關於民族主義與殖民主義關聯的研究。

　　我們知道，在殖民地和第三世界國家，存在著殖民主義與民族主義兩種歷史的對立。如薩義德在《文化與帝國主義》一書中所說的，殖民者不但要在軍事上占領殖民地，還要在文化上合法化自己的行為，因此殖民者通常注意歷史書寫，將殖民地的歷史書寫為文明教化的歷史。而殖民統治下的民族主義史學，則將歷史書寫為本土資產階級反抗殖民統治的過程。在殖民地獨立之後，繼政治軍事的勝利，民族主義史學在文化上也取得了對於殖民主義的絕對勝利，成為第三世界國家的歷史主

流。察特吉發現，出人意料的是，第三世界民族主義並沒有獲得最後的勝利，因爲他們雖然反抗殖民者，卻在無形中受制於殖民主義的思想。察特吉運用戰後法國哲學、特別是薩特和梅洛-龐蒂的現象邏輯著述中常用的「主題的」（thematic）和「問題的」（problematic）兩種類型概括殖民地民族主義。他認爲：在主題的方面，「民族主義者的思想接受和採納了與殖民主義同樣的建立在『東方』和『西方』區別基礎上的本質主義者概念、同樣的爲先驗研究主體所創造的類型學，同樣的爲西方科學後啓蒙時代的知識所建構『客體化』過程」。在問題的方面，雖然東方民族主義試圖反抗，但因爲「主題」方面的約束，東方民族主義戲劇性地成爲了一種「翻轉的東方主義」（the Reverse Orientalism），「這就是說，民族主義者思想中的客體依然是東方主義話語中所描繪的本質主義東方性，只不過他不再是被動的，非參預性的，他被視爲可以有所作爲的『主體性』。」[127]

在歷史敘事上，察特吉發現，印度殖民主義史學以來的民族主義史學常常不自覺地受到前者的影響。在《民族及其碎片：殖民與後殖民歷史》一書第五章「歷史與民族」中，他分析了 Tarinicharn Chattopadhyay《印度歷史》一書。這部書出版於 1878 年，是十九世紀下半葉英國殖民印度後孟加拉語學校最有影響的教科書，它當時風行一時，成爲其它歷史書的原型和基礎。

在談到印度古代歷史的時候，《印度歷史》一書中談道：

現在所有的梵文資料都充滿了傳說和神話故事，除了 Rajatarangini 之外，沒有一種真實的歷史敘述。

> 歐洲歷史學家已經多次論證，Kuruksetra 戰役發生於
> 公元前十四世紀。這次戰爭以後的很長一段時期，印度的
> 歷史敘述都是不確定的，部分的和矛盾的，不可能從其間
> 建立起一種敘述。[128]

　　在察特吉看來，這部書是印度本土歷史敘述被納入西方現
代殖民主義歷史學的開始。它的歷史敘述基本上來自於英國人
的歷史著作，並不新鮮。書中斷言印度史前歷史資料之不可
靠，依據的完全是殖民者的史學取捨標準，「『真實歷史敘
述』的標準當然是由歐洲歷史學者所制定的，印度沒有真正的
歷史敘述，是歐洲意識形態的獨特發現。」在《民族及其碎
片：殖民與後殖民歷史》一書的第四章「民族及其過去」中，
察特吉將 Tarinicharn Chattopadhyay《印度歷史》一書與此前的
歷史著作進行了比較。Mritynujay Vidyalankar 的 Rajabali 是第
一部孟加拉語歷史著作，寫於 1808 年。因為時在東印度公司
（1600）進入印度之後，這部歷史著作表現出傾慕於東印度公
司的保護的一面；不過，它出現於英國完全統治印度之前，也
早於英國撰寫的印度史，所以尚未接受殖民史學的東方論述。
察特吉指出：Mritynujay Vidyalankar 從來沒想過印度沒有「真
正的歷史記載」，而這在 Tarinicharn Chattopadhyay 則已經成為
了理所當然（self-evident）的事情。

　　在印度歷史敘述的基本結構編排上，Tarinicharn Chattopa-
dhyay《印度歷史》一書也深受殖民史學的制約。書中將印度歷
史的變遷敘述成這樣一個過程：古代文明發達，而後經歷了穆
斯林漫長的「中世紀」黑暗統治，其後是印度教民族主義的復
興。這是殖民史學結構模式的翻版，其材料和論述事實上也都

來自於前者。

　　《印度歷史》一書第六章的題目為「古代印度人的文明與學識」，其中寫道：

　　　　以巨人和侏儒、或者強大和虛弱來比較古代和現代印度還遠遠不夠。在早年的時候，在印度的外國旅行者吃驚於雅利安人的勇氣、真誠和謙遜，現在他們無法不感嘆這些品質的消失。在那些日子裡，印度人在韃靼、中國和其它國家插上了征服的旗幟，現在來自遙遠的小島的少量士兵就可以在印度的土地上稱王稱霸。在那些日子裡，印度教徒將自己以外的所有人都視為蠻人，並蔑視他們，現在那些野蠻人卻蔑視雅利安人的後代。印度人那時航行到蘇門答臘及其它島嶼，證據可見於巴厘島附近的大量島嶼，現在航海的念頭會嚇壞一個印度人的心臟，而如果任何人試圖去航海，他會立刻被社會放逐。[129]

　　察特吉指出，書中稱讚印度古代文明的說法及其材料，基本上來自於殖民東方主義敘事，「值得注意的是，歐洲學者的意識在這裡對 Tarinicharn 起了極為重要的作用。事實上，他所列舉的所有的關於古代印度學問的例子——包括天文學、數學、邏輯和語言學——都是十九世紀東方主義的發現。」「來自於東方主義學者的證據對於整個民族主義歷史敘述起了極為重要的作用。」

　　「古代印度人的文明與學識」一章是《印度歷史》中古代史的終結部分，接下來的歷史是穆斯林統治下的「中世紀」。書中對於穆斯林一味貶低醜化，將這一歷史時期寫的一團漆

黑。無需徵引原書,這裡只摘一段 Tarinicharn 的概括:

> 這段歷史的主角被賦予某種行為特徵。他們好戰,相
> 信他們的宗教責任就是屠殺異教徒。為劫掠的貪欲和和與
> 仙女同享天堂的景象所驅使,他們甚至於準備戰死沙場。
> 他們不僅是一般的征服者,而是「狂熱地征服」。出於這
> 種內在本性,他們自然會貪婪印度的財富[130]。

對於印度歷史上穆斯林的描寫,同樣來自於英國東方主義史學。察特吉具體論述了十九世紀英國殖民史學著作對於 Tarinicharn 的影響,他所談到殖民史學著作包括 Jame Mill 的《英屬印度的歷史》(1817),Elphinstone《印度歷史》(1841) 和 Henry Elliot, John Dowson 編輯出版的八部《印度自已的歷史學家談論的印度歷史》(1867-1877)等。

殖民史學為什麼要妖魔化穆斯林呢?原因很簡單,因為正是英國殖民侵略才打破了穆斯林的統治,穆斯林的殘暴自然說明了英國殖民統治的合理性。正如察特吉所言:「無論如何,中世紀衰落的理論正好符合十九世紀英國歷史學家關於『穆斯林在印度的統治是專制、無道和混亂的』的整體判斷,這當然成為殖民侵略的歷史藉口。」[131]另外一個原因是歐洲史學模式的影響,殖民史學很自然地將「歐洲中世紀/現代復興」的模式運用於印度歷史。而印度本土民族主義史學則不加鑒別地沿用了這樣一種歷史模式,只不過將復興者換為印度教民族主義者。

為什麼印度的歷史會變成印度教民族主義的歷史呢?原因是印度教民族主義者得到了政權,而印度教民族的歷史就成了

印度國家的歷史。如此我們就清楚了，印度民族主義史學在根基上受到了歐洲現代民族國家史學觀念的影響。西方馬基雅維里（Machiavelli）式的歷史觀將歷史視爲國家歷史，印度民族主義史學繼承了這一史學架構。察特吉談到：將印度民族主義等同於印度教民族主義「完全是現代的、理性主義的和歷史主義的觀念。正如其它現代意識形態，它將國家視爲社會現代化的中心角色，特別強調國家的統一性和主權。」[132] 他將第一部孟加拉語印度歷史 Mritynujay Vidyalankar 的 Rajabali 與 Elphinstone《印度歷史》做了對比，認爲前者尚是一種神聖的歷史，後者則已經是一部世俗的現代歷史。但馬基雅維里（Machiavelli）式的國家歷史觀，本身是歐洲單一民族國家的結果，將這種史學構架放到多民族國家印度則會立即出現民族關係的問題。上面談到的印度穆斯林等其它民族的歷史在民族主義歷史敘述中遭到壓抑，即是這種史學觀念的結果，這種印度教民族主義對於印度其它民族來說自然是不公正的。察特吉在書中提到了如 Sheikh Abdar Rahim, Abdul Karim 等人重述穆斯林歷史的努力，不過，諷刺的是，這種重述往往只是顛倒正統治，以其他民族代替印度教的位置，結果在結構和觀念上與英國殖民史學及印度教民族主義並無多少區別。

　　如此，問題就集中到了國家主義的史學觀，庶民研究小組的領頭人古哈（Ranajit Guha）後來對此深有體會，並擬定了自己的對策。

　　我們習以爲常地談論歷史，但對確定歷史事件的選擇標準和評價尺度卻不甚了了。古哈指出：「很明顯，要決定哪些事件或行爲該被視爲歷史性的，便要有所分辨，即這裡涉及了沒有說明的價值觀和標準。是誰確定的，依據什麼價值觀和標準

確定的呢？一路刨根究底下來，不難發現，在大多數情況下，確定權不是別的，而一種意識形態，對這種意識形態來說，對國家關鍵的才有歷史意義。正是這種意識形態，即下文所稱的國家主義（Statism），使國家的主導價值觀具有了確定歷史標準的權力。」這種國家主義的模式來自於歐洲，我們可以追溯到現代歷史思想開始的意大利文藝復興時期，其中典型的代表人物可說是將歷史與治國混為一談的馬基雅維里（machiavelli）。而在此後歐洲民族國家的進程中，這種歷史研究的模式完全被制度化了，這其中的重要動因之一是國家與公民社會在歷史空間中的互動。十九世紀由英國人傳入印度的，就是這樣一種制度化的國家主義史學。古哈認為，由於殖民地印度和歐洲公民國家的差異，這種後來為印度民族主義繼承的國家主義史學其實並不適用於印度，「在其自由主義傳統的著作中，他們發現很容易跟從當代印度史的官方闡釋，把印度史簡單地視為一部殖民地國家史。但是，這種解釋是有謬誤的。在支配性的歐洲國家，公民授權資產階級代表他們，同時亦因此而得到許可把各自的公民社會化為己有。但在殖民統治下卻不存在這樣一種過程，在那裡，只外來政權統治一個國家，而沒有公民，只有征服權而沒有憲章上的公民授權，因而殖民統治永遠也不會得到它所垂涎的認同。由此，將殖民地國家印度等同於公民社會國家是毫無意義的。印度歷史並不僅限於英屬印度的歷史，所以國家主義對於印度人的印度史學並沒有多少用處。」[133]

在古哈看來，將印度史等同於國家史，湮滅了大量的國家政權史之外的東西，同時使我們無法以自己的方式與歷史對話。印度歷史上殉夫自焚事件是庶民研究中被廣泛討論的話

題，從此我們可以看到下層民眾的聲音被官方史學壓抑的狀
況。殉夫自焚——即丈夫死後妻子跟隨陪葬——是印度古老的
習俗，於 1892 年被英國人廢止。這是印度婦女史上的一個重
大事件，一直頗有爭議。關於殉夫自焚，歷史上主要有兩種描
述：一種認爲那些婦女是「犧牲品」，持有這種意見的是殖民
政府及其追隨者，他們認爲自焚的印度婦女是受害者，她或者
不是出自自己的意願，或者出自於輕信，成了不合理的習俗的
犧牲品；另一種認爲那些婦女是「女英雄」，持有這種意見的
主要是本土保守派，在他們看來，在習俗和誡規下印度婦女爲
丈夫自殉不但是一種義務，也是一種很高的榮譽。正如曼尼
（Lata Mani）所指出的，這兩種意見的爭論並非如我們想像的
那樣是現代話語對於舊的道德習俗的批判，殖民主義和本土保
守派其實具有共同的思想前提，他們都是在婆羅門經典的框架
內進行爭論，反對和擁護殉夫自焚者都以經文作爲自己的根
據。婦女個人權利的問題，其實並沒有得到討論。更大的問題
在於婦女本身並不是這種話語的主體，除了殖民者和本土資產
階級以外，我們完全聽不到婦女自己的聲音。婦女不但不是話
語的主體，連客體也不是，因爲我們其實看不到多少關於婦女
的討論，在這裡婦女事實上只是「傳統」的代表。

　　古哈的思路是試圖在歷史中傾聽庶民的聲音，解放被壓抑
的庶民的歷史，從而與殖民史學和民族主義史學構成的精英史
學相對抗。古哈在《庶民研究》第一期第一篇文章「殖民主義
印度歷史學的一些方面」的開頭談到：「印度民族主義歷史學
長期以來爲精英主義——殖民主義精英主義和資產階級精英主
義——所主導，兩者都是英國在印度的統治的意識形態產物，
它們生存在政權的交替中，並在英國和印度分別成爲新殖民主

義和新民族主義話語形式。」這裡存在著兩層意思：一，印度史學一直為精英史學所壟斷，二，殖民史學與印度資產階級史學均是英國在印度殖民統治的結果，兩者是同構的。在這種聯手的精英史學的壟斷下，下層人民大眾的聲音是聽不到的，它們從來被精英史學所遮蔽，沒有得到過承認。古哈認為，打破這種精英史學正需要尋找「人民」的民族主義。古哈在這篇文章的第六段指出：「無論如何，這類（精英主義）歷史書寫無法為我們解釋印度的民族主義，因為它不願承認、更不能解釋人民自身獨立於精英的對於民族主義建立和發展的貢獻。」[134]庶民研究小組的工作，正在於建立人民史學。然而尋找庶民的聲音，卻不是一件容易的事。因為官方史學從來一向以精英的國家事業為主體，不是不注意庶民，就是以反面的形象塑造庶民，將其定位於暴民之類的角色，將底層不同的聲音納入體制之中。在我們只能見到官方記載的條件下，古哈采用逆反的方法閱讀這些殖民主義和民族主義的檔案材料，在其盲點和空白中搜尋庶民的聲音。古哈對於印度農民起義的研究就是一種嘗試。他從已有的材料中進行發掘，對於農民的宗教信仰、神話思維、反抗意識、社區聯繫等等做了詳細的考證和描繪，呈現出與國家主義的記載不一致的歷史，並對於主流的殖民主義和民族主義的理性主義歷史觀進行了辨析。庶民研究小組的研究此外還有很多，如察特吉對於 1926-1935 年孟加拉東部農民地方自治的考察，察克拉巴提（Dipesh Chakrabarty）對於 1890-1940 年間加爾各答黃麻廠的工人狀況的考察等等。

不過，正如我們所知道的，斯皮瓦克在其名文《庶民能說話嗎？》一文中質疑了讓庶民主體發聲的做法。斯皮瓦克認為被壓迫階級很難精確定義，殖民統治者、本土精英與下層大眾

之間其實存在著一個廣大的模糊不清的地帶，大衆之間也存在性別、職業等完全不同的情形，由此產生的意識也不盡相同。如此，就很難說有一個清晰整齊的大衆意識。另外，更重要的是，作爲知識者的古哈、察特吉等「庶民研究小組」的成員如何能夠代表大衆也是個疑問，其西方學術背景昭示著他們與西方知識暧昧不清的關係。因爲主體和知識的差異，知識者難以呈現庶民身份和歷史，這一點查克拉巴提在對於古哈的批評中有過令人信服的分析。古哈在對於 1855 年印度山塔爾（Santal）農民反抗運動時，提到一個現象，即農民首領用超自然的力量解釋反叛——認爲反叛是在山塔爾的神（Thakur）的指示下發動的。這一現象將叙述者古哈推入了困難的境地：古哈聲稱要呈現庶民的聲音，但在農民起義者將起義的動力歸於神的時候，古哈卻只能將歷史主體賦與農民自己。這樣做是出於不得已，儘管古哈非常尊敬山塔爾人，但他必須首先將其行爲人類學化才能加以記述。現代史學一貫排斥非理性，不過原住民史學家已經提醒我們，被歐洲史學所輕蔑所謂沒有歷史的社群事實上並非沒有歷史，只不過他們的記憶方式不同，正如我們前面說到的印度的神話傳說一向被殖民史學排斥在外。

在挫折和批評中，古哈和庶民研究小組已經逐漸放棄還原庶民自主意識的想法。雖然如此，在我看來，他們在解構殖民史學和呈現庶民歷史過程等方面的貢獻和價值並未得以減損。

（二）

在中國，有一種普遍的看法，即認爲後殖民主義只適用於前殖民地國家如印度等，與中國沒有多大關係。秦輝在接受採訪的時候，面對「我們怎麼對待文化中的他者和文化之間的他

者」這樣一個「後殖民」式的問題，很不耐煩地回答：「你這個『他者』是現在很時髦的『後殖民文化批判理論』中的概念吧？這種據說是特別關心非西方民族保持『文化純潔性』以抵制西方的『文化殖民』的主張，恰恰是西方學者提出並傳播到『非西方』來的。我理解這種提法是在西方語境下所想表達的人道情懷。但我以爲如果我們眞想堅持自己的獨立思考，就首先要提防西方學者、包括好心的西方學者對我們搞『問題殖民』，即把他們的問題當成我們的問題。似乎他們想要保留印第安人的審美情趣，我們難道就得保留秦始皇的制度遺產？」[135] 秦輝是國內自由主義的代表人物之一，強調普世價值，反感後殖民批評似乎在意料之中。奇怪的是，國內新左派代表人物甘陽也認爲中國不需要後殖民理論。也是在一次採訪時，甘陽很尖刻地說：「九十年代劉禾在美國問我，後殖民理論對中國是否有意義，我當時就直截了當說沒有意義，只有對印度非洲這種西方長期殖民地的知識分子有意義，因爲他們已經沒有自己的文化，又待在西方的大學裡，不知道自己是誰。我現在仍然要強調，我們今天對後殖民這套東西必須有我們自己的批判看法，不要隨便跟著走，號稱搞後殖民那套的大多數是西方校園裡的一點小鬧鬧，和殖民地人民的生活毫無關係，並不值得我們重視。」[136] 可能因爲是採訪而非學術表達，上面兩位的共同特點是對於後殖民理論進行了漫畫式的理解和批評，但看起來他們對於後殖民理論特別是這一理論與東方的關聯和研究情況可能瞭解不多。西方的東方主義歷史書寫，可能與殖民關係較爲直接；不過更進一步，西方將其理性主義、民族國家、現代化等歷史範疇普遍化加諸於世界，則顯然已經不限於殖民地。甚至可以這麼說，當代後殖民理論的獨特價值正在於：它

提醒我們，這些自以爲與殖民無關的第三世界事實上正處於西方的文化操控之中。來自香港而在美國理論界較具影響的華裔學者周蕾的下述看法，我以爲很有洞察力：「在東亞領域，薩義德的批評者有時爲他們的批評辯護，說薩義德的理論並不適合東亞，因爲很多東亞國家沒在領土上成爲殖民地。這種拘泥於地理重要性的理解，不但是我在上面所提到的降低『殖民情形』的重要性的人類學傾向，而且遺漏了東方主義的最爲重要的方面——它的遺產諸如日常生活和價值等。我認爲，問題恰恰應該以相反的方式提出來：不是沒有完全被軍事占領的東亞如何可以在東方主義的模式裡理解？而是，它如何提供了在多數『領土獨立』的情形下帝國主義如何運作的更好的說明，也就是說，作爲一種意識形態控制的帝國主義如何在沒有物質壓迫、沒有實際奪取身體和土地的情形下而取得成功的？」[137] 周蕾所討論的問題或者與我們並不直接相關，但這種說法可以給我們方法上的啓示。中國會不會因爲並沒有完全殖民化歷史而自動地豁免了西方的文化支配呢？否！在我看來情況恰恰相反，殖民地國家因爲其曾經的殖民經歷而對昔日的統治者心存戒心，非殖民國家恰恰因爲掉以輕心而容易掉入陷阱。在上一部分，我們討論了國家主義殖民史學觀對於印度民族主義史學的影響，這一問題在中國存在嗎？中國學界似乎從來沒注意過，直到印度籍美國學者杜贊奇才向我們指出眞相。

讓我們暫時先回到察特吉。在上文中，我們談到，察特吉深刻地剖析了印度民族主義史學和英國殖民史學的關聯。在此需要指出的是，這只是察特吉的論述的一個方面，他的論述還有另外一個方面，即論證印度民族主義有其不能爲西方民族主義代替的獨特特徵。在《民族主義者的思想與殖民世界：一種

衍生的話語》一書的開頭第一章「政治思想史中的民族主義問題」中，察特吉發現西方保守主義、自由主義及馬克思主義的民族主義具有一致性，即將民族主義分爲西歐源出、正宗的，並以此模式看待東方民族主義。即以同樣出版於 1983 年的當代民族主義經典——厄內斯特‧蓋爾納（Ernest Geller, Nations and Nationalism）的和本尼迪克特‧安德森（Bendeict Anderson，Imagined Communities）的民族主義論述而言，察特吉認爲，他們雖然一者強調「工業社會」，一者強調「印刷資本主義」，但他們都認爲存在一個西方民族主義的原型，東方民族主義只能在這種模式中得到闡釋 138。在《民族及其碎片：殖民與後殖民歷史》的第一章「誰的想像的共同體」中，察特吉直截了當地質問安德森：「我反對安德森的論點的主要理由是：如果世界其它地區只能從適用於歐洲及美洲的特定『模式』中選擇想像的共同體，那麼還有什麼剩下來可供他們想像的？」「我反對這種論點並非什麼傷感的原因，我反對是因爲我無法將它與反殖民主義民族主義調諧起來。」139 察特吉以葛蘭西「被動革命」爲主要範疇，分析印度民族主義與殖民主義既沿襲又利用的關係。以殖民統治爲標誌，察特吉將印度民族主義分爲「出發」（Departure）「策略」（Manoeuvre）和「到達」（Arrival）三個階段，並分別論述三個階段的代表人物，察特帕底亞（bankimchandre Chattopadhyay）、甘地和尼赫魯，「在每個階段，我試圖運用『問題』與『主題』不同層面的差異，指出意識形態結構的內在差異，可能性的範圍，和向下一階段發展的邏輯。」140 在印度民族主義抵抗殖民主義的過程中，的確有值得書寫的人物，那就是甘地。甘地語出驚人地說：「英國並沒有拿走印度，是我們將印度送給了他們。」141

對於英國侵占印度的原因，甘地的看法與通常的民族主義相反，他認爲：不是印度缺乏強大的文明導致印度抵抗不了英國，恰恰相反，是印度屈服於現代文明的誘惑從而出讓了印度，而現代文明的利益讓他們繼續成爲一個被征服的民族。甘地獨具一格地從根本上質疑現代文明，批評工業化及由此而來的國家制度，他的思想因而成爲與衆不同的民族主義主題之外的後啓蒙思想。

杜贊奇在其著作中對於中印兩國的現代性批評作了比較，他指出：中國現代史也出現過反現代性的人物，如梁漱溟等，但他們在徹底性上不如甘地；更爲重要的是，甘地在印度社會和歷史上極受尊崇，占據最爲重要的位置，但梁漱溟等在中國卻不受注意，成爲邊緣或反面人物。根源何在呢，杜贊奇認爲原因有二，一是印度的宗教性較中國強，在一定程度上可以抵禦國家主義；二是印度具有殖民地經歷，對於殖民性／現代性較爲敏感，而「在中國，帝國主義的存在當然引起普遍地不滿，反帝成爲二十世紀上半期的政治運動的核心。但由於中國大多數地區缺乏制度性的殖民主義，殖民者與被殖民者間的殖民意識形態對抗不像印度及其它直接殖民地那樣強烈。過去與帝國主義的對抗，主要出自政治和經濟領域，從個人的自我意識中根除帝國主義意識形態並不急切。」[142] 這就回到了我們上面談到的問題，正因爲中國沒有完全殖民化的經歷，因此反而更容易不自覺地陷入殖民主義／帝國主義的陷井而不自知。這與杜贊奇的《從國家拯救歷史》一書的如下結論基本相符：總的來說，中國知識分子未能如後現代和後殖民知識分子那樣向啓蒙工程提出挑戰，而帶有社會達爾文主義的民族主義在中國至今方興未艾。

　　杜贊奇在美國芝加哥大學研究漢學，曾在哈佛大學跟孔斐力讀博士，學位論文的題目是中國華北農村，但他是印度裔學者，熟悉印度庶民研究的路數，自述受到後殖民理論、特別是察特吉關於民族主義、殖民主義研究的影響，因此，他自然而然地以此立場觀察研究中國史。在《從國家拯救歷史》一書中，杜贊奇詳細地分析了近代以來西方國家主義史學逐漸成為中國史學主導的過程，並打撈被國家史學所壓制從而逐漸被人們遺忘的「歷史」。在「理論原型」的部分，杜贊奇首先追溯了線性目的論和進化論的啓蒙歷史觀。當然從黑格爾的《歷史哲學》開始，直至主宰了中國歷史研究的馬克思主義和韋伯─帕森斯的現代社會理論。接著，杜贊奇談到了與這種線性目的論和進化論啓蒙歷史觀相聯繫的現代民族主體同一性觀念。這裡杜贊奇同樣提到了厄內斯特·蓋爾納和本尼迪克特·安德森的民族主義論述，這兩種論述將民族意識等同於政治文化意識，並歸結到統一的國家認同上，而且強調這是進入現代社會以後才產生的意識。杜贊奇認為：民族認同不但在前現代就存在，比如在農業文明中通過神話可以使不同群體加入到一種民族性的文化之中，而且統一的歷史主體的說法也十分可疑，對於不同種族、階級和性別等群體來說，民族的意識是不一樣的。

　　按照列文森的說法，帝制時代的中國的認同形式主要是「文化主義」，即對於一種文化價值的認同。[143] 在十九世紀中國面對「他者」威脅從而文化優越被打破後，知識者從西方拿來了啓蒙進化論，開始新的歷史敘述，營造新的現代民族國家工程。杜贊奇指出：至二十世紀初，中國歷史的寫作已經在啓蒙運動的模式下進行。梁啓超 1902 年撰寫的世界史，開啓中

國啓蒙歷史模式。梁啓超複製西方歷史的分期，將中國歷史分為古代、中世紀和現代，這種分期後來成爲現代中國歷史的基本分期方法。與此相關的，是五四時期流行的「文藝復興」的歷史比喻，將「五四」看作古代向現代的復興。從上文我們可以知道，這正是察特吉所批判的殖民史學對於印度民族主義史學的影響。杜贊奇在書中分析了梁啓超、汪精衛、傅斯年、顧頡剛等人的中國史著作，「追溯一個正在興起的民族擁抱啓蒙歷史敘述的辯證過程、及其啓蒙歷史自身如何製造了一個從古代走向現代未來的自我同一的共同體。」[144] 杜贊奇描述了這種歷史的特徵，「啓蒙歷史允許民族國家將自己看作是一個存在於傳統與現代、等級與平等、帝國與民族的對立之中的獨特的共同體。在此框架內，國家作爲一種新的歷史主權主體出現，體現了被看作推翻在歷史上僅僅代表自己的王朝貴族、僧侶世俗的道德和政治力量，而與此相反，國家成爲一種在現代未來實現自己目的的集體歷史主體。」[145] 這種現代民族國家歷史逐漸成爲占據主流的話語，隨之而來的是啓蒙歷史的固定敘事結構，及「封建主義、革命」等一系列詞彙，它改變了人們對於過去和現代的看法，規定了哪些是歷史「事實」，哪些必須被從歷史中排斥出去。杜贊奇提出了與線性歷史相反的「分叉歷史」（bifurcated history）的概念，並在第二編以四個章節的篇幅討論被線性國家歷史觀所壓抑的民族的「分叉歷史」，它們包括反宗教運動、兄弟會等秘密會黨和革命話語的關係、「封建」的譜系與市民社會、現代中國聯邦主義話語等。杜贊奇聲稱，他並不反對啓蒙的價值，他承認啓蒙歷史在民族興亡和走向現代化的過程中所起了不可估量的作用。在進化的秩序中建立中國現代民族主體，使中國生存於一個競爭的時代，這是歷

史和政治的需要。不過,我們不能因此而忘記了啓蒙進化的歷史是西方達爾文主義的結果,它同時是一種西方種族性話語,以這種民族國家建構歷史,必然意味著接受這種西方╱東方、進步╱落後的等級秩序和西方中心觀念,同時這種敘述結構必須壓抑和消除了其它的歷史敘述,「對於中國歷史敘述中的現代性烏托邦的預設,這種僅有的角色和標準,關閉了舊的歷史、敘述和大眾文化所提供的眾多可能。」[146] 其後果,是讓我們今天習慣於倒果爲因將現代中國歷史簡化爲民族國家生成的歷史。

杜贊奇的《從國家拯救歷史》一書出版後,在海外引起很大反響,與察特吉的《民族主義者的思想與殖民世界:一種衍生的話語》等書一起成爲研究東方民族主義經典之作。2003年,這本書被譯爲中文[147],進入中文史學界。在我看來,這是一個可能會促使大陸學界在民族主義和歷史敘述的問題上有所反省的契機。出人意料的是,它在中文學界所引起的反響,主要是批評。這其中較有影響的批評,是著名史學專家葛兆光發表於香港《二十一世紀》(2005 年 8 月號)上的「重建關於「中國」的歷史論述──從民族國家中拯救歷史,還是在歷史中理解民族國家?」。可惜的是,這篇文章對於杜贊奇的論點理解錯位,因此在批評上給人的感覺是「滿擰」。葛兆光這篇文章的開頭說:「通常,這個「中國」從來都不是問題,大家習以爲常地在各種論述裡面,使用著「中國」這一名詞,並把它作爲歷史與文明的基礎單位和論述的基本前提。可是如今,有人卻質疑說,有這樣一個具有同一性的「中國」嗎?」在文章的後半部分,葛兆光又明確概括自己與杜贊奇的分歧,「杜贊奇解構了以當然的民族國家爲基礎的後設歷史,指出民族國

家並不是「一個同一的，在時間中不斷演化的民族主體」，而是本來有「爭議的偶然的民族建構」，所謂民族國家的歷史，其實是「虛假的同一性」，所以要從這種民族國家虛構的同一性中把歷史拯救出來，這當然很敏銳也很重要。但是，反過來提問，我們是否要考慮與歐洲歷史不同的中國歷史的特殊性？中國尤其是漢族文明的同一性、漢族生活空間與歷代王朝空間的一致性、漢族傳統的延續與對漢族政權的認同，是「偶然的」和「爭議的」嗎？中國是一個在近代（西方的近代）才逐漸建立的民族國家嗎？」杜贊奇的《從國家拯救歷史》一書恰恰是從中國的歷史特殊性出發，反省西方現代民族國家史學框架主宰現代中國歷史的狀況，這與察特吉從印度歷史出發質疑西方民族主義的普遍性、質疑民族──國家史學在東方的適用性的思路完全一致。杜贊奇反對如蓋爾納、安德森等人將民族主義視為由於或者「工業社會」或者「印刷資本主義」而直到現代才得以產生的統一民族主體的說法，他所列舉的證據恰恰是中國古代的「統一性」。譬如，他認為：很難想像古代中國是一個孤立分裂的社會，諸如文化制度等早已把群體和國家聯繫在一起，使政體得以維持；神話傳說等即有著維繫文化認同的功能，不必非得現代「工業社會」或「印刷資本主義」。在這一點上，毋須葛兆光先生批評，杜贊奇已經在論證「中國」的「同一性」。而葛兆光對於「中國是一個在近代（西方的近代）才逐漸建立的民族國家嗎？」的疑慮也恰恰是杜贊奇的質問所在。杜贊奇所批評的主要是將西方現代國家主義史學的「統一性」加諸於中國的做法，要求解救中國歷史中的豐富性，葛兆光反倒致力於論證了中國的「統一性」。當然，此「統一性」非彼「統一性」。不過，杜贊奇批評西方，而葛兆

光批評杜贊奇，如此自以為捍衛中國的葛兆光就很容易戲劇性地回到了西方的位置，這是很諷刺的。

較早的批評，是同樣發表於《二十一世紀》（1998 年 10 月號）李猛的文章《拯救誰的歷史》。李猛提出：杜贊奇所拯救的諸如反宗教運動、聯邦主義等等都是為人所知的精英話語，而真正被壓抑的是底層的歷史，因此杜贊奇弄錯了原告。他認為：是「分層的歷史」而不是「分叉的歷史」；歷史在不同層面存在，下層的歷史卻注定在歷史中沉默；底層的歷史未必就是我們想像的「反叙事」，而且這種歷史是難以呈現的。李猛的這種提法，委實有點班門弄斧。關於「底層」及「發聲」，其實正是印度庶民小組的研究主題，根據古哈的說法，印度的歷史歷來是精英的歷史，這種精英的歷史由殖民主義和民族主義兩者構成，庶民研究小組的方法即是打撈庶民的歷史。而民族主義之所以不能代表本土，是因為它與殖民主義的共謀關係，這一點曾為察特吉所論證。《從國家拯救歷史》這本書所討論的，正是西方民族國家結構中壓抑了其它歷史叙事而成為主導的問題。杜贊奇論題的價值在於提醒我們注意中國歷史叙事上的「後殖民」問題，可惜這一點未被中國學者所注意。

與此形成對照的是，境外的學者由於熟悉後殖民史學以及印度庶民研究等背景而支持杜贊奇的論述。美國 Rowan 大學歷史系的教授王晴佳發表於《中國學術》（第 3 輯，2000）的《後殖民主義與中國歷史學》一文，雖然只是介紹並無多少創見，但充分意識到了杜贊奇《從國家拯救歷史》一書論題的重要性，並予以了充分的闡述。王晴佳認為：中國歷史有其獨特之處，但無論是啓蒙還是救亡，都服膺於民族主義，而只要承

認中國民族主義史學的地位，那麼後殖民主義關於民族主義的研究對我們就是有效的。中國自「中體西用」以來一直爲進化論主導，一直以中西二元（無論是學習還是反對）爲想像方式，這些都說明後殖民主義所談論的東方民族主義問題在中國普遍存在，只不過迄今還沒有引起我們的重視。

　　我同意王晴佳的說法，認爲杜贊奇的中國論述以及背後的印度庶民研究的後殖民視角有利於我們重新審視中國民族主義。站在中國學者的角度，我想提出的一個回應是有關中國馬克思主義史學的位置問題。前面我們已經提到，馬克思主義早已被察特吉、杜贊奇等人定位於黑格爾、韋伯之間的西方線性歷史觀的代表人物，而印度、中國的馬克思主義者所討論的社會階段等問題正被這種「西方」視角所約束。但東方馬克思主義其實並沒有這麼簡單，馬克思主義的反殖民，反階級壓迫的立場，使其與「後殖民」的「人民的政治」有著難以剝離的關係，這一點似乎不願意爲後殖民主義者所正視。在這裡我想提出的，是中國現當代史學中「人民的歷史」的問題。在我看來，八十年代以來印度庶民研究應當注意中國，因爲他們的很多想法在中國馬克思主義史學中早已有過嘗試。古哈在庶民研究綱領性文獻《關於殖民主義印度歷史學的幾個方面》一文中指出：他們所開展的印度庶民研究的動因，是印度歷史上的自主性的反對殖民主義的反抗無法發展成爲成熟的民族解放鬥爭，無論「資產階級」還是「勞動階級」都沒能領導對於殖民主義鬥爭的勝利，「正是這種失敗的研究，構成了殖民主義印度歷史學的中心問題。」[148] 眾所周知的是，中國在歷史上已經取得了民族主義以至新民主主義革命的勝利，在歷史撰述上，中國的馬克思主義史學早已著手印度庶民研究小組的工作，將

143

歷史書寫成爲人民反對帝王將相和殖民主義的歷史，譬如對於古代、近現代農民戰爭的研究成爲中國現當代馬克思主義史學的重要部分。當然，這裡面仍有很多局限，比如底層研究往往轉化爲當下精英政治合法性的說明，古哈已經批評過馬克思主義史學的國家主義傾向。儘管如此，中國馬克思主義「人民的歷史」的話語實踐應該不失爲此間「後殖民」研究的一個重要參照。

第八章
後殖民批判

（一）

1978 年，薩義德出版了《東方主義》，開啓了後殖民主義。《東方主義》一書出版後，受到了各種各樣的批評。這些批評大致可以歸納爲兩種類型：一是正面的批評，二是負面的批評。

正面的批評大致來自於後殖民主義內部。批評家不滿於薩義德理論的某些方面，進行批評和訂正。後起的後殖民理論家大多對薩義德有不同程度的批評，借此建立自己的觀點。

斯皮瓦克在對西方女性主義進行了後殖民批判上，彌補了薩義德在性別上的缺失；她還參予了印度的「庶民研究小組」，致力於討論薩義德沒有涉及的東方他者的發聲問題。霍米巴巴則從殖民者、自我／他者關係的角度來論述殖民話語，批評了薩義德單一化的思維和書寫方式。羅伯特・揚認爲西方的歷史書寫的確折射出西方中心主義的傾向，但薩義德的東方主義斷言未免過於簡單，他完全沒有注意到以德里達、列維納斯等爲代表的觀念突破者。斯皮瓦克、霍米巴巴、羅伯特・揚都是前面我們已經涉及到的理論家，下面簡單地談一下沒有提

到過的薩達爾（Ziauddin Sardar）。

　　作爲一個伊斯蘭專家，薩達爾（Ziauddin Sardar）對於薩義德的批評十分嚴厲。薩達爾在《東方主義》（1999）一書中詳細地梳理了「東方主義」的批評史，他所提出的先驅者的研究讓人大開眼界，原來 Anouar Abdel-Malek 在 1963 年就發表過《危機中的東方主義》，A.L.Tibawi在 1964 年就發表過《說英語的東方主義者》，M.Jammehah在 1971 年就出版過《伊斯蘭與東方主義》一書，這些批判東方主義的著作都出版於薩義德的《東方主義》之前。薩義德在《東方主義》一書並不交代自己的研究與此前相關研究成果的關係，迫於壓力，他後來曾在《再論東方主義》（1985）一文中不情願地提到上述學者的名字，並認爲他們早已說過《東方主義》一書中的話。薩達爾尖刻地指出：「《東方主義》一書說出了什麼新的東西了嗎？薩義德的確沒有提出任何新的問題，也沒有提供一種較他的前輩們更爲深刻和完整的批評。」他認爲薩義德東方主義的新特徵在於：一，提供了一種新的文學批評的維度，從前的東方主義批評主要是歷史分析；二，將從前不同的批評置於一種跨學科的框架之下，從而將作爲學科批評的東方主義轉化成了一種多學科的文化批評；三，通過運用福柯的話語理論和文化批評，對東方主義批評進行重新定位。在薩達爾看來，第三點是薩義德獲得成功的關鍵[151]。薩達爾雖然批評了薩義德，卻並不否定東方主義批評本身，相反，他試圖在學科梳理的基礎上，擴展這一理論批評。薩達爾在書中增加了薩義德所欠缺的對於當代東方主義實踐及後現代東方主義的分析和批評。他還將薩義德的討論對象從伊斯蘭推廣到更大範圍的「東方」，該書的第一章「東方主義的概念」所討論的即是一個以中國爲討論對象的

電影文本（David Henry Hwang，M. Butterfly）。這些都是該書的貢獻。

正是上述對於薩義德的批評以及相互之間的批評，才建立和發展起了後殖民理論。無怪乎羅伯特・揚雖然批評薩義德的《東方主義》，卻肯定該書的影響。他認為，後殖民理論本身就是在批評薩義德的基礎上發展起來的 [152]。這確是實話。事實上，薩義德、斯皮瓦克、霍米巴巴、羅伯特・揚等人均屬於後殖民理論陣營裡的人物。外界對於後殖民理論的批評，不僅僅針對薩義德，更針對這個理論別派。

負面的批評主要指否定性批評，它們對後殖民理論在整體上持敵對態度。對於後殖民理論較為激烈的否定大致也可以分兩種：一種右派的批評，主要是西方的東方主義家；另一種是左派的批評，主要是馬克思主義者。有趣的是，右派將後殖民批評家斥為過時的左派，而左派卻將後殖民批評家斥為反動的右派。看起來，後殖民批評家裡外不是人！

作為被批評對象的東方主義家，對於薩義德的反感不言而喻。牛津大學的彼得・康拉德（Peter Conrad）認為，薩義德的後殖民批評不過是六十年代解放運動中釋放出來的當代「文化苦惱和抱怨」的症狀 [153]。劍橋大學的著名學者人類學學者蓋爾納（Ernest Gellner）將薩義德的《東方主義》和《文化與帝國主義》斥為「很有趣但學術上沒有意義」[154]。最為薩義德所惱火的批評來自於對美國當代東方政策富有影響的東方主義家伯納德・劉易斯（Bernard Lewis），此人出版了《伊斯蘭與西方》一書，其中以專門的篇幅批駁了薩義德的觀點。[155] 薩義德在 1994 年《東方主義》再版「後記」中，曾將劉易斯的批評作為典型的東方主義話語詳加駁斥。東方主義家的回應，雖帶

有政治及種族色彩，但往往出自專業角度，並非毫無說服力。薩義德是英美文學專業出身，博士論文寫的是康拉德，在涉及龐大的東方主義的確很容易被專業研究者抓住把柄。麥肯齊（John M. Mackenzie）的《東方主義：歷史、理論和藝術》一書被認爲是這一領域批評薩義德最有份量的著作。從這本書中我們可以知道，東方主義家的批評確實並非可以用薩義德「典型的東方主義話語」一句話予以輕易打發的。

　　麥肯齊是英國蘭卡斯特大學的教授，專業爲帝國史。薩義德在《東方主義》一書中自詡，他最關注的是歷史研究，而不是文學。在麥肯齊看來，在《東方主義》一書引起的反響中，「歷史學家整個地都不理睬他。雖然歷史學家們在這場爭論中缺席是錯誤的，哪怕僅僅說明他們的否定意見。」[156] 麥肯齊的言下之意是，薩義德根本還不能進入專業的史學研究的視野。麥肯齊的高傲自有其根據，據他在書中揭載，當薩義德在《東方主義》和《文化與帝國主義》等書中聲稱有關帝國與文化關係的研究是一個「禁區」的時候，史學家在帝國主義文化方面的研究已經進行了二十多年，如多倫多（A.P.Thornton）便是帝國主義文化研究的先驅之一，早在六十年代便出版了《帝國主義的教義》（1963）、《帝國的檔案》（1968）等書。[157] 在麥肯齊的眼裡，薩義德的書涉及到眾多不同的專業，如文學理論、人類學、歷史學、哲學史等等，像一個大雜燴。麥肯齊認爲，薩義德在理論方面也準備不夠，他「既沒有注意吸引了整個二十世紀的歷史學家的霍布森理論中的生動討論，也沒有注意到約瑟夫・熊彼得有影響的右翼帝國主義批評。」麥肯齊由此發出對於薩義德、詹明信等左翼文學批評家的極端輕視，「說實在的，沒有什麼比對於史學處理上的無能更能夠表現左

翼文學批評家的天眞和缺乏複雜性。」[158] 薩義德關於東方主義
的基本判斷，麥肯齊也不認可。他認爲：東方主義原來完全是
一個正面的術語，它研究東方的語言、文學、宗敎、思想、藝
術和社會生活等等，「使其爲西方所知，以至使其在帝國主義
時代西方文化傲慢中得到保護。」在薩義德的影響下，東方主
義卻完全變了味，「不再是保護東方文化，而成了完全的帝國
強力；不再是對於東方文化形式的搶救，東方主義研究自身變
成了知識的表達和技術的控制，變成了政治、軍事及經濟強權
延伸的手段。」在藝術上，麥肯齊認爲，東方主義原來是一個
學術上欣賞多元異文化的概念，現在卻成了爲歐洲統治者製造
一種類型化和神秘化的東方的手段[159]。看得出，麥肯齊對於東
方主義的理解評價與薩義德大相徑庭。麥肯齊在《東方主義：
歷史、理論和藝術》一書中分章節專門討論了「藝術中的東方
主義」、「建築中的東方主義」、「設計中的東方主義」、
「音樂中的東方主義」和「戲劇中的東方主義」等，得出了與
薩義德不同的結論。麥肯齊認爲，歐洲藝術在國家之間互相影
響，它們或者「呼應神秘的過去（如挪威人、凱爾特人、德國
人等）」，或者「呼應內部的他者（包括新發現的和特別的民
間傳統）」，或者呼應更新的文化迷狂（中世紀精神，騎士精
神），同時也「呼應其它大陸及其宗敎的藝術品」。而「只有
在這種寬泛的語境中，東方主義才能作爲幾種文化追求之一而
得以理解。」麥肯齊指出，東方給予了西方藝術以靈感，西方
也對東方予以了尊重，並促進了藝術的交流和綜合。在他看
來，薩義德所說的藝術與帝國主義的對應關係顯然過於簡單。

（二）

關於左派的馬克思主義批評，這裡想談兩位。一位是阿吉茲・阿罕默德（Aijaz Ahmad），另一位是阿瑞夫・德里克（Arif Dirlik）。在我看來，德里克深受阿罕默德的影響，基本襲用了他的批評框架，但德里克在中國很有名，翻譯頗多，阿罕默德卻默默無聞，沒有任何譯著出現。

出版於 1992 年的阿罕默德的著作《在理論的內部》，大約算得上是後殖民批判最全面也最有名的著作。我們先看一看阿罕默德批評薩義德的各個面向，然後討論他的左翼批評。阿罕默德對於薩義德的批評，涉及的方面林林總總，可以說是集批評之大全。粗略列舉如下：

薩義德對於福柯的話語和奧爾巴赫（Ayerbacgeab）人文主義的運用相互衝突。阿罕默德指出：薩義德在《東方主義》一書中，聲稱運用福柯的話語理論，但他的理論基礎其實是比較文學和哲學所提供的人文主義，這導致他在概括東方主義的時候出現混亂。福柯促使薩義德將東方主義追溯至十八世紀，而奧爾巴赫卻促使他將東方主義追溯至古希臘，「薩義德拒絕選擇，正如我們要證明的，他提供了互不相容的東方主義定義，同時運用於福柯和奧爾巴赫式的例證。」[160]

同時，薩義德無法分清後現代的「表現」與現實主義的「表現」。在差異和身份政治中，薩義德沒有訴諸於政治經濟和物質性，而是訴諸於話語。阿罕默德的看法相反，他認為：西方歷史上的東方主義偏見，並不是話語的問題，而源之於「殖民主義和資本主義」。

薩義德對於西方反殖傳統和前輩學術成果的蔑視。阿罕默

德指出：西方文化傳統是異質的，其中不乏對於殖民主義和帝
國主義的批判，馬克思主義傳統更廣為人所知，薩義德卻不分
青紅皂白地將西方多元文化揉合成東方主義，而標榜自己是最
後的終結者，「從阿喀琉斯以來的西方從不允許東方表現自
己，它表現東方。……引人注意的是，除了他自己的聲音，薩
義德抱怨說，我們所能聽到的只是西方經典都在使東方沉
默。」[161]

　　薩義德的跨學科能力。阿罕默德注意到，《東方主義》一
書的徵引書目多來自薩義德的比較文學和哲學訓練，他以此跨
越龐大的東方主義顯然力不從心。他尖刻地指出，薩義德所謂
新的東西只是將不同學科混在一起，然後不斷重複。在這一點
上，阿罕默德同意劉易斯對薩義德的批評。他認為，至少在專
業知識這一點上，薩義德還不配和劉易斯叫板。阿罕默德說：
「《東方主義》的部分愉悅──在一些領域引起焦慮，同時在
其它領域引人激動──來自它對於學術領域的侵犯。對於薩義
德較多的批評出自於這延長的演出兩年後的劉易斯本人──一
個權威的猶太復國主義史學家。」阿罕默德在這裡談的是劉易
斯發表在 1982 年《紐約書評》上的「東方主義神話學」一文
[162]，他指出：「他的攻擊在很多方面都不恰當，但劉易斯提出
的主要觀點卻是有效的。薩義德有什麼資格談論阿位伯歷史和
東方主義學科呢？他有什麼學位？他懂某某中世紀阿位伯辭典
嗎？他知道某某詞在十個世紀以來整個阿拉伯詞彙學中的意思
嗎？等等。」[163]

　　上述諸種批評現在看起來都是老生常談，有些話是別人以
前說過的，有些話以後不斷地被別人重複。在批評薩義德方
面，馬克思主義左派批評家阿罕默德與猶太復國主義右派史學

家劉易斯竟然在某些方面甚至取得了共識。

　　能夠顯示阿罕默德個性的，是他的馬克思主義左派批評。從革命的視野出發，阿罕默德很自然地要對當代帝國和殖民問題進行歷史追溯，並在當代世界格局的框架裡定位後現代以至後殖民的右翼性質，這就給他的批評帶來了一種前所未有的宏觀高度。

　　在阿罕默德看來，薩義德的《東方主義》出版於 1978 年並非偶然。1978 年是二次大戰以後二十年非殖民化戰爭結束的時間。這革命的二十年，以 1954 年阿爾及利亞戰爭開始，以 1975 年西貢解放結束，期間還發生了很多事件，包括中國革命、朝鮮戰爭等。其中決定性的轉折點是 1973 年智利人民聯盟政府的失敗，而 1978-1979 年發生在伊朗和阿富汗的革命使這一轉機成爲定局，它預示著後面的蘇聯解體。這期間出現了眾多反殖反帝革命的領袖，納賽爾（Nasser）、尼赫魯（Nehru）、恩克魯瑪（Nkrumah）、蘇卡諾（Sukarno）和毛澤東等。無可置疑的是，這場革命最終以帝國主義的勝利和社會主義的失敗而告終了。它帶來了世界秩序的重組：在美國，里根上台；在英國，撒切爾上台；在德國，社會民主黨被擊敗；在意大利，共產黨退出競爭並瓦解。對殖民革命國家而言，社會主義全面潰敗，對於帝國主義的抗爭愈來愈多地被合作所代替。國際焦點發生了變化，從革命戰爭轉向了資本主義世界內的合作，如「聯合國貿易和發展會議」、「世界新秩序」、「七十七國集團」、「石油輸出組織」等組織形式出現。

　　在這種社會主義潰敗、帝國主義勝利的形勢下，西方激進思想也發生了轉折。簡言之，馬克思主義被摒棄，尼采、福柯、德里達風行，革命鬥爭被話語實踐所代替。這些知識仍以

左的面目出現，反資產階級人文主義，關注底層和第三世界，但他們與任何實際的革命運動都保持距離。簡言之，這就是我們稱爲後現代主義的思潮。阿罕默德從左派的立場出發，對這種思潮進行了激烈的批評。他認爲，後現代將歷史看作文本，將階級和民族視爲本質主義，貶斥物質性歷史，如此就否定了歷史理解的可能性，只剩下了抽象的個人。在福柯成爲時行的時候，他認爲思想只能成爲游戲，「如果接受了福柯命題的極端說法：（a）所謂的事實不過是一種話語詭計的眞理效應，（b）所謂對權力的抵抗已經構成了權力，因此理論眞得無所作爲了，除了無目的地徜徉於這種效應——計算、消費和生產它們——及順從於旣是開始又是終結的話語無休止的私語過程之外。這種作爲對話的理論具有很強的衡量效應。人們現在可以自由地引用馬克思主義和反馬克思主義、女性主義和反女性主義者、解構主義、現像學或隨便念頭中哪個理論家，就可以證實一個論點中的不同立場，只要你有表現良好的學術方式，有一個長長的引文和參考書目等的目錄。理論本身變成了一個思想的市場，大量的理論供應就是通常的商品一樣滿足自由挑選和新舊更替。如果誰拒絕這種晚期資本主義市場經濟的模式，膽敢爲一種對話下結論，或者擁護嚴格的政治理論，他將會被加罪爲理性主義、經驗主義、歷史主義和其它各種毛病——歷史動力和／或智慧主體的思想——這些都是啓蒙運動犯下的錯誤。」阿罕默德將後現代思潮與市場經濟聯繫起來，並將其進行階級定位：「這些大師的理想要旨的一個主要方面被利奧塔——本身也是一個不小的大師——清楚地總結出來了：馬克思主義已經結束，『享受商品和服務的時代』已經來臨！這個世界，用其它話來說，是資產階級的。」[164]

正是在這種西方文化背景下，後殖民理論出現了。在反殖反帝時代，被肯定的是民族自決權，時行的是文化民族主義。緣於第三世界移民身處西方的特定處境，這種民族主義得到了他們的擁護。西方的大學雖具多元性，但來自第三世界的學生學者所受到了歧視和壓力是無形的，民族主義文化由此成為他們的精神支撐，對於民族文化的研究也有利於他們在西方大學的區域研究中占據一席之地。在這種情形下，那些不願回國而留在西方的知識者，便不遺餘力地宣傳民族文化及「第三世界文學」。不過，這些為數不少的第三世界移民，原來在本國都處於上層，在西方則成為資產階級技術管理階層和大學教師。他們擁護第三世界民族主義，卻並不擁護真正反帝反殖的馬克思主義，因為馬克思主義著眼於階級立場，為殖民地國家的獨立和西方國家的貧困階級呼籲，這些都不是他們的關注所在。這些移民者的目的，是在西方謀取優厚的位置，並不為他的祖國考慮，也不打算加入西方的無產階級陣營。後現代思潮在西方的風行，讓這些移民知識者有了知音之感。他們馬上將自己的立場與後現代相互協調，並宣稱自己是後結構主義的。這些西方的移民知識者批判西方的角度雖然來自民族主義，但從自己的利益出發，他們並不想加深兩者的對抗，因此後現代對於民族主義本質化的批判正符合他們的胃口。他們轉而摒棄民族主義，強調東西方的交匯和雜糅，如此最重要的人物當然是他們這些移民「混種」者。

在民族主義不再吃香，解構主義風行的時候，西方移民者迅速開始從民族主義到後現代的策略性轉變。薩義德是始作俑者，「薩義德於是機智地將古哈以至整個庶民研究計劃形容為後解構主義的。」需要說明的是，阿罕默德雖然對薩義德批評

甚多，但他其實對薩義德愛恨交加，恨鐵不成鋼。阿罕默德覺得薩義德還只是一個過渡人物，充滿了矛盾。在他看來，薩義德的《東方主義》本來就是一部批判西方文化霸權、支持第三世界民族主義的作品，但作者非得向時髦的反馬克思主義的後現代思潮上靠攏，顯示自己的不落伍。在《東方主義》中，薩義德一方面宣稱伊斯蘭受到了西方的歪曲，另一方面又宣稱根本不存在所謂真實的東方；一方面反對帝國主義，支持第三世界，另一方面又否定歷史上第三世界反對帝國主義的理論支持馬克思主義。令阿罕默德欣喜的是，薩義德後來發生了轉變，他逐漸疏離於尼采、德里達、福柯的後現代，而走向巴勒斯坦的解放運動。阿罕默德對於這種轉變評價甚高，「自《東方主義》出版後，薩義德的社會干預無疑日益增多和多樣化。其後接二連三的《巴勒斯坦問題》和《報導伊斯蘭》，顯然是作為《東方主義》的系列著作面世的。一些年之後《最後的天空之後》和《譴責受害者》也可視為這個系列的一部分。圍繞這些力作的是發表在期刊、政治刊物和報紙上的同類題材的隨筆、文章和評論，更不用說未發表的會議發言和各種公開場合的演講，以及很煽情的電視演講，數量之多可以輕易匯成兩三本書。」阿罕默德對於薩義德《報導伊斯蘭》一書評價甚高，他認為，《報導伊斯蘭》毫無疑問是薩義德最令人難忘的作品。它有力地涉及了伊斯蘭類的政治和霍梅尼式罪行（拉什迪（Salman Rushdie）被宣判後，薩義德立即開始公開譴責已經在伊朗籠罩了成千上萬人的恐怖行為）。相比之下，薩義德的那些直接論述巴勒斯坦的著作不僅是他最有生命力的作品，而且無論從任何標準看，都是挑戰為猶太復國殖民主義幻想所塑造的美國想像的民族解放鬥爭的最有力的作品。」[165] 人們似乎從來只

談論阿罕默德對於薩義德的無情批評，卻沒有看到他褒揚薩義德的一面，因而沒有注意到他評價薩義德的兩面性。

阿罕默德對於後殖民的否定，更多地指向薩義德以後的斯皮瓦克、霍米巴巴及至古哈、羅伯特‧揚等。大概因為霍米巴巴是後殖民理論中最流行的，所以阿罕默德把批評的矛頭集中指向了他。阿罕默德認為，霍米巴巴編纂的《民族與敘事》（1990）一書，體現了後殖民以解構主義替代民族主義的努力。霍米巴巴在這部書的前言中宣稱，當下世界混雜的景觀已經代替了民族文化，他如此描繪這種奇觀：「美洲連著非洲，歐洲的民族和亞洲的民族相遇在澳洲，民族的邊緣代替了中心，邊緣的人開始書寫大城市的歷史和小說……」在這種情形下，我們需要的不再是民族主義，而是「後結構主義敘事知識的洞見」，[166]，是他自己的概念「雜交性」、「矛盾」、「第三空間」等等。阿罕默德對於民族國家衰退及全球性文化與後殖民理論的關係，進行了階級分析。他認為，隨著資本的全球流動，民族國家的獨立的確遭遇挑戰，但跨國資本的融合主要表現在西方內部，這是帝國的新形式。如何看待資本的全球流動呢？是全球化的狂歡還是帝國主義對於地球空間的壓迫和滲透呢？阿罕默德指出：正是在這種全球信息時代，全球很大一部分人連起碼的生存條件都沒有，非洲大陸陷入衰敗，人民陷入貧困，更有種族大屠殺的發生。阿罕默德認為，在這種情況下，不談階級鬥爭，而津津樂道於什麼跨文化雜交和偶然性政治，只能是贊成跨國資本主義。他認為，所謂文化雜交性只反映了霍米巴巴這種生活富裕的西方而與其故土完全失去了聯繫的貴族移民的事實，只有這種人才會沉溺於後現代而詆毀民族解放鬥爭。由此，阿罕默德認為後殖民性問題，其實仍是一個

「階級問題」。[167]

（三）

　　對於後殖民的左派批評，中國讀者的瞭解大多來自於德里克在 1994 年美國 Critical Inquire 冬季號上發表的大作「The Postcolonial Aura: Third World Criticism in the Age of Global Capitalism」一文。此文在國內頗引人注意，被多次翻譯過來。我所知道的就有三個譯本：1997 年，《國外文學》第 1 期發表施山譯本，題爲「後殖民的輝光：全球資本主義時代的第三世界批評」；1998 年，三聯書店出版汪輝等人編撰的《文化與公共性》，其中收錄陳燕谷翻譯的「後殖民氣息：全球資本主義時代的第三世界批評」一文；1999 年，中國社科出版社出版了德里克的論文集《後殖民氛圍》，其中包括徐曉雯翻譯的「後殖民氛圍：全球資本主義時代的第三世界批評」一文。在這三個譯本中，後兩個影響較大。德里克對於後殖民表面上批判西方實際上卻與全球資本主義同謀關係的分析，頗讓中國學術界振奮。不過，如果阿吉茲‧阿罕默德的著作在中國有翻譯的話，德里克的效果就會大打折扣，因爲後者的批判思路基本上沿襲了前者。

　　我們注意到，德里克並沒有掩飾自己對於阿罕默德的效法。他在自己的文章中多次引用的阿罕默德的觀點，在《後殖民氣息：全球資本主義時代的第三世界批評》一文的最後，德里克明確地認同阿罕默德的關於後殖民性是「階級問題」的觀點，並將其作爲自己的結論。德里克說：阿罕默德的論述「堅持提醒我們在理解當代文化發展的過程中階級關係的重要性，雖然它在全球化的基礎上得以重塑。」因此他最後的結論是：

知識者必須認清自己「在全球資本主義中的階級位置，從而對其意識形態進行徹底的批判，並對產生了自己的那個系統形成抵抗的實踐。」不過，德里克雖然認同阿罕默德及其階級分析，但他更強調「全球資本主義」的背景，強調階級分析必須「在全球化的基礎上得以重塑」。德里克從生產方式的角度分析了後殖民產生的全球背景，得出了後殖民是「後革命」或「反革命」性質的結論。

德里克指出，後殖民理論家一個很大的問題在於他們只將殖民帝國主義作為一個歷史遺產加以批判，而不願意正視自己在當代世界的位置。後殖民主義自身與全球資本主義關係如何呢？這個乏人問津的問題正是德里克的興趣所在。我們知道，左派馬克思主義者弗里德里克・詹明信已經分析過「晚期資本主義」與「後現代主義」思潮的關係。德里克認為，後殖民主義同樣體現了資本主義在這個時期的邏輯，只不過它體現在第三世界的領域內。德里克的所謂全球資本主義，據他自己解釋，就是布羅代爾等人描述過的「新的國際分工」，也就是生產的跨國化。他認為，當下全球資本主義的現實導致了很多不同於從前的重大變化。跨國化並不是全新的事物，但它在近年來發展迅猛，新技術使得資本產生了前所未有的流動性，生產的範圍日益國際化，這帶來了國家意義上的資本主義「非中心化」。如此非中心化的結果，是資本主義生產方式第一次從歐洲的歷史中分離出來而成為全球的概念，非歐洲的資本主義社會開始在全球格局中占據一席之地。如此，全球資本主義的經營者放棄了對於民族、邊界和文化的控制，開始將地方歸入全球，按照生產和消費的要求進行重塑，以便創造出能夠響應資本運轉的生產者和消費者。如此就出現了人口和文化的流動，

出現了邊界的模糊。全球資本主義要求在文化上跨越歐洲中心主義，跨國公司爲了經營和推銷，開始瞭解全世界的文化。《哈佛商業評論》是最早宣揚跨國主義以及多元文化主義的最重要的陣地。德里克認爲，後殖民理論即是適應這種新的全球資本主義形勢而出現的文化理論，它處理的正是全球資本主義過程中出現的問題，如歐洲中心主義與世界的關係、邊界和疆域的模糊變化、同一性和多樣性、雜交與混合等等。在舊的理論已經捉襟見肘的情形下，後殖民理論設計出了一種理解世界的新的方式，它顛覆西方中心主義，批判舊的西方意識形態，但它卻並不分析當代資本主義，卻把物質與階級的實際問題引入話語領域，從而顛覆了一切可能實際發生的反抗[168]。

　　如果說，後現代主義是全球資本主義的意識形態，那麼後殖民就是後現代在第三世界的配合者，它將後現代延伸到第三世界來了。爲什麼後殖民主義會成爲後現代主義的迎合者呢？德里克仍然從經濟的角度予以了解釋，他認爲是因爲全球資本主義給作爲西方移民所帶來的機遇所致。在從前的民族國家界線分明的時代，移民被視爲地位尷尬的棄兒，受到懷疑和歧視。隨著全球資本主義的展開，第三世界在全球體系中地位的重要，出現了對於流散人口的重新估價。西方移民抓住了這一機遇，搖身一變，成爲了全球體系中的重要人物。德里克提醒我們，不要僅僅注意所謂的後殖民主義理論家，還要注意到與他們地位相當的寄生於西方的後殖民知識分子，其中包括跨國公司的經理、工程師、專家、職員以及商務的「中間人」，他們類似從前的買辦，但已經在全球流通中獲得新的面目。在這種新的形勢下，從前被視爲不正宗、不地道的「混雜性」變成了最熱門的暢通於全球的資本。德里克認爲，這正是批判西方

中心、批判界線、強調混雜的後殖民理論出現的背景，它是第三世界的西方移民與全球資本主義的合謀。

由於這種強調混雜、反對對立的性質，德里克大膽地斷言是後革命或反革命的。從前的革命意識形態，無論馬克思主義還是民族解放運動，都認爲可以理性地把握歷史，由此建構主體性和社會身份，以促進變革。後殖民理論接受了後現代的理論，反對本質主義的歷史結構，反對本質性身份及主體性，強調「建構」的過程，認爲革命的二元對立只能帶來新的強制和壓迫。如此，革命就被掃地出門了。在這種理論的指導下，德里克提到，後殖民主義理論家對從前或當代的殖民批評作了「後現代」式的纂改：霍米巴巴「將法儂挪用於他的身份政治之中，並將革命從法儂的思想中抽取出來了」；斯皮瓦克也利用了《庶民研究》的成果，「以她自己的文本關注替代了他們書寫一種新的歷史的努力」[169]。德里克認爲，後殖民的問題在於，他們拒絕從流散知識分子和「地方交匯」（local interactions）以外的結構觀察世界，比如階級的結構，如此就忽視了世界上廣大的被壓迫者，並且剝奪了他們的反抗權力。

中國學界只知道德里克而不知道阿罕默德，應該與德里克是一個中國問題研究專家有關。在我看來，因爲阿罕默德在先，德里克對於後殖民批判的左派批判已不那麼新穎。令人感興趣的，倒是他由中國歷史所引申出來對於東方主義的訂正批評。需要說明的是，德里克同樣把薩義德與斯皮瓦克、霍米巴巴之流分開，他的否定性批評針對的只是後者，而對於薩義德及其東方主義，他大體上是肯定的，因此他從中國歷史上所引申出來的對於東方主義的「訂正批評」應該已經屬於我們前文談到的正面批評。在《中國歷史與東方主義問題》一文中，德

里克很難得地表明了自己對於備受批評的薩義德《東方主義》一書的首肯，「薩義德《東方主義》中的觀點可能面臨著各種角度的批評，它的確得到了應有的批評，特別是來自於『東方主義家』的批評。不過，無論這些批評有何長處或不足，在我看來這本書的中心論點是無可爭議的」[170]當然，德里克認為薩義德的東方主義仍有很大不足，最大的問題在於他只是從「我／他」「主體／客體」二元對立的角度看待東西方，將東方看作沉默的他者，而沒有從東西方關係的角度看待東方主義，沒有看到東方人對於東方主義的參預，沒有看到二者之間互動複雜的關係。

　　德里克提出了一個東西方「接觸區」（contact area）的概念，說明東方主義本身就是在西方人來東方，或者東方人去西方這樣的區域裡產生的，而接觸交流、互相影響之後，東西方思想其實已經變得不像薩義德說的那麼分明。一方面，西方東方主義者在知識和感情上受到東方的影響之後，雖然仍不免對待東方的居高臨下的態度，但其思想卻逐漸注入了東方因素，而逐漸與西方社會有了距離。他們可以從東方出發，批判西方社會，例如德里克提到的十九世紀德國和法國的東方主義學者提出的「東方文藝復興」。東方主義甚至可以成為批判西方中心主義的武器，例如德里克提到的當代美國柯文提出的「以中國為中心的歷史」，這些東方主義家覺得自己比西化的中國歷史學家更有資格提出中國本土歷史觀。東方主義家甚至可以被東方接受為一員，如杜維明將非中國人的漢學家也包括到他的「文化中國」的概念中去了。另一方面，東方主義的傳播並非僅僅西方人之賜，在「接觸區」受到西方影響的東方人在其中貢獻不菲。十九世紀孟加拉文藝復興是當時英國的東方主義學

者發起的運動，東方主義家親自從事搜集、整理古代印度教文本，創造出了有關古代印度教的傳統，但這一傳統的發揚光大者卻是本地人，其中最著名的是泰戈爾，後者被視爲亞洲民族主義的代表，以至於中國的文化民族主義者如張君勱、梁漱溟都受到了一定影響。至於英國人爲什麼要整理印度教傳統，則與他們爲合法化殖民統治而妖魔化穆斯林以及「古代中世紀／現代復興」的歐洲歷史模式有關，這一點我們可以參照察特吉（Partha Chatterjee）的相關論述 [171]。至於中國，德里克談到：在耶穌教士進入中國以後，他們的看法就在一定程度上影響了中國人對於自己的定位；進入二十世紀之後，中國人很明顯地開始按照西方的東方主義、特別是民族主義進行歷史形象的自我描繪。德里克指出：「諷刺的是，歐美對於中國帝國的打擊既激起了民族主義，又給中國提供了一種構成新的民族身份的中國過去的形象。雖然不同的政治派別側重於歷史不同的方面，對於歷史遺產有不同的估價，但無論自由主義者和保守主義者都具有明顯的轉喻化約論色彩，將中國看作是儒教、專制主義、官僚主義、家庭主義以及種族特性的，所有這些都可以追溯到東方主義者的表現，或者東方主義馬克思主義視域裡的不變的『封建』或『亞細亞』社會。」[172] 在另外的地方，德里克曾專論二十世紀中國史學對於以生產方式爲主導的馬克思主義史學的臣服。這些關於中國的東方主義論述，都不像薩義德所說的那樣，是西方東方主義者的獨家發明，而主要是由吸取了西方觀念的「接觸區」的中國知識者自身建構起來的。或者說，它是由兩者聯合締造出來的。如此，德里克的結論是，「與其將東方主義視爲歐洲現代性的自發產物，不如將其看作『接觸區』的產物更容易理解，在『接觸區』裡歐洲人遇到非

歐洲人，歐洲現代性既生產了作為他者進入現代性話語的另一種現代性，同時又受到後者的挑戰。」[173]

德里克「接觸區」的概念來自於 Mary Louis Pratt，它打破了薩義德所提出的東方主義由西方獨造的說法，打破了截然分明的東西界線。值得一提的是，在 Mary Louis Pratt 和德里克看來，「接觸區」不僅僅是一個殖民支配和控制的領域，同時也是一個交流的領域。在接觸區內，支配性的西方文化會受到東方文化的不自覺影響，而被支配的東方文化其實也可以在不同程度上決定自己對於西方文化的吸取。即以二十世紀中國對於西方現代文化的吸收而言，我們既應該看到它不自覺的自我東方化的一面，還應該看到它挪用轉化西方現代性為我所用的一面。陳小眉在《西方主義》一書中曾對中國八十年代《河殤》中的西方主義做出辨析，她認為，一味美化西方貶低中國的西方主義很容易被看作是自我東方主義，但這種西方主義卻為國內的知識者反對政治專制提供了武器。德里克同意陳小眉對於直接將東方主義與西方中心權力聯繫起來的做法的批評，但他認為自我東方化的抗爭作用不能被誇大，它們畢竟是「接觸區」中的知識者創造出來的一個關於西方進步、中國落後的幻象。因此，「問題不在於東方主義，換句話說，問題在於東方主義權力在不同的社會和政治語境中的運動。」[174]

德里克有關「接觸區」的論述無疑啓人深思，它批評和糾正了薩義德的東方主義論述。不過，需要提及的是，上述思想其實並非完全是德里克的獨家發明。薩義德在其東方主義的論述結構中的確將東方處理成「沉默的他者」，但在《東方主義》這本書的最後，他事實上已經提到了阿拉伯世界「自我東方化」的問題，得出了「現代東方，參預了其自身的東方化」

的結論。另外，在我看來，更為諷刺的是，德里克反對二元對立的「接觸區」思想與被他批判最力的霍米巴巴的「混雜」思想在思路上其實是頗為接近的。

第九章
後殖民與文學

（一）

　　論及後殖民與文學的關係，首先需要提到的是對於英美文學經典的後殖民解讀。從《東方主義》到《文化與帝國主義》，薩義德對於西方文學經典與帝國主義關係的重新解讀，開啓了閱讀西方傳統的新的視角，引起了一場「重讀經典」的革命，它幾乎顚覆了傳統的英美文學研究。

　　正如薩達爾（Ziauddin Sardar）在《東方主義》（1999）一書中所言，對於西方東方主義的批評，並不開始於薩義德，如Anouar Abdel-Malek 在 1963 年就發表過《危機中的東方主義》，A. L. Tibawi 在 1964 年就發表過《說英語的東方主義者》，M. Jammehah 在 1971 年就出版過《伊斯蘭與東方主義》。不過薩義德的《東方主義》的確有過人之處。薩達爾認爲：除了引進福柯的話語理論之外，薩義德的《東方主義》在方法上的新穎之處是將文學引進了從前作爲史學領域的東方主義批評，從而將東方主義轉化成了一種多學科的文化批評。薩義德在《東方主義》一書中將文學文本和史學文本並用，在我看來，有兩個原因。第一，它顯然得之於福柯的話語理論以及

由此而來的後現代史學觀念。福柯認為，無所謂客觀的歷史，
歷史不過是一種敘述。海登・懷特認為，歷史文本與文學文本
一樣，是一種敘事和想像，它們之間不過存在著程度之差，他
還專門分析過歷史文本的修辭手段。因為從話語角度考察西方
對於東方的敘事，薩義德首次將文學文本代入了討論的範圍，
從某種程度上說，文學文本更能夠體現敘事的想像性。第二，
它與薩義德的專業有關。有意思的是，薩義德賴以成名的《東
方主義》一書其實與他的專業無關。薩義德在哥大念博士時學
的是比較文學專業，博士論文做的是康拉德。他涉入東方主義
這個專業，可說是生手，這本書出版後因此受到了不少伊斯蘭
及帝國史研究者的專業批評。不過，反過來說，文學的解讀倒
成了這部書的長處所在。

　　《東方主義》一書在論述西方幾個主要階段的東方主義話
語時，都引用了文學經典作為佐證。有關西方東方化東方的最
早源頭，薩義德即是以文學作品──雅典戲劇埃斯庫羅斯的
《波斯人》和《酒神的女祭司》──來加以說明的。薩義德認
為，這兩部戲劇作品即已奠定了歐洲想像和敘述東方的基本主
題，「這兩部戲劇中所區分的東方不同於西方的兩個方面，一
直成為了歐洲想像地理的基本主題。一條線分開了兩個大陸。
歐洲是強大的，表達清楚的；亞洲是戰敗的，遙遠的。埃斯庫
羅斯通過年邁的波斯女王西緒斯的母親，表現了亞洲。是歐洲
表述了亞洲，這一種出自於真正的創造者，而不是傀儡主人的
特權表述，他的生死予奪的權力表現、激活和構成了那熟悉的
邊界之外的東方，否則的話，它便是一片沉默的，危險的空
間。」[175] 不過，在薩義德看來，埃斯庫羅斯時代對於東方他者
的貶低想像並沒有什麼特別需要遣責的，它同樣發生在其他文

化和人群當中。人腦需要區別，需要界線，它只會從自己的立場去看待其它文化。但薩義德認為需要批評的是東方主義家，因為他們「實施了這樣一種精神操練」。東方主義家將「馴服」東方作為自己的工作。薩義德指出：他們這樣做的時候，有時候是為了自己，為了自己的文化，有時候自以為是為了東方。東方化東方於此成了一種學科性質的東西，與西方政治文化規範緊密相聯，使得早期對於東方的惡意表達變得程式化，從而形成了日後西方對於東方的有效表達。這種有效表達的結果，薩義德重點提到了中世紀後但丁的《神曲》——一部被後世稱讚的歐洲人文主義名著。在《神曲》中，伊斯蘭的先知穆罕默德被打入了地獄，而且是地獄的最底層，必須經過貪欲者、異教徒、自殺者等等居住的那幾層，只剩下偽證者、叛徒就到了地獄的最底層，那是撒旦自己居住的地方。薩義德認為，但丁的《神曲》對於穆罕默德的「妖魔化」既是歷史上東方主義影響的結果，同時又有力地加強了這一想像模式。「但丁詩歌對於伊斯蘭的岐視和抽離，體現了一種程式化的，幾乎是宇宙論的必然性，在這裡伊斯蘭及其代表們不過是西方地理、歷史、總而言之道德理解的創造物而已。關於東方或者其中任何一個部分的經驗數據都無足輕重，重要的是我所說的東方主義視野，這種視野並不限於東方主義者，更是西方所有思考東方的人的共同產物。但丁作為一個詩人，強化了，增加了而不是減少了，這種關於東方的視野。」[176]

十八世紀以來，隨著歐洲的殖民擴張，產生了現代東方主義。不過，現代東方主義並未消除西方種族中心和種族歧視，只不過是將這種等級制科學化和系統化了。薩義德強調了東方主義所特有的字典編撰式的和制度化的強化效果，它可以讓任

何個人思考迅速地納入東方主義的知識機制中。他以馬克思爲例證。馬克思之所以從對於印度的毀滅的感傷中輕易地走向了印度的「再生」，就是由於東方主義思路的強大牽引。而這種牽引的源頭，薩義德根據馬克思所援引的詩句指出，是歌德的《東西詩集》。在這裡，大詩人歌德的《東西詩集》成了東方主義知識的代表。

　　接著薩義德專門論述了十九世紀西方有關東方的文學作品，薩義德對比了英美作家對於東方不同的處理方式。他談到，由於在十九世紀的殖民統治上英國強大而法國沒落，因此英國人注意以科學的方式觀察東方，爲了驗證東方主義的觀念而去搜集材料，法國人到東方則是尋找過去迷戀的神話和記憶，隨心所欲地想像編排東方。法國的代表就是夏多布里昂，他完全是主觀性的作家，並不注意觀察東方，而只是以自己的東方主義的詩興任意地想像東方。「雷恩會使他的自我屈服於東方主義的規範，而夏多布里昂則會使東方主義的第一觀點完全屈服於他的自我。」薩義德分析了夏多布里昂的《巴黎到耶路撒冷，耶路撒冷到巴黎巡游記》，指出：「他帶來了一大堆個人目標和假設，卸在東方，在東方驅使著人、地方和觀念，似乎沒有什麼能夠抵抗他的飛揚跋扈的想像。」[177]福樓拜長期精心研究過東方材料，並將其吸收到自己的美學結構之中，寫下了《旅行記》《聖東安的誘惑》《薩朗波》等大量作品，不過仍不免法國作家的特點。當福樓拜實際來到東方後，東方的破敗出乎他的想像，他像其它東方主義家一樣，懷著救贖的想法試圖用文字重新構造一個東方出來。這樣一種與正常的西方不同的世界，是東方化的東方，如「福樓拜所有東方經歷，無論是令人激動的還是令人失望的，都幾乎毫無例外地將東方與

性聯繫在一起。」[178]

　　《東方主義》對於西方文學經典的論述大體上到此爲止，對於十九世紀以後的東方主義及當代美國的「區域研究」的討論基本上沒有再涉及到文學。大概是感到不足，薩義德在《東方主義》的「緒論」中提出，有關帝國主義和文化之間的關係需要進一步的研究。他後來的研究方向果然對準了這個方向。1978 年出版《東方主義》一書五年後，薩義德開始整理自己這方面的思想，並於 1985-1986 年間在美國、加拿大和英國的一些大學開設有關這方面的系列講座。他逐漸發表論文，並於1993 年最終出版《文化與帝國主義》一書。這本書在時間上接續《東方主義》，主要研究十九—二十世紀的「文化與帝國主義」、特別是小說與帝國主義的關係。

　　關於文化與帝國主義的關聯，薩義德認爲從前並沒有引起注意。按照傳統的看法，人們通常把帝國主義看作是一種政治軍事行爲，而將文化與叙事看作是獨立的美學。薩義德認爲，在帝國主義的過程中，文化事實上起著極其重要的作用，「帝國主義的主要戰爭當然是關於土地的，不過一但涉及到誰擁有這片土地，誰有權利在那裡居住和工作，誰擁有它，誰將它奪回，誰規劃它的前途——這些問題卻都是在叙事中得到反映、爭論甚至一度被決定的。」[179] 薩義德認爲，應該打破歐美文學經典的迷信，揭示它們與殖民主義、帝國主義話語的關係。他對於小說尤感興趣，「因爲我的重點在十九—二十世紀現代西方帝國，我特別考慮了作爲小說的文化形式，我相信小說在帝國主義態度、參照和經驗的形成中起了非常重要的作用。我的意思並不是只有小說才是重要的，但我認爲小說與英法社會的擴張之間的聯繫是一個特別值得研究的美學課題。」[180]

在薩義德看來,歐洲小說的產生與帝國的產生相互伴生,
「甚至可以說,沒有帝國,就沒有我們知道的歐洲小說。如果
我們真正地研究小說產生的動力,我們會發現小說敘事權力構
成的模式與帝國主義傾向之下的複雜的意識形態構造並非偶然
的交合。」[181] 歐洲最早的小說笛福的《魯濱遜飄流記》寫主人
公占領一塊歐洲以外的島嶼,為基督教和英國建立領地,這本
身就表明歐洲小說的起源與歐洲海外擴張的關係。薩義德集中
分析了十九世紀歐洲文學名著與帝國主義的牽聯。狄更斯的
《遠大前程》寫的是主人公匹普「自我幻想」的故事。小說中
的一個重要情節是馬格維奇的捐助。這個捐助既幫助了匹普,
然而又給他帶來了困惑,因為馬格維奇是一個來自於英國流放
地澳大利亞的罪犯。匹普最後向現實妥協了,接受了馬格維
奇。不過,他後來成為了一個在東方經營的商人這樣的事實卻
表明,「當狄更斯解決了澳大利亞的困難,另外一種態度和指
涉的結構又出現了,那就是英國經由貿易和旅行和東方進行的
帝國交往。」[182] 如此看,匹普的所謂「遠大前程」是和英國的
殖民主義息息相關的,狄更斯《遠大前程》的小說結構與帝國
主義密不可分。薩義德著重分析的另一個例子,是奧斯丁的小
說《曼斯菲爾德莊園》。他認為,西方文學習慣於從時間的角
度看待小說的情節結構,這種視點忽略了空間的維度。如果著
眼於殖民帝國的空間,讀者會發現不同的東西。正如作者奧斯
丁所言,《曼斯菲爾德莊園》是一部關於「等級」的小說,建
立了西方社會的道德和價值觀念。薩義德詳細地分析了這部小
說與海外殖民地的關係,認為這種道德價值實際上建立在殖民
主義的基礎上。他指出,是伯蘭特爵士在海外的領地決定了他
的財富,決定了他在國內外的社會地位,從而決定了他的道德

價值觀。另外，未被奧斯丁注意的是，在這種西方價值觀的背後，其實有一個被西方社會默認的奴隸制道德的支撐，這是奧斯丁的尷尬，也構成了西方人文主義的尷尬。薩義德對於西方經典文學與帝國主義關聯的分析，是傳統的英美文學研究所未曾注意的。從空間及其與帝國主義關聯的角度考察作品，的確可以看到以前未曾注意到的東西。在吉卜林的小說《吉姆》中，小主人公吉姆在印度富於樂趣的游蕩經歷是小說吸引讀者的主要線索。人們通常從童真的角度解釋這種樂趣，薩義德卻認為，吉姆的這種樂趣其實與英國對於印度的殖民統治分不開的。首先吉姆是一個白人，儘管吉姆渾然未覺，但毋庸置疑白人在殖民地是有特權的，吉卜林甚至特別讓他的師傅告訴他白人與非白人的區別，這是吉姆在印度得以逍遙的前提。其次，吉姆後來身處英國在印度的特務活動的「大游戲」中，儘管他並不明白其中的一切，但他的樂趣是與英國的海外控制直接聯繫在一起的。在薩義德看來，吉姆的樂趣是帝國主義在海外的冒險樂趣的一部分，只有在印度等海外殖民地，英國人才能夠為所欲為，夢想成真。

　　在論述二十世紀歐洲小說的時候，薩義德獨具匠心地發現了現代主義與帝國主義的聯繫。我們通常從西方資本主義社會內部異化的角度分析現代主義的起源，薩義德卻發現很多看起來是產生於西方內部的現代主義特徵，其實是對於西方之外的殖民地世界的反映。二十世紀後，西方在征服殖民地的樂趣之外，感覺到了不安。康拉德等人的自我焦慮導致了小說的斷裂，從而形成現代主義的文化形式，與此相關的作家還包括福斯特、喬伊斯、普魯斯特、葉芝等等。薩義德談到，「文化文本將外面的東西輸入歐洲，它們清晰地帶著帝國主義事業、探

險者、人類學家、地質學家、地理學家、商人和士兵的印記。
開始的時候，它們刺激了歐洲觀衆的興趣。及至二十世紀初，
它們卻傳送了一種諷刺意識：歐洲是多麼地不可忍受，歐洲是
怎樣成爲——用康拉德的話說——「地球上最黑暗的地方之
一」。這個時候出現的現代主義藝術形式，具有與從前不同的
三種特徵，「一是結構的循環，它同時是包容的和開放的，如
《尤利西斯》、《黑暗的心》、《關於研究》、《荒原》、
《樂章》、《到燈塔去》；二是一種新奇，它幾乎完全得之於
對舊的、甚至是過時的殘片的重整，從絕望的位置、來源和文
化中汲取自我意識：現代主義形式的特點是喜劇和悲劇、高和
低、普通的和奇異的、熟悉的陌生的奇怪並列，其最天才的是
喬伊斯的作品，他將《奧德賽》與「躑躅的猶太人」、廣告和
維吉爾（或但丁），完美的對稱和推銷員的價目表混合起來。
三是一種形式的反諷，它留心將自己作爲曾經的世界帝國綜合
的替代藝術和創造物。」[183] 較之於對十九世紀現實主義小說的
詳盡分析，薩義德對於二十世紀現代主義文學的分析語焉不
詳，只有簡略的概括。不過，他顯然開啓了這一領域的研究。

　　薩義德在《文化與帝國主義》一書中對於十九—二十世紀
西方文學與帝國主義的聯繫的論述，與《東方主義》一書中對
於西方古典文學與東方主義關聯的分析可以說一脈相承，不過
變化也是明顯的。在《東方主義》一書中，從埃斯庫羅斯到但
丁、歌德、福樓拜的文學作品完全被等同於東方主義的材料，
作家作品間的差異未被注意到，西方文學對於殖民主義的反抗
更未被提及。《文化與帝國主義》則有了轉變。薩義德在該書
中專論的第一個作家是康拉德，他一反阿契貝等人將康拉德視
爲徹頭徹尾的帝國主義者的看法，認爲康拉德一方面是一個帝

國主義者，另一方面又是一個反帝國主義者。他指出，康拉德
在小說中既有表現帝國主義傲慢的一面，同時又有揭露殖民統
治腐朽的一面。《文化與帝國主義》第一章第三節「《黑暗的
心》的兩個視角」，專門對康拉德的這篇著名小說做了細緻的
文本分析。他指出，《黑暗的心》具有雙重敘述視角：一方
面，「庫爾茲偉大的掠奪冒險、馬婁逆流而上的旅途以及故事
敘述本身，有一個共同的主題：歐洲人在非洲、或在非洲問題
上表現出來的帝國主義控制力量與意志。」另一方面，康拉德
又通過「分離主體性」來抵抗這一樣一種帝國意志，「康拉德
用來證明正統的帝國主義觀念和他自己對帝國主義看法之間區
別的方式，是持續地讓人們注意思想和價值是怎樣通過敘述者
的語言的分裂而建立起來的。」這種「語言的分裂」也被薩義
德稱為「循環敘述形式」，他舉例說，譬如「馬婁從來不直截
了當，卻多嘴多舌，十分雄辯，常常通過錯話將事實弄得不清
不楚，或者曖昧含混。」這種文本分析清晰地表現出康拉德流
亡邊緣人的身份所產生的雙重意識，應該說較之於從前的簡單
否定要高明得多。考慮到薩義德在《東方主義》對於西方的整
體化處理方式（他曾在書中斷言每個西方人都是東方主義
者），他對於康拉德的雙重性分析顯得難能可貴。

　　更為可貴的，是《文化與帝國主義》一書對於葉芝的殖民
反抗的論述。人們通常在歐洲主流現代主義傳統中定位葉芝，
薩義德卻強調他作為一個民族詩人的一面。「葉芝象其他詩人
一樣抵抗帝國主義，他為他的人民堅持一種新的敘述，他憤怒
於英格蘭對於愛爾蘭的分離（及對一體化的熱情），他為新秩
序的到來而慶祝和紀念，他對於民族主義的追求懷著一種忠誠
與背叛的複雜感情。」[184] 薩義德所說的葉芝對於民族主義的

「忠誠」與「背叛」的複雜方面，並不是對於民族主義詩人葉芝的貶低。恰恰相反，在薩義德看來，葉芝的可貴之處在於他既堅持民族主義，又在某種程度上超越了民族主義。在這一點上，他認為葉芝是法儂的先驅。在對於葉芝詩歌的分析中，薩義德指出：葉芝一方面支持反抗殖民主義的暴力革命，另一方面又進一步反省了革命暴力，「葉芝有一種預言般的直覺，以為有的時候僅有暴力是不夠的，政治的策略和理性必須考慮在內，在我的知識裡，這是在需要調和暴力與急切的政治、組織過程的非殖民化語境中第一個重要聲明。法儂關於解放不能僅僅由奪取權力來完成（最智慧的人也會對某種暴力變得緊張）的斷言幾乎在半個世紀以後才來臨。」[185]在《東方主義》一書中，薩義德既沒有提到西方內部的反抗，也沒有提到東方世界的反抗，因而受到外界批評。在突破了福柯的話語理論後，《文化與帝國主義》的一個顯著變化就是對於反抗思想的強調。在《文化與帝國主義》一書的開頭，薩義德檢討了這一點，「我《東方主義》一書中所忽略的，是已經彙聚為整個第三世界的非殖民化運動的對於西方統治的回應。」在反抗這一點上，薩義德的《文化與帝國主義》較之《東方主義》有了巨大進步。不過《文化與帝國主義》在談到文學中的反抗時，只提及了葉芝等人，並未真正提及殖民地及第三世界的文學作品。有關於殖民地和第三世界反殖文學的研究，需要提及另外一本早於《文化與帝國主義》的著作——比爾‧阿希克洛夫特等人的《逆寫帝國，後殖民文學的理論與實踐》。

（二）

　　《逆寫帝國》一書不但是後殖民文學的奠基之作，同時也

是後殖民理論的第一本論著。1978 年薩義德出版了《東方主義》一書，富有影響。1989 年出版的《逆寫帝國》一書。後殖民理論的第一個選本《殖民主義話語和後殖民主義理論：一個選本》直至 1993 年才出現（Patrick Williams, Laura Chrisman, Colonial Discourse and Post-Colonial Theory: A Reader）。《逆寫帝國》一書對於後殖民的論述，經常被論者引經據典地使用，譬如這本書打破通常的時間限定，而將後殖民的範圍定義為自殖民主義產生以來直到今天，這種用法現在已經被廣泛使用。《逆寫帝國》並沒有一般性地評述後殖民理論，其主要內容是在後殖民的視野裡討論前殖民地國家的文學，因此這本書與其說是對於薩義德《東方主義》一書的評述，無寧說是一種補充。薩義德的《東方主義》一書僅僅梳理了西方殖民宗主國的東方主義話語，並沒有涉及到東方自身，《逆寫帝國》一書則恰恰論述了殖民主義陰影下的殖民地文學。薩義德後來認為，應該將殖民主義文化與殖民地文化進行「對位」閱讀，這樣才能從西方經典構造的普遍性中走出來。《東方主義》與《逆寫帝國》兩本書，正構成了這樣一種「對位」。

迄今為止，對於後殖民文本的論述有多種模式。一是國家或地區的模式：殖民地國獨立後，多數的殖民地文學以獨立的民族國家的文學形式出現，如尼日利亞文學，印度文學、澳大利亞文學等；區域性則以地域為標準，如西印度群島文學、南太平洋文學，非洲文學等。二是兩處或更多的地區的文學比較模式，其中主要有三種：1，白人僑居國家之間的比較，如美國、加拿大、澳大利亞、新西蘭等國文學的比較；2，黑人僑居國家的文學比較；3，聯繫這些地區的文學比較，如西印度群島和澳大利亞文學的比較。三是「黑人寫作」，這種以膚色

為分類標準的文學跨越了不同的地區和社會，如美洲黑人，非洲黑人等。還有其它名稱，如「聯邦文學」（Commonwelth Literature），新英語文學（New Literature in English）、殖民文學（Colonial Literature）等。書中認為，這些分類模式各有局限，如以國家、地區及膚色為標準的文學容易導致國家主義及種族主義正統本質主義，「聯邦文學」僅指英聯邦文學，範圍太窄，相反英語文學則範圍太大，殖民文學則無法概括獨立後的文學。作者傾向的名稱是「後殖民文學」，「無論如何，『後殖民文學』這一術語之所以最終較其它術語更好，是因為指出了一種殖民主義影響研究的途徑，可應用於如非洲和印度等語境中的英語寫作和本地語寫作，以及其它語言（法國，西班牙語，葡萄牙語）的寫作之中。」[186] 書中最後談到了「雜交與融合」的最新模式，這種由霍米巴巴等人提出的將歐洲時間拓展為空間，將被殖民者與殖民者聯繫起來討論的思路，打破了從前的本質分隔的格局。「雜交與融合」其實正是後殖民文學所運用的研究視野，「後殖民文學」雖然以殖民關係為分界，但早已不再停留於從前「殖民／反抗」的二元對立模式上。

《逆寫帝國》一書首先從兩個方面論述了前殖民地地區「逆寫帝國」的方式，一是重置語言，二是重置文本。

按照法儂的說法，不同的語言意味著不同的世界，因而在討論後殖民寫作的時候，首先碰到就是語言問題。不過，「逆寫帝國」並不涉及地方語寫作的問題，而討論在英語寫作中地方英語對中心英語的抵抗和挪用。為區別兩種英語，書中將歐洲中心英語以大寫 English 來表示，而將地方英語以小寫 english 來表示。前殖民地地區的的語言分布大致有三種情況：一是單

一語言，如英語，一般發生於僑居殖民地；二是雙語，如印度、非洲和南太平洋地區，魁北克也已經建立了一個雙語社會；三是多語，它主要發生在加勒比海地區。就地方英語寫作而言，後殖民寫作可分作兩個過程：一是對於中心英語特權的背棄和否定，以此抵制在書寫交流上的西方大都市的權力；二是對於中心英語的挪用和再造，這種重造意味著與殖民權力的脫離。書中提出了一些後殖民文本的挪用策略，並予以專門的分析。這裡省去書中的大量的文本分析的例證，只簡單引出方法：1，「注解」：對個別詞語的挿入式注解，這是跨文化文本中最明顯最常見的作者侵入手段，例如「he took him into his obi (hut)」，「介於 obi 和 hut 之間的潛在空隙，事實上質疑了這個詞的公認的指涉，並建立了作爲一種文化符號的 obi」。2，「不翻譯的詞語」：選擇忠實於原來的地方語，不加以翻譯，這是一種傳達文化差異的常見的技巧，「這種設計不僅能表達文化間的差異，而且也能說明文化概念翻譯過程中話語的重要性。」3，「語言混雜」：「作爲交接符號的未翻譯的詞語的運用，似乎是一種成功的突出文化差異的手段，因此看起來更有效的，是通過融合兩種語言結構從而生產一種『跨文化』。」4，語法融合：試圖將本土語法與標準英語融合起來，從而改寫語言。5，語碼轉換和上語孳用：「挪用過程中最常見的嵌入變化的方式，可能兩種或兩種以上語碼間的轉換技巧，特別在加勒比海連續體的文學中。多語作家的技巧使用串字法使得方言更加可及，運用雙重注解和語碼轉換作爲一種交織的翻譯模式，挑選特定的文字保留於原文之中。所有這些都是在寫作中安裝文化差異的通常方法。」[187]

　　語言的挪用是後殖民寫作顯示文化差異的重要手段，但尙

是初步手段，更爲重要的挪用卻是寫作本身。作者將後殖民寫作的特徵歸結爲三點：一是「後殖民的聲音被帝國中心所沉默和邊緣化」，二是「文本中對於帝國中心的取消」，三是「對於中心文化和語言的積極挪用。」[188] 書中通過對於具體的作品，具體闡釋了後殖民寫作的不同策略。路易斯‧尼科西的《配種鳥》（Lewis Nkosi, Mating Birds）寫的是一個南非黑人由於強姦了一名白人婦女而被囚殺的故事，呈現了漠視了黑人無辜（被白人婦女引誘）的殖民主義種族話語操控過程。小說刻意表現白人世界和黑人世界的不可逾越的界線，表達了「殖民主義與沉默」的主題。奈保爾的《模仿人》（V.S.Naipaul, The Mimic Men）同樣表現了運作於殖民世界裡的帝國權力關係，表現了殖民者永遠的「眞確性」和被殖民者的模仿位置。奈保爾矛盾地受到中心的吸引，並悲觀地認爲這種等級秩序是難以改變的。不過，他雖然認爲邊緣是虛無的，但同時也看到了作爲中心的「現實」、「眞理」和「秩序」的虛幻性。尼科西的《配種鳥》和奈保爾的《模仿人》這兩個文本「表達了想逃避主導中心的破壞和邊緣的力量的不可能性，及廢棄這種狀況的需要。無論是性侵害還是社會成功都無法逃避壓制人物的內在毀壞力量。這兩個文本證明了後殖現實的毀壞力和模仿性。」[189] 米切爾‧安東尼的《桑德拉大街》（Michael Anthony, Sandra Street）寫英文老師布拉德斯與學生的故事，呈現老師所代表英語的世界與學生所代表的本土經驗的衝突。在正統的英文話語裡，現實的語言是被排斥的「他者」，不過學生的世界卻拆散了眞確性話語的權威。提摩斯‧芬德勒的《旅程上的不需要》（Timothy Findley, Not Wanted on the Voyage)將《聖經》中諾亞洪水的拯救故事改寫成了以少數權利之名進行毀滅之實

的傳說，小說以改寫歐洲傳統經典的方式，從「他者」的角度質疑了歐洲最古老的文明敘述。米切爾・安東尼的《桑德拉大街》和提摩斯・芬德勒的《旅程上的不需要》這兩個文本「發展了另外的顛覆策略，推翻約束他們的形式和主題，將他們的後殖民性的『局限』轉變成他們的形式和題材原創和力量的來源。」[190] 珍妮・弗拉梅的《字母的邊緣》（Janet Frame, The Edge of The Aphabet）寫三個分別來自澳洲、英格蘭和愛爾蘭的人在旅途中相遇，在小說的對話敘述中，中心消失了，只留下永恆的邊緣。納拉揚的小說《賣糖果的小販》（R.K.Narayan, The Vendor of Sweets）談到的是一個小店員賈幹與社會及傳統的關係，讓人矚目的是文本對於挪用權利的嘗試和堅持。珍妮・弗拉梅的《字母的邊緣》和《賣糖果的小販》這兩個文本，「以它們的不同的方式，形成了非常不同的社會視野，說明了消解在語言和形式上被全然接受的認識論概念的可能性。這些變成了不再構想為『他者』而是成功地自我決定和自我維持的社會，能夠在既有權力框架內重新安排概念結構。」[191]

　　語言和文本的挪用，導致理論的論述。《逆寫帝國》的第四章接著討論後殖民地區的本土理論建構。不同類型的地區，具有不同的問題。殖民抵抗的直接反映，首先就是尋找自己的文化。印度本土文學及批評有著不亞於歐洲文化的悠久歷史，讓人困惑的問題是這些本土美學傳統如何可以運用到現代批評上。在非洲，塞薩爾（Aime Cesaire）及森格（Leopold Senghor）等人建立起了「黑人性」（Negritude）的概念，它後來成為非洲黑人美學及黑人文學的基礎。所幸的是，有關於本土與外來話語的關係問題，後來出現了法儂的精彩論述。法儂從心理分析的角度討論了文化身份的不確定性，並從傳統的開放

性角度論述現代民族文化，這些都得到了當今後殖民理論家如薩義德、霍米巴巴的重視。美國、澳洲、新西蘭等歐洲白人僑居地區在本土理論建構上的獨特問題在於，拓殖者不但要面臨「舊大陸與新大陸的社會和文學實踐的關係」，還要面臨「殖民地上的本土居民與外來拓殖者的關係」。加勒比海地區面臨複雜的現實，則發展出了不同的實踐策略，書中分別從「愛德華・布萊斯懷特與克里奧爾化」（Edward Brathwaite and creolization）「戴尼斯・威廉斯和催化」（Denis Williams and catalysis），「威爾遜・哈里斯與融合的視野」（Wilson Harris and the syncretic vision）對此進行了簡要討論。

　　與本土理論相對，《逆寫帝國》論述了後殖民經驗與當代西方理論的關係，此即所謂「重置理論」。值得注意的是，作者討論了西方現代主義與後殖民的關係。書中認為，十九世紀末、二十年代初西方對現實主義的突破和現代主義嘗試，源於西方和「他者」的遭遇經歷。非洲文化的引進，直接啓發了歐洲現代主義者，如 Benin 征戰帶回來的非洲藝術，促成了勞倫斯小說《天虹》中的非洲意象，巴黎人類博物館的收藏，成為畢加索的繪畫的靈感。這種啓發並不止於提供靈感和材料，更在於首次以「異類」的藝術打破了歐洲中心的藝術的普遍性，使得歐洲的藝術家開始質疑歐洲藝術原則的美學原則，現代主義革新於茲起步。

　　《逆寫帝國》結論部分的題目是「小寫的英語多於大寫的英語」，作者在這裡概括了自己對於後殖民文學的基本看法。書中談到：當代後殖民社會的文學已經不再是歐洲模式的簡單應用，而是充滿了互動和挪用，歐洲主導話語已經受到質疑和顛覆。對於殖民話語的質疑，很容易帶來回歸純淨本土的衝

動，這種要求是可以理解的，但卻不可能實現，因爲後殖民文學早已是一種文化雜交的現象，重構只能在中心與邊緣的關係中重新獲得。書中提出了後殖民文學之於地方英語研究及其機制的三個結論，一，「不同的小寫英語的存在意味著標準英語的概念已經破裂。」二，「隨著這種去中心的進一步啓示，中心英語經典在世界地方英語的新範式中被徹底減縮。」三，「後殖民文學研究表明，所有的文本都被各種複雜性所貫穿，通常的文學研究將因此得到重生。」[192]

（三）

　　自薩義德《東方主義》一書出版後，雖然第一部後殖民論著《逆寫帝國，後殖民文學的理論與實踐》是討論後殖民文學的，此後的討論方向卻主要體現在理論上，譬如斯皮瓦克、霍米巴巴等人的後繼性研究。這引起了英國學者愛萊克・博爾默（Elleke Boehmer）的不滿，他覺得理論的探討固然高深，卻過於抽象化，「忽略了物質的和政治的語境」[193]。1993年薩義德《文化與帝國主義》的出版，大概對博爾默是一個鼓舞，兩年之後的1995年，博爾默出版了《殖民與後殖民文學》一書。按照書中的說法，「殖民」文學指的是與西方殖民統治有關的文字，「後殖民文學」則是指殖民地的文學。如此就清楚了，此書試圖將薩義德對於殖民主義及帝國主義文學的解讀與阿希克洛夫特等人在《逆寫帝國》中對於殖民地文學的論述結合起來，從而成爲一本論述後殖民文學的集大成之作。

　　在我看來，博爾默《殖民與後殖民文學》一書的主要學術貢獻在於：一，由於書中採取了年代追溯的方式，因而對於殖民文學及後殖民文學的梳理都較以前更爲詳細；二，將殖民與

後殖民文學結合起來考察，並非兩者的簡單拼湊，而是意味著發現了兩者的互動關係，這方面的論述才是博爾默較薩義德及阿希克洛夫特等人高明的地方，也是這本書的主要價值所在。

對於二十世紀以前的殖民文學的論述，博爾默《殖民與後殖民文學》一書大體上在發揮和補充前人的觀點。在理論的層面，書中談到，殖民統治不僅僅限於在軍事和政治對有形世界的控制，同時也是經由敘事在象徵的層面的控制。殖民者通過敘事，比如以西方宗主國的地名人名來命名殖民地，將陌生的空間變得可以理解。同時，又以傳播文明為名，合理化他們的殖民行為。有關於敘事在殖民和帝國中的重要作用，薩義德在《文化與帝國主義》一書中已經有過深入討論，有關「文明教化」等帝國主義合法化論述，則早在霍布森的《帝國主義，一項研究》中已有研究，博爾默在討論中也坦白地提到了這些先驅的名字。書中對於殖民文本的論述，儘管開始於帝國擴張的維多利亞時期，但像薩義德一樣，博爾默將歐洲敘事層面的「隱喻實踐」則追溯得更遠，從希羅德特斯（Herodotus）對於野蠻人的描述，十四—十五世紀馬可波羅的記載，直至拜倫的《恰爾德·哈羅爾德的游記》和《唐璜》等等。博爾默著重考察了歐洲文學對於域外的殖民想像，包括荷馬、莎士比亞、《一千零一夜》等文學作品所提供的異國故事，是如何經由各種不同文本而加以再生產和繁衍的。他所考察的文本範圍，不止於直接與殖民相關的文字，也包括與殖民行為無直接關係的宗主國文學，作者直言不諱這一點受到了薩義德的影響，書中所分析的文本甚至也和薩義德差不多，簡·奧斯丁的《曼斯菲爾德莊園》和狄更斯的《遠大前程》等。博爾默認為，至十九世紀未，二十年代初，殖民話語已經層層濃縮為：「烏托邦，

或無法無天的曠野；高貴的野蠻人或不能再生的原始人；伊甸園或聖城。而不列顛——偉大的不列顛——則是這一切的主宰。」[194] 奇特之處在於這樣一些結構性隱喻是可轉移的，殖民地的背景不同，但這些結構卻不變，從而成為生生不息的「旅行的隱喻」。在此基礎上，博爾默進一步討論了殖民文學的主題類型：殖民書寫的內在化，男性化以及對於「他者」的疏離性等。

二十世紀以後的文學，《殖民與後殖民文學》一書分三個時期加以討論：第三、四章涉及的時間是二十世紀初期以後，討論了新民族主義文學和宗主國文學；第五章涉及的時間是殖民地獨立以後，主要討論了民族主義文學的變化和移民文學問題；第六章涉及的時間是七十一八十年代以後，主要討論了後殖民文學中日益突出的三大板塊：婦女、本土和移民寫作。由於不像薩義德、阿希克洛夫特那樣分別單獨研究殖民或後殖民文學，而是將兩者放在一起討論，如此就發現了兩者之間的互動關係。

後殖民文學開始於 20 世紀初的殖民地民族主義運動，標誌是 1901 年澳大利亞聯邦成立，1905-1908 年孟加拉 Swadeshi 運動，1912 年南非本地人國民大會，1921-1922 年印度「非暴力不合作運動」等等。與此前相比，20 世紀初期的文學發生了顯著的變化。這種變化同時體現在兩個方面，殖民主義的衰落和民族主義的興起，「它意味著焦點現在變成了雙重的，一方面是帝國的撤退和幻滅，另一方面是被殖民者一方的抵抗和重建。」[195] 在這裡，殖民文學與後殖民文學是互為消長的。

從早期的本土主義到獨立後公開的政治反抗，殖民地文學經歷了一個由平靜轉為激烈的過程。其中共同的傾向是為抵禦

殖民控制而轉向自己的民族文化,強調本土歷史和文化的重建,不過也有共同的困境,即只能用殖民者的語言和文學樣式進行書寫。自一次大戰前後印度的泰戈爾、南非的普拉傑等人接過西方的長篇和短篇小說體裁進行創作以來,殖民地作家就發現他們只能用殖民者的語言以及思想範疇表達自己的經驗。在這種情形下,他們採用了挪用、變形、反其意而用之等策略,以霍米巴巴所說的「混合」「模仿」方式進行殖民反抗。前面我們已經談到,《逆寫帝國》中已有「重置語言」和「重置文本」的深入討論,博爾默在這一方面的論述顯然受到了前者的啓發。不過,博爾默看到了一個往往容易爲人忽略的地方,即殖民地民族主義不僅僅是反抗,還有依附的性質。英文「Cleave」這個詞既有「分裂」的意思,也有「依附」的意思,由本土精英構成的本土民族主義的殖民反抗恰恰體現這種兩面性。他們一方面不滿於殖民主義,另一方面卻模仿殖民者,甚至比英國人更英國人。博爾默在書中明確指出:「不可否認,如果沒有早期被殖民者精英的合作的話,帝國不可能維持這麼長的時間。」[196] 他指出了殖民地民族主義運動的資產階級性質,他們在表現本土文化的時候,事實上是將本地土族排斥在外的。

伴隨著殖民地對於本土價值的發現和文化抵抗的,是宗主國作家既定價值的動搖和內部批判。在薩義德《東方主義》一書中,我們只看到了歐洲人一以貫之的「東方主義」,博爾默卻讓我們看到了轉折時期歐洲作家內心的不安和反抗。他在書中分析了列昂納德·伍爾夫、弗吉利亞·伍爾夫、勞倫斯、弗斯特、湯普森、卡利等歐洲作家在帝國內部的不滿和反抗傾向。列昂納德·伍爾夫是一名殖民軍官,他的寫作可以向我們

展示帝國晚期歐洲作家所面臨的壓力和限制。他在錫蘭任殖民官六年，看到了是帝國的傲慢和空虛，這使他對自己的工作產生厭惡，並對帝國的幻滅和悲哀。在自傳《成長》和關於錫蘭的小說《叢林中的村莊》中，列昂納德・伍爾夫描述了他所感受的殖民主義在錫蘭的悲劇。勞倫斯以批判歐洲物質主義和工業化著稱，爲了追求新的力量，他來到歐洲之外的地區。在《羽蛇》中，他描繪了與歐洲對立的墨西哥的生機。在《袋鼠》中，他表現了澳大利亞土著與白人外來性文化經驗的差異。不過，整體來說，歐洲作家的這種不安和對帝國的批判並不能抵消他們在本質上與帝國的合謀。

　　現代主義文學思潮的出現，正是這種殖民地與宗主國作家互爲作用的結果。20世紀初，在帝國遭受質疑的時候，歐洲作家對自己社會的眞實性越來越缺乏自信，遭遇了意義危機，並開始對於殖民地「他者」的文化發生興趣，這成了現代主義的緣起。博爾默談到，在殖民主義日益敗落的時候，反諷成了占主導地位的文學形式，黑色幽默、戲謔模仿、反史詩等都是對於西方主流價值的背叛。在晚期帝國主義的語境中，反諷旣是一種鞭笞，也是自我懷疑和批判，它不提供新的選擇。紀念吉卜林式的英雄帕西瓦爾在印度去世的伍爾夫的著名作品《海浪》，就是這樣一曲反諷的絕望的輓歌。艾略特爲了學習印度哲學，專門學習了梵文和巴利文。他在《荒原》中將不同的宗教文化拼湊起來，爲混亂的當代西方提供意義。關於殖民地「他者」對於歐洲現代主義的作用，薩義德和阿希克洛夫特在其著作中已經有所提及，博爾默的新穎之處在於，他認爲殖民地不僅僅爲歐洲現代主義提供了參照和刺激，而且殖民地作家本身就是現代主義的組成部分，甚至他們就是最早的現代主義

先驅。殖民地作家出現在西方先鋒文學之中，衝擊了既有的文化秩序，他們所代表的異質性也引起了歐洲現代主義作家對於失落、分裂、倒錯的興趣。博爾默在這裡例舉的作家有凱琴琳・曼斯斐爾德（Katherine Mansfield）、克勞德・麥凱（Claude McKay）、穆爾克・拉傑・阿南德（Mulk Raj Anand）、簡・拉斯（Jean Rhys）、詹姆斯（C.L.R.James）等。他們來到了歐洲都市，居住在倫敦和巴黎，參加了大都市的現代主義試驗。「他種文化存在對於大都市意識的入侵強化了那些與現代主義相聯繫的經驗：『創新』、歷史限制、主觀和多重視野的興趣及意識的流動等。可能，殖民文化翻譯藝術還提供了現代主義感興趣的多語種的混合表達。而且，新的殖民作家所具有的流離失所和主體喪失也呼應了大都市現代主義者所關注的普遍共識的崩潰。流放、隔膜、都市迷茫、絕對之碎片、不同形式的異化，所有這些規定了世界各地的二十世紀作家的存在，無論來自移民國家或殖民中心。」[197]

最能體現殖民與後殖民錯綜關係的，是移民作家。移民作家有兩種類型，一是歐洲移民殖民地的作家，二是殖民地移居宗主國的作家。

歐洲移居殖民地作家，通常容易被視為殖民者加以處理，事實並不那麼簡單。這些移民者雖然來自於歐洲，但卻被歐洲主流邊緣化了。白人移居區雖不至於像愛爾蘭、美國那樣與宗主國進行政治對抗，但卻希望在一定程度上擺脫宗主國控制，於是出現了對於歸屬感和文化身份的追求。但移居者的位置是很尷尬的，他們既不能完全歐洲化，又不能像本土民族主義者那樣將身份建立於本土文化之上，而只能在移居之地構建出一個不同於歐洲的自我屬性。白人移民者在殖民地所感覺到的是

一種不適應和空虛感，但他們所依據的只有拓殖的苦難經歷，這種缺失反倒成了他們自我界定的來源。我們還記得，本尼迪克特・安德森在《想像的共同體》一書中談到，歐洲母國的歧視使得海外移居者將殖民地想像成他們的祖國，從而在美洲創造了最早的民族主義。安德森和博爾默的討論，正可以互相補充。

　　另一種移民文學，正相反，是移居到歐洲宗主國的作家。與早期致力於民族解放事業的作家不同，八十、九十年代以來，從第三世界移居西方的國際化作家越來越多。博爾默列舉的作家有：在波士頓和西印度群島之間來回的德里克・沃爾科特（Derek Walcott）；孟買出生的薩爾曼・拉什迪（Salman Rushdie）；居住在紐約的安提瓜人牙買加・金卡德（Jamaica Kincaid）；加勒比後裔的黑人英國作家、現在又居住在紐約的卡爾・腓力浦（Caryl Phillips）等等。這些作家，出生於殖民地，在西方都市寫作，具有第三世界的背景和寫作主題，但在其它方面則又全是世界主義的。按照霍米巴巴的說法，這種移居的現實已經成為典型的後殖民現象，而他們的「雜交」寫作則已經成為殖民抵抗的最新形式。用拉什迪的話來說，這種「多文化翻譯寫作」被廣泛視為「對抗性的，反權威主義的文學」，或者「我們這個時代的文本策略。」[198] 不過，博爾默並不完全認同這種說法。在他看來，這些僑居作家在西方的成功，讓我們對於此類寫作的定位有了疑問。西方國家對於這些移民作家的接受，或者本身就是其世界性殖民主義的一種策略。來自第三世界精英階層的移民作家，只是為西方提供了「他者」形象，他們究竟能給貧窮的祖國帶來什麼呢？還是一個問題。

　　歐洲移居殖民地的作家已經不再是純粹的歐洲作家,殖民地移居歐洲的作家也已經不再是純粹的殖民地作家,他們已經是某種混合的結果。如此,如薩義德或阿希克洛夫特那種單一的殖民者、被殖民者的論述角度就顯得捉襟見肘了。霍米巴巴已經從「雜交」的理論角度修正了後殖民理論,博爾默則從「對位」的角度發展了後殖民文學的論述。

第十章
啟蒙主義與民族主義

（一）

　　1784 年 11 月，德國的《柏林月刊》發表了對於「什麼是啟蒙」的看法，回答者是康德。差不多二百年後，米歇爾・福柯撰寫了《什麼是啟蒙》的文章，重新回答這一問題。福柯指出：「它對我來說似標誌著進入有關一個問題的思想史的合適路徑，這個問題現代哲學一直無法回答，但也從未設法擺脫。這是一個兩百年來以各種形式重複的問題，從黑格爾，中經尼采或馬克思，直到霍克海默爾或哈貝馬斯，幾乎一切哲學都未能成功地面對這同一問題，無論是直接還是間接地。」福柯甚至將對於「什麼是啟蒙」這一問題的不斷回答視爲「現代哲學」的根本特徵，「現代哲學就是這樣一種哲學，它正在試圖回答這個兩世紀前如此魯莽地提出的問題：什麼是啟蒙？」

　　康德對於「什麼是啟蒙」的回答是：「把我們從『不成熟』的狀態釋放出來。所謂『不成熟』，他指的是一種我們的意志的特定狀態，這種狀態使我們在需要運用理性的領域接受別人的權威。」康德啓蒙思想的核心在於理性的自由運用，這樣一種關於「啓蒙」的答案，來自於笛卡爾以來的理性主義哲

學傳統。康德把啓蒙描繪爲人類運用自己的理性而不臣屬於權威的時刻，福柯贊成啓蒙的批判精神，但認爲「主體」和「理性」卻不應該成爲批判的前提和出發點。對於主體的質疑和啓蒙理性的批判，是作爲「後現代」源頭的福柯思想的獨特之處。福柯認爲，康德的「人類學」，包括胡塞爾的現象學、薩特的存在主義，都是先驗主體哲學，將一切建立在有限性的「人」之上。而在福柯看來，「人」不過是近期的一個發明，而且正在接近終點。人就象印在沙灘上的一幅畫，即將被抹去。福柯說：「無論如何，我們都知道新思考的所有努力都正好針對這個人類學的；也許重要的是跨越人類學領域，從它所表達的一切出發擺脫它……也許，我們應在尼采的經歷中看到這一根除人類的第一次嘗試……人之終結就是哲學之開端的返回。在我們今天，我們只有在由人的消失所產生的空檔內才能思考。」[199] 在福柯看來，歷史分析並非屬於認識的主體理論，而應屬於話語實踐。批判的實踐不是試圖成就科學的形而上學，不是尋找知識和普遍價值的正式結構，「它在構思上是譜系學的，在方法上是考古學的」[200]。

彷彿要驗證「幾乎一切哲學都未能成功地面對這同一問題」的斷言，福柯本人事實上也並未能終結康德以來的關於「什麼是啓蒙」的問題。對於福柯的最大挑戰並非來自於理性主義內部，而是來自於後殖民立場。霍米巴巴（Homi Bhabha）自西方種族主義角度不僅挑戰了啓蒙現代性，同時也挑戰了福柯等人的後現代論述。霍米巴巴從法儂（Frantz Fanon）的黑人在現代世界的「遲誤性」和（belateness）「時間滯差」（time-lag）的概念出發，論述殖民地世界對於西方現代性的挑戰。他認爲：正如「遲誤性」不過是把白人想像爲普遍性規範性的結

果，所謂「時間滯差」也只是在人類持續進步主義者的神話中產生的。在巴巴看來，正是在這種「遲誤性」和「時間滯差」所體現的殖民後殖民的歷史符號中，現代性工程顯露出自己的矛盾性和未完成性。對於康德及哈貝瑪斯以來的不斷重構和再造的啟蒙現代性，霍米巴巴想問的是：這種重構和再造中是否沒有意識到一種文化局限性，那就是文化差異中的種族中心主義。的確，一但將殖民性的維度帶入現代性，問題立刻就會浮現出來。霍米巴巴說，「我想提出我的一個反現代性的問題：在殖民條件下，在給予其自身的是歷史自由、公民自主的否定和重構的民族性的時候，現代性是什麼呢？」很顯然，在受到壓制的殖民性空間和時間內，出現了一種反現代性的殖民性。不過，霍米巴巴認為，這種轉換並不是對於原有的文化系統的簡單推翻，不是以一種新的符號系統代替原有的符號，因為這樣做的話其實只是助長了原有的未加反省的「統一性政治」。殖民性構成了現代性的斷裂，但它既質疑現代性，又加入現代性。它構成一種滯差的結構，從而重述現代性。」[201]

不能不承認，後殖民理論針對於殖民主義和西方中心主義的質疑，是對於西方啟蒙現代性及後現代性的最大挑戰，它無疑給前殖民地及第三世界國家地區的歷史分析提供了嶄新的歷史空間，遺憾的是，我們的歷史及文學史分析，似乎並沒有為之觸動，仍然不自覺地走在被強加的啟蒙現代性的邏輯中，未能意識到殖民地現實與啟蒙現代性之間的巨大裂縫。

賴和是台灣新文學的開拓者，常常在啟蒙的意義上被稱為「台灣的魯迅」，但我在閱讀賴和的時候，卻總感到無法將賴和與啟蒙主義論述嚴絲合縫地扣在一起，其間總存在著似是而非的地方。現在從後殖民的立場看起來，在西方啟蒙現代性的

框架內論述殖民地台灣原就是似是而非的，作爲台灣新文學開
創者的賴和恰恰給我們提供一個反省和挑戰台灣文學史敘述的
機會。

（二）

　　在論述賴和的時候，人們常常從他對台灣封建道德的愚昧
陰暗的批判開始，譬如小說中對於吸鴉片、賭錢、祖傳秘方等
國民劣根性的批判，然後再轉出他對於殖民統治的抗議，這顯
然出自中國大陸五四新文化以來「反封建」的現代性眼光。其
邏輯是，賴和的主要關注在於「現代」和「世界」，以啓蒙提
升落後的台灣，爲此甚至不惜犧牲狹隘的民族自尊；當然，日
本的殖民壓迫會提醒他民族的仇恨，甚至使他對於「現代」的
「合理世界」的理想產生懷疑。如此「啓蒙主義」優先於「民
族主義」的論述，源遠流長。早在 1945 年爲《賴和日記》的
發表所寫的「序言」中，楊守愚就指出：「先生生平很崇拜魯
迅，不單是創作的態度如此，即在解放運動一面，先生的見
解，也完全和他『……所以我們的第一要著，是在改變他們
（國民）的精神，而善於改變精神的，當然要推文藝……』合
致。所以先生對於過去的台灣議會請願、農民工解放……等運
動，雖也盡過許多勞力，結果，還是對於能夠改變民眾的精神
的文藝方面，所遺留的功績多。」[202] 作爲與賴和相交很深的同
時代且同鄉作家，楊守愚以魯迅的「改造國民性」精神概括賴
和，似乎成爲了後世有關賴和的啓蒙論述的源頭。當然，啓蒙
論述還可以往前追溯。首次將賴和稱爲「台灣文學的父母或母
親」的王錦江（詩琅），早在 1936 年的時候就曾談道：「賴
和還保有大量的封建文人的氣質。」[203] 認爲賴和身上尚存「封

建性」的不足，這其實是從反面說明論者所持的「啟蒙」立場。

用「改造國民性」的思想，來論述殖民地作家賴和，總讓人覺得有點尷尬。熟悉賴和著述的人，應該很容易發現，「國民性」在賴和那裡其實是一個標示著日本殖民教化的負面概念。在日據台灣，「國民性」是日本人教訓台灣人的口號。在日本人眼裡，台灣人是愚昧落後的，只是通過「涵養國民性」，才能達到「文明」的日本人的地位。在《歸家》這篇小說中，我們能夠看到賴和對於「涵養國民性」的諷刺，這一點我們後文還會論及到。在殖民統治下的台灣，「啟蒙」其實是一悖論，因為「新／舊」、「文明／落後」、「現代／封建」等等總是與「日本／台灣」等同起來，它事實上成了殖民者藉以壓迫教化殖民地的「事業」，這不能不讓被殖民者心存疑慮。

賴和從種族歧視走向對於「文明」的懷疑過程，我們可以在帶自傳性質的小說《阿四》中見到端倪。在阿四從醫學校畢業後赴職的車上，一個日本人糾正阿四關於「同是日本人」的錯誤。這個日本人對他說：台灣人也可以說是日本人，不過還是稱為「日本臣民」較為恰當，言下之意「似在暗示他不曉得有所謂的種族的分別。」「這句尖利的話，在阿四無機的心上，劃下第一道傷痛的刀痕。」隨後，醫院的現實很快驗證了這位日本人所說的「種族的分別」。在同去報到的學生中，阿四的薪水竟然不及日本人的一半，租房子的費用也僅僅是日本人的六折。他終於辭職回到了鄉間，開業就醫。他的想法是自己做事，可以較多自由，不似原來那麼受氣，「誰想開業以後，不自由反更多，什麼醫師法、藥品取締規則、傳染病法

規、阿片取締規則、度量衡規則，處處都有法律的干涉，時時要和警吏周旋。」在殖民地台灣，阿四想逃脫殖民壓迫，終究成爲不可能。值得注意的是，在賴和眼裡，醫學規則與法律及警察聯繫在一起，不僅成爲了民族壓迫的工具，也成爲了干涉個人自由的工具。在小說中，阿四「覺得他的身邊不時有法律的眼睛在注視他，他不平極了，什麼人的自由？竟被這無有意義的文字所剝奪呢？」[204] 在這裡，賴和發現：科學、法律等等現代文明觀念，事實上成爲日本殖民統治的工具。對於文明「啓蒙」與種族歧視壓迫關聯的認識，奠定了賴和後來觀察問題的獨特眼光。

賴和成名作《一桿「稱仔」》，屢屢被我們舉爲日本警察欺榨台灣下層農民的文本。細究起來，賴和在這裡所抨擊的「欺榨」，其實就指向了「文明」的法規對於本土的窒息。小說中的「大人」想白拿秦得參的菜，未得逞後，惱羞成怒，就說秦得參的秤有問題，不但把他的秤折了，還把他關了監禁。賴和在小說中，直接分析了殖民統治之「法」，對於台灣百姓的無處不在的盤剝，「因爲巡警們，專在搜索小民的細故，來做他們的成績，犯罪的事件，發見得多，他們的高升就快。所以無中生有的事故，含冤莫訴的人們，向來是不勝枚舉。什麼通行取締、道路規則、飲食物規則、行旅法夫、度量衡規紀，舉凡日常生活中的一舉一動，都在法的干涉、取締的範圍中。」[205] 在小說《蛇先生》中，賴和更發出了對於殖民者法律的直接抨擊，「法律！啊！這是一句眞可珍重的話，不知在什麼時候，是誰個人創造出來？實在是很有益的發明，所以直到現在還保有專賣的特權。世間總算有了它，人們才不敢非爲，有錢人始免被盜的危險，貧窮的人也才能安分地忍著餓待死。

……像這樣法律對它的特權所有者，是很利益，若讓一般人民於法律之外有自由，或者對法律本身有疑問，於他們的利益上便覺得有不十分完全，所以把人類的一切行為，甚至不可見的思想，也用神聖的法律來干涉，人類的日常生活、飲食起居，也須在法律容許中，總保無事。」賴和這一段對於法律的抨擊，是有感於日本西醫法律對於台灣民間醫士蛇先生的行醫資格的剝奪而發。令人奇怪的是，儘管賴和這段對於法律的抨擊被論者廣為徵引，但《蛇先生》這篇小說的主題卻常常被視為賴和對於迷信於民間草藥秘方的「國民性批判」。在這裡，「殖民批判」與「國民性批判」之間存在著某種邏輯上的衝突。

　　《蛇先生》的故事是這樣的。在蛇先生的家鄉，隔壁村莊某一被蛇咬傷的農民，因為醫治效果不明顯，經人推薦找到蛇先生，蛇先生敷之於草藥，病人的紅腫很快消除了。蛇先生反倒因此觸犯了法律，成了罪犯，因為蛇先生不是「法律認定的醫生」。蛇先生被帶到了拘留所，並被拷打。如此，蛇先生的名聲反倒傳播出去了，上門求醫的多了起來。有一日，告發他的西醫找上門來，向蛇先生打聽他的草藥秘方。蛇先生誠懇地告訴他，並沒有什麼秘方，不過是一般的藥草而已，因為多數陽毒的蛇咬人不過紅腫腐爛而已，「治療何須秘方」。西醫不相信，把草藥拿回去寄給朋友進行了一年多的科學化驗，結果證明的確並無特殊成份，不過巴豆等普通草藥。在我看來，《蛇先生》一方面的確諷刺了台灣村民迷信秘方的思想，但另一方面更抨擊了以科學、法律為名的日本（西方）[206]殖民文化對於台灣傳統和民間文化的壓制，這似乎才是小說的重點。小說對於蛇先生的描寫是正面的，它反復寫到蛇先生的誠懇坦

白，而對於日本大人以科學、法律的名義欺榨鄉民的行為卻有明確地批判。小說寫到，「他們也曾聽見民間有許多治蛇傷的秘藥，總不肯傳授別人，有這次的證明，愈使他們相信，但法律卻不能因為救了一人生命便對他失其效力。」況且，這些「大人」執法的動機從來就不是為了公正，賴和諷刺地寫道：「他們平日吃飽了豐美的飯食，若是無事可做，於衛生上有些不宜，生活上也有些泛味，所以不是把有用的生產能力，消耗於游戲運動之裡，便是去找尋——可以說去製造一般人類的犯罪事實，這樣便可以消遣無聊的歲月，並且可以做盡忠於職務的證據。」[207]

　　事實上，賴和的批判不止於殖民者借「文明」之名行野蠻之實的層面，而涉及到了對於「文明」本身的質疑。通常的看法認為：科學實驗的結果，把蛇先生的「秘方」打回到原形，從而令迷信「秘方」的鄉間顯得如何可笑。我的看法正相反，實驗的結果，其實表明了「科學」在民間醫藥面前的無能。賴和對於本土社會西醫的專斷，的確不無看法。在《歸家》中，賴和就借賣圓仔湯的和賣麥芽羹的小販的對話質疑過西醫的「權威」。在一位小販談起過去好是因為沒有日本警察的時候，另一位接著提到現在疾病的增多正是由西醫帶來的，「現在的景況，一年艱苦過一年，單就疾病來講，以前總沒有什麼流行病、傳染病，我們受著風寒，一帖藥就好，現在有的病，什麼不是食西藥竟不會好，像我帶（染上）這種病，一發作總著（得）注射才會快活，這樣病全都是西醫帶來的。」另外一位對此亦表示同意，「哈！也難怪你這樣想，實在好幾種病，是有了西醫才發見的。」[208] 蛇先生的民間草藥的確具有治療蛇傷的神奇效果，但因為不能為建立於西方知識之上的科學實驗

所確定就被取消資格，甚至視爲犯罪，這正是普遍性的西方現代知識對於非西方地方性文化的暴力。事實上，作爲中國傳統文化的中醫，至今也沒有完全得到西方醫學科學的承認，原因正是沒有得到賴和所說的科學試驗的證明。西方醫學科學至今還以解剖學爲根據，宣布中醫經絡理論的荒謬。「科學」的邏輯十分可怕的，逼迫你去遵守，「所謂實在話，就是他們用科學方法所推理出來的結果應該如此，他們所追究的人的回答，也應該如此，即是實在。蛇先生之所回答不能照他們所推理的結果，便是白賊（說謊）亂講了，這樣不誠實的人，總著（得）儆戒，儆戒！除去拷打別有什麼方法呢？拷打在這二十世紀是比任何一種科學方法更有效的手段。」賴和對於「科學」的批判，讓我們想到多少年後福柯對於科學是制度化的權力的論述。在福柯看來：關於科學通過實驗，揭穿謬誤，從而證明眞理的看法是遠遠不夠的；科學不過是權力的表達形式而已，這種權力形式逼迫你說某些話，如果你不想被人認爲持有謬見，甚至被人認作騙子的話。當然，福柯尚未想到，西方的科學權力在文化系統不同的殖民地成爲了更爲有效也更爲殘酷的統治形式。賴和在這裡將科學的邏輯與拷打聯繫在一起，很形象地說明了西方現代知識對於殖民地的暴力。

在日據台灣，啓蒙總是與殖民性聯繫在一起，而「落後」卻與本土文化相聯繫，所謂「封建文化」卻恰恰是殖民地人民抵抗殖民侵略、堅持本土認同的資源，因而賴和所謂對於台灣本土「封建道德的愚昧陰暗」的批判，事實上往往並不那麼分明。在啓蒙解讀中，我感到賴和對於本土風俗及傳統文化的支持和眷戀的一面往往被論者忽略了。

賴和的第一篇小說《鬥鬧熱》描寫民間由迎神會而來的鬥

熱鬧的風俗，這篇小說的主題往往被概括爲「反封建」，如林瑞明認爲，賴和在這篇小說中「以近代知識分子的觀點，批評舊社會迎神賽會所引的鋪張的、無意義的競爭。」[209] 這種「反封建「的觀點，在小說中的確可以得到支持。如小說中「丙」就對「鬥鬧熱」這一習俗發表了如下批判，「實在是無意義的競爭——胡鬧，在這時候，大家救死且沒有工夫，還有空兒，來浪費這有用的金錢，實在可憐可恨，究竟爭得什麼體面？」不過，在我看來，問題並不這麼簡單。小說中「一位像有學識的人」說：鬥鬧熱「也是生活上的一種餘興，像某人那樣出氣力的反對，本該挨罵。不曉得順這機會，正可養成競爭心，和鍛鍊團結力。」這種肯定鬥鬧熱的說法，與「丙」的批判正相反。值得注意的是，這裡對於鬥鬧熱的肯定，來自於「競爭心」和「團結力」這種民族精神培養的角度。小說前文也曾談到鬥鬧熱於失敗者和優勝者的競爭意義，「一邊就以爲得到勝利——在優勝者的地位，本來有任意凌辱壓迫劣敗者權柄。所以他們不敢把這沒出處的威權，輕輕放棄，也就踏實地行使起來。可不識那就是培養反抗心的源泉，導發反抗力的火線。一邊有些氣憤不過的人，就不能再忍下。約同不平者的聲援，所謂雪恥的競爭，就再開始。」這裡雖然談到的是台灣本土地方間的競爭，但聯想到日本殖民者在台灣的絕對優勝者的地位，聯想到台灣從日本占領初期的激烈反抗和這種反抗在日本鎮壓下的逐漸式微，便不能不說鬥鬧熱這種風俗所培養的「競爭心」和「團結力」有潛在民族對抗的含義在內。無怪乎上了歲數的人在談到鬥鬧熱的時候，首先懷念日據前台灣鬥鬧熱的激烈，感嘆日本對於台灣「地方自治」的破壞，「像日本未來的時，四城門的競爭，那就利害啦！」「那時候，地方自治的權

能，不像現時剝奪的淨盡，握著有很大權威……」從小說描寫看，對於鬥鬧熱，賴和未見得有多少諷刺，反到讓人感到他對於這一風俗的懷念。小說的結尾是這樣的，「真的到那兩天，街上實在鬧熱極了。第三天那些遠來的人們，不能隨即回家，所以街上還見來往人多，一至夜裡，在新月微光下的街鬧，只見道路上，映著剪伐過的疏疏樹影，還聽得到幾聲行人的咳嗽和猜猜的狗吠，很使人戀慕著前幾天的鬧熱」[210]。作為台灣新文學開創者的賴和的第一部白話小說，《鬥鬧熱》有如此優美的描寫讓人欣喜，這裡台灣本地民眾對於鬥鬧熱這一民風民俗「戀慕」，賴和本人當也享有一份吧。

在賴和對「封建中國的蒙昧落後」的批判中，對台灣人嗜賭的批判較為引人注意。小說《不如意的過年》中的一段話常常被徵引：

> 說到新年，既生為漢民族以上，勿論誰，最先想到就是賭錢。可以說嗜賭的習性，在我們這樣下賤的人種，已經成為構造性格的重要部分。暇時的消遣，第一要算賭錢，閒暇的新正年頭，自然被一般公認為賭錢季節，雖然表面上有法律的嚴禁，也不會阻過它的繁盛。[211]

賴和不滿於台灣本地的嗜賭的習慣，並將其與民族性格聯繫起來，說出「下賤的人種」這樣的過激之詞，這自然是國民性批判的好的材料。不過，《不如意的過年》中的這段激烈批判台灣人嗜賭的議論其實只是一段與小說主題無關的發揮。小說中的日本警察大人本來不在值日期內，若在平常的時候，即使有人死了也不關他的事，這回他卻因為個人進貢變少而想借

此懲戒鄉民，結果抓住了一個與賭博無關的孩子並把他關了一夜。由此可見，小說的主題是抨擊日本警察大人借查賭之名對於台灣兒童的殘害，賭博並不是這部小說關注的對象。賭博是台灣民間盛行的現象，這一民風或者不好，但這種現象一但被置於台灣民眾與日本統治者的關係之中，意義就顯得不同了。這種時候，賴和甚至轉而公開為賭博辯護。《不如意的過年》中的激烈批判賭博的話常常為人稱引，但賴和的下面一段對於日本殖民者「禁賭」的法律的批判卻不為人所注意：

　　在所謂文明的社會裡，賭博這一類的玩意兒，總被法律所嚴禁，不管他裡面黑暗處怎麼樣，表面上至少如此。但所謂法律者，原是人的造作，不是神──自然──的意思，那就不是完全神聖的東西了，況使這法律能保有它相當的尊嚴和威力，是那所謂強權，強權的後盾就是暴力，暴力又是根據在人的貪欲之上。[212]

　　而在《浪漫外記》裡，敢於反抗日本殖民者，被賴和寄於希望的台灣人，竟然就只是一些賭徒。「這一夥是出名的鱸鰻，警察法律，一些也不在他們眼中，高興什麼使做，一些也不願意受別人干涉拘束，在安分守己的人們看來，雖有擾亂所謂安寧秩序，但快男兒不拘拘於死文字，也是一種快舉。而且他們也頗重情誼，講這樣便這樣，然諾有信，勇敢好鬥，不怕死而輕視金錢，這幾點殊不像是台灣人定型的性格。」小說以日本警察抓賭開始，這一群鱸鰻們在野外開賭，正賭得熱鬧，警察來襲，夥中首領從容發出命令，「快，散開！各到溪邊去聚集，設使有人被捉，著受得起打撻，一句話也不許講！」而

在警察搜到溪邊的時候，鱸鰻們憤起擊倒了兩個警察，「兩個被難的警察，被發現的時候，大地已被黑暗所占領所統治了。」日本警察對此束手無策，「到翌日只拿幾個無辜的行人，去拷打一番，稍稍出氣而已。」[213] 論者常常借用這部小說中「台灣人定型的性格」一語闡述賴和對於國民性劣根性的批判，這國民劣根性中主要內容之一就是賭博，他們似乎沒有注意到其間的矛盾，即：賴和所稱讚的「殊不是台灣人定型的性格」的人正是一夥賭徒。

（三）

在《小說香港》一書中，我曾經提出不能以「新／舊」文學的框架構建殖民地香港文學的說法：

大陸所有的香港文學史都襲用了中國現代文學史的框架，以新舊文學的對立開始香港新文學的論述。這一從未引起疑問的做法其實是大可置疑的。香港的歷史語境與中國大陸不同，香港的官方語言和教育都是英語，中文是受歧視的，香港曾發生過多次爭取中文地位的鬥爭。

中國古典文學是香港歷史上中文文化承傳的主要形式，擔當著中國文化認同的重要角色。如果說中國古典文學在大陸象徵著封建保守勢力，那麼它在香港卻是抗拒殖民文化教化的母土文化的象徵。大陸文言白話之爭乃新舊之爭，進步與落後之爭，那麼同為中國文化的文言白話在香港乃是同盟的關係，這裡的文化對立是英文與中文。香港新文學之所以不能建立，並非因為論者所說的舊文學力量的強大，恰恰相反，是因為整個中文力量的弱小。在此

情形下，香港文學史以新舊文學的對立作為論述的邏輯起點，批判香港的中國舊文化，這不能不說具有一定的盲目性。[214]

　　這種批評針對的是大陸的香港文學史，台灣文學史敘述其實也存在著類似的情況。它們像大陸的中國現代文學史一樣，同樣以新舊文學的對立為敘述框架。值得注意的是，被稱為「台灣新文學之父」的賴和卻並不像中國五四的新文學者或者台灣的張我軍那樣對於中國舊文化採取絕對的排斥的態度，相反，他並不否定中國舊文化，並不否定新舊文學之間的聯繫。事實上，賴和是一個新舊文學並重的作家，而在日本殖民者強行實施日語寫作的皇民化階段完全回到舊詩寫作。我們竟可以說，賴和本人並不單純地是一個新文學作家，他同時也是一個舊文學作家。

　　日本占領台灣之後，一直致力於割斷台灣與中國文化的聯繫，以日本文化同化台灣。日本的文化政策經歷了三個過程：開始階段為了平息激烈的反抗，可以容許保留一些殖民地的文化；第二個階段則從教育文化等方面逐漸地封殺台灣本土中國文化；第三個階段以 1937 年皇民化為標誌，徹底地杜絕中國文化，實施完全的日本化。在這種情形下，源遠流長的中國文化在殖民地台灣當然構成了母土文化認同的象徵，成為反抗日本殖民統治的文化動力。日據時期台灣中國文化存在主要方式有二：一是傳統書房，二是詩社。日本人開始對傳統書房未加注意，但至 1898 年頒布「書房義塾規則」以後，台灣的書房便逐漸受到限制乃至取締。此後，詩社便成為民族文化承傳的主要形式。1937 年皇民化以後，台灣漢語出版物被迫終止，唯

一保存下來的漢文化只有古典詩社和刊載古典詩的《詩報》、《風月報》等。而抵抗日語的新文學作家，往往回到中國舊文學的創作上來。中國舊文化在台灣民族認同和殖民抵抗中的重要作用，由此顯得更加重要。施韻珊致台灣古典詩人代表連雅堂云：「先生主持文壇，提倡風雅，使中華國土淪於異域而國粹不淪於異文化者，誰實爲之？賴有此爾。」[215] 此信寫於二十年代，卻足以說明舊文學在整個日據時期保存中國文化的功能。

　　讀者很自然地會問，爲什麼單單舊文學可以保存下來呢？這就涉及到台灣舊文學受到攻擊的主要理由，即舊文學界與日本人的唱和。殖民統治的一個規律是，殖民者往往利用本土舊文化反對與現代民族運動相關聯的新文化。法儂在其著作中曾談到法國殖民者利用阿爾及利亞舊文化的辯證法，論述十分精彩。二十年代末，港英總督盛稱中國文化，也曾受到魯迅的諷刺。本來很多日本人具有漢學修養，爲了緩和台灣人的文化抵抗，他們時常與台灣舊詩人來往唱和，台灣舊文人以詩文趨炎附勢於殖民者的當然不少。這便是張我軍所批評的：「一班大有遺老之概的老詩人，慣在那裡鬧脾氣，謅幾句有形無骨的詩玩，及至總督閣下對他們送秋波，便愈發高興起來了。」[216] 不過，在我看來，這並不是問題的全部。據施懿琳的研究，古典詩人的類型有三種：一種是「徹底抗日，拒絕妥協者」，以洪棄生和賴和爲代表；二是「表面與日政府虛應，而骨子裡卻有堅定的抗日意識者」，以霧峰林家爲領導的「台灣文化協會」和「櫟社詩社」爲代表；三是「親日色彩極濃，但作品實不乏抒發滄桑之痛者」，以台北「瀛社」爲代表[217]。由此可見，台灣古典詩中，既有直接或間接的反抗日本殖民統治、反映民生

的作品，也有應和諂媚之作，不必偏廢。施懿琳總的結論是：
「古典詩在日治時期共同的貢獻是：終究能在日本統治下，保
有漢文化的種苗，不致因日本『皇民化運動』的推行而喪失對
漢文化的認識和瞭解。」事實上，對於舊詩人「歌功頌德」的
抨擊，不但來自新文學界，同樣來自古典文學界。連雅堂與張
我軍有過關於新文學的論戰，但他對於舊詩人的「無行」的抨
擊同樣十分激烈，「談利祿者，不足以言詩；計得失者，不足
以言詩；歌功頌德者，尤不足於言詩。」如此，舊文學與日本
人的關係，顯然並不能成為我們否定台灣舊文學的理由。正如
我們不能根據具有皇民文學傾向的新文學作品，來否定台灣新
文學。

　　自小受到漢學教育，感受到日本的殖民文化壓迫的賴和，
在對待中國傳統文化和文學的態度上，較從北京回台、根據胡
適、陳獨秀的理論否定台灣的中國傳統文化的張我軍要複雜得
多。賴和從自由平等人權的現代觀念出發，批評孔孟舊文化，
但他只是反對泥古，主張革新，並不徹底否定中國文化，相反
他聲言中國傳統文化之偉大，強調自己與中國文化的血緣聯
繫。據 1921 年 11 月 7 日《台灣日日新報》載，在彰化青年會
上，賴和由批評同姓結婚進而抨擊「聖賢遺訓」：「人謂乎自
由，同姓結婚，同姓不結婚，聽人自由乃可，孔子孟子之教
義，束縛人權，侵害人生自由，為漢族之大罪人，故孔廟宜
毀。」這番言論，令滿座之人皆驚。不過，賴和很快在當月 10
日《台灣日日新報》登出《來稿訂誤取消》，澄清說明自己的
立場，他認為「反對遵古，乃倡革新」的確是自己的立場，不
過，自小受孔孟文化教育的他並沒有詆毀聖人，完全否定中國
文化，況中國文化之偉大，亦非他能夠毀滅，「僕自信尚非喪

心病狂，豈敢如投稿者所云，肆意毀謗聖人，倡言焚拆毀聖廟哉？且孔孟何人，豈僕一言所能爲之罪？聖廟何地，豈僕之力即可使之毀？彼高大妄想者流，亦不敢若是狂言，況僕之先人亦同處禹域，上戴帝堯重天，食合稷之植，衣軒轅之織，受孔孟之育，居風化之中，寧無性情乎？」在有關新舊文學的態度上，賴和的態度也很獨特。他肯定從前的舊文學的價值，批評台灣當前的舊文學，因爲它們不能表達眞實性情。賴和說：「旣往時代的舊文學，自有其存在的價值，不在所論之列，只就現時的作品（台灣）而言，有多少能認識自我、能爲自己說話、能與民衆發生關係。不用說，是言情、是寫實、是神秘、浪漫、是……大多數——說歹聽一點——不過是受人餘唾的『痰壺』罷。」[218]而因爲新文學強調「舌頭和筆尖」的合一，以民衆爲對象，是進化的現象，賴和覺得應該予以支持。在賴和看來，文學的價值並不取決於形式的新舊，而在於表達，「至於描寫的優劣，在乎個人的藝術手腕，不因新舊的關係。」因此，他提出：「若能把精神改造，雖用舊形式描寫，使得十分表現作者心理，亦所最歡迎。」而新文學的食洋不化，卻受到他的批評，「最奇怪的就是台灣的新文學家，有幾個能讀洋文，偏偏他們的作品，染有牛油硯臭，眞眞該死。又且年輕人欠缺修養，動便罵人，實大不該，罵亦須罵得值，像那詠著聖代升平，吟著庶民豐樂的詩人們，眞值得一罵。」

　　在殖民地台灣，面對日本殖民主義文化的壓迫，中國文化是對抗殖民統治、維繫身份認同的基本依靠，新舊文化的部分之爭顯然不應過於強調。在三十年代的《開頭我們要明瞭地聲明著》一文中，賴和更加明確地強調新舊之分的相對性，「由來提倡不就是反對，廢減又是另一件事，新舊亦是對待的區

分，沒有絕對好壞的差別，不一定新的比較舊的就更美好，這些意義望大家要須瞭解。」並且，他專門肯定了舊文學存在的合理性和價值，以便讓舊文人「宿儒先輩」們放心，「舊文學自有她不可沒有的價值，不因為提倡新文學就被淘汰，那樣會歸淘汰的自沒有著反對的價值。」事實上，賴和本人在創作上其實是新舊文學並重的。賴和自幼接受漢日文兩種教育，他 10 歲入書房，14 歲入小逸堂，接受了良好的中國舊學薰陶。他在漢詩寫作上很有造詣，曾被稱為台灣舊詩界的「後起之秀」和「青年健將」。不同於遺老遺少的無病呻吟，賴和以舊詩的形式表達新的思想內容。譬如他在創作於 1924 年的著名的《飲酒》詩中寫道：

> 仰視俯蓄兩不足，
> 淪為馬牛膺奇辱。
> 我生不幸為俘囚，
> 豈關種族他人優？
> 弱肉久已恣強食，
> 致使兩間平等失。
> 正義由來本可憑，
> 乾坤旋轉愧未能。
> 眼前救死無長策，
> 悲歌欲把頭顱擲。
> 頭顱換得自由身，
> 始是人間一個人。

詩歌揭示台灣人在日本殖民統治淪為牛馬俘囚的奇恥大

辱，批判日本殖民者弱肉強食的暴虐，呼喚台灣人為了自由、平等、正義，為了成為一個現代人而奮鬥。「我生不幸為俘囚，豈關種族他人優？」意思說台灣的奴隸命運不過是日本殖民侵略的結果，並非種族優劣的問題，這對於強調賴和「國民性批判」的論述是一個有力的回應。《飲酒》雖然是一首舊詩，但其思想觀念卻是全新的。它是賴和以中國傳統文化為信念和形式，反抗日本異族殖民統治的象徵之作，也標示了傳統舊詩在新時代可能的意義。二十年代中期，賴和轉入新文學，創作出了《一桿「稱仔」》等台灣文學史上最早的白話文學作品。此後，賴和開始白話文學的創作，不過他的舊詩寫作並未停止，他經常兩者穿插並用。而在 1937 年日本禁止台灣報刊漢文欄之後，賴和堅持不用日文寫作，重新回到舊詩寫作。縱觀賴和一生的創作，他的舊詩創作時間最長，數量達上千首，占五卷《賴和文集》的二卷。「台灣新文學之父」的舊文學似乎的確被忽略了，這忽略的背後隱含的是我們的文學史的取捨眼光。

　　王詩琅在三十年代的時候曾談道：賴和是「由中國文學培養長大的作家。」[219] 賴和與中國文化的聯繫其實不止於文學，值得注意的是他與中國現代民族主義的關係。在《高林友枝先生》一文中，賴和提到，辛亥革命的時候，學校有人進行募集軍資者，為當局所知，當局來學校調查，並警告學生，免得以後「後悔流淚」。[220] 中國同盟會在台灣的大本營的確在賴和所在的台灣總督府醫學校，核心正是賴和的同期同學、好友翁俊明等人。翁俊明 1910 年 9 月 3 日奉孫中山先生之命委派為台灣通訊員，在醫學校成立通訊處，發展會員 30 多人，1911 年複又成立復元會，至 1914 年發展至 76 人。賴和與翁俊明等人

來往很多，據陳端明考察，他很可能是復元會的會員。1941 年
賴和再次被捕，入獄的原因正是因爲日本當局要審查他與翁俊
明的關係。1925 年孫中山先生去世，賴和悲痛撰寫挽聯曰：
「當四萬萬同胞，酣醉在大同和平的夢境中，生息在專制忘我
的傳統道德下，嬉醉在豆剖瓜分的畏懼裡，使我們曉得有種族
國家，明白到有自己他人，這不就是先生呼喊的影響麼？」[221]
賴和談論孫中山的思想貢獻，獨標「種族國家」「自己他
人」，可見對於殖民地統治下種族身份的敏感，也表明賴和思
想與中國民族主義的淵源關係。

（四）

提到殖民地的民族主義，不由想起很知名的印度的庶民研
究（Subaltern Studies）。根據他們的研究，關於殖民地印度的
民族主義，主要有兩種方向：一是殖民主義史學，它將民族主
義的形成歸結爲英國殖民統治的結果；二是本地民族主義史
學，它將殖民地民族主義解釋爲地方精英的反抗殖民者的事
業。「庶民研究小組」認爲，在這裡，廣大的被壓迫階級沒有
發言的空間，處於沉默的狀態，人民大衆的民族主義被遺漏
了。他們打算通過對於被壓迫階級歷史的研究，釋放廣大的人
民的聲音，形成所謂「人民的政治」。斯皮瓦克（Gayatri Cha-
kravorty Spivak）對於「庶民研究小組」的工作是欣賞的，她本
人也參予了其間的工作，但她卻從方法上對於「人民的政治」
提出了的質疑。她認爲，大衆根本沒有機會發出自己的聲音，
即使發出聲音，也沒有被聽到；而「庶民研究小組」能否反映
底層階級聲音，本身就是個問題，他們與西方知識的關係肯定
是曖昧不淸的 [222]。

　　「庶民研究小組」所說的殖民地民族主義的兩種類型，在台灣似乎十分清晰。殖民地史學可以《台灣總督府警察沿革誌》等書爲代表，它們站在日本人的立場上將近代台灣史寫成「馴化」和「營造」的歷史。民族主義史學大致可以蔡培火等人的《台灣民族運動史》等書爲代表，它們書寫的的確是從日本台灣留學生到台灣文化協會等台灣精英知識者創造歷史的過程。賴和應該屬於台灣知識精英階層，他參加過很多文化協會的革命活動，但賴和的獨特之處在於，他常常能夠站在大眾的位置上思考問題，對於自己所屬的知識階層的啟蒙事業進行質疑和反省。賴和不但如斯皮瓦克那樣懷疑知識者代表大眾的資格，而且更進一步，嘗試解決斯皮瓦克所說的「庶民不能發聲」的問題。他試圖運用台語對話體的方法，讓我們聽到底層大眾的聲音，呈現台灣大眾與知識者的緊張關係。

　　在《歸家》這篇小說中，賴和試圖以回鄉的知識者「我」與兩個街上賣圓仔湯的和賣麥芽羹的小販的對話，表現台灣土著百姓與知識者對於日本殖民文化的不同態度。在談到教育的時候，小販認爲不必要讓孩子上學校學日文，因爲完全用不上，而且學校也不誠心誠意地教。「我」不同意日文「用不著」這一說法，於是有下面的爭論：

　　怎樣講用不著？
　　怎樣用得著？
　　在銀行、役場官廳，那一處不是無講國語勿用得嗎？
　　那一種人自然是有路用咯，像你，也是有路用，你有才情，會到頂頭去，不過像我們總是用不著。
　　怎樣？

　　一個囝仔要去食日本人的頭路，不是央三托四抬身抬勢，那容易；自然是無有我們這樣人的份額，在家裡幾時用著日本話，只有等待巡查來對戶口的時候，用它一半句。

　　「我」覺得學日語是重要的，因為銀行、官廳都用得上，但小販卻認為他們是用不著的，除非巡查來查戶口的時候。的確，較之百姓，知識者是容易受到殖民教化的團體，因為日本殖民者會經由知識教化的途徑提高部分台灣人的地位。這場對話讓我們看到了台灣的知識者與百姓的分野。更精彩的是這段對話的結尾，它同時也是小說的結尾。「我」在無言可對後，說道：

　　　學校不是單單學講話、識字，也要涵養國民性……

　　還沒有聽到小販的回答，只聽到了不知什麼人喊了一聲「巡察」，兩個小販顧不上說話，匆匆挑起擔子跑了。賴和讓「我」說出「涵養國民性」的話，是一種沉痛的諷刺。台灣的部分知識者，已經學會了殖民者的話語。在《歸鄉》的開始，「我」曾注意到一個現象：即從前在街上成群結隊地嬉鬧的孩子都不見了，對日文抵觸的本地孩子現在愈來愈多地去公學校了，「啊！教育竟這麼普及了？在我們的時候，官廳任怎樣獎勵，百姓們還不願意，大家都講讀日本書是無路用，為我們所當讀，而且不能不學的，便只有漢語。不意十年來，百姓們的思想竟有了一大變換。」[223] 如此看，日本在台灣的殖民教化已經獲得愈來愈多的成功，這是令人悲哀的。不過，販夫們雖然

來不及回答「我」的問題，作者賴和卻以兩個販夫被日本警察嚇走這一行為作了更為有力的回答：無論如何「涵養國民性」，台灣人不過是被殖民者，而日本人永遠是主子。

對於台灣的知識者的問題，賴和有著清醒的認識。他在《赴會》中借他人之口說：「那些中心分子大多是日本留學生，有產的知識階級，不過是被時代的潮流所激盪起來的，不見得有十分覺悟，自然不能積極地鬥爭，只見三不五時開一個講演會而已。」百姓們怎樣看待這種政治文化活動呢？在小說《赴會》中，「我」在去赴霧峰參加文化協會理事會的車上，聽到農民對於文化協會的議論。

> 他們不是講要替台灣人謀幸福嗎？
> 講的好聽！
> 今日聽講在霧峰開理事會。
> 阿罩霧（指霧峰林家）若不是霸咱搶咱，傢伙（家產）那會這樣大。
> 不要講全台灣的幸福，若只對他們的佃戶，勿再那樣橫逆，也就好了。
> 阿彌陀佛，一甲六十餘石，好歹冬不管，早冬五，晚冬討百，欠一石一斤，免談。

車上農民們的這番議論，是相當尖刻的。霧峰林家是台灣文化協會的領導，以爭取全體台灣人的利益為口號展開政治文化活動，農民們卻認為這「為台灣人謀利益」只是說得好聽，事實上他們自身就是剝削台灣百姓的大地主，霸占搶奪農民。農民們認為，不要說為全體台灣人民，他們能做到對自己的佃

戶寬容一點就不容易了。由此，小說《辱》中民眾甚至開始討厭這幫講文化的人，甚至希望他們被官家捉去「錘死」，「駛伊娘，那班文化會，都無伊法，講去乎人幹（講它幹啥）！今天仔日（今天）又出來亂拿，叫去罰五十外。」「這號，只好從講台頂，一個一個，扭落來錘個半死才好，害大家。」台灣的知識者，自以為啟蒙大眾，進行民族革命，焉知民眾並不買他們的帳。作為知識者的賴和，能夠站在民眾的立場呈現出民族知識精英革命的局限，實屬不易。

　　因為認同於殖民地台灣的文化和民眾，賴和不但反抗日本殖民者的「啟蒙」事業，同時對台灣本地以「啟蒙」自居的知識者也不加信任。這裡的賴和形象，無疑與我們通常的「啟蒙現代性」「改造國民性」論述不相符合。賴和提醒我們：在殖民地台灣，「啟蒙」如何可能呢？這是我們的文學史書寫不得不面對的問題。

第十一章
民族主義與社會主義

（一）

　　1939 年出版的「台灣總督府警察沿革誌」第二編《台灣社會運動史──文化運動》在論及台灣社會文化運動的時候，除第一章談到被認爲是台灣近代社會文化運動開端的日本板垣伯爵發起的同化會外，主要從「民族主義的啓蒙運動」和「共產主義的文化運動」兩方面的線索敘述台灣的社會文化運動。它在談到台灣主要的文化團體台灣文化協會時，也從作爲「民族主義啓蒙文化團體」和作爲無產階級和共產黨指導下的台灣文化協會兩個方向進行敘述 [224]。該書在談到「民族主義」的時候，用了「民族主義的啓蒙運動」這一稱呼。書中之意，所謂「民族主義」是「啓蒙」的內容，即知識者在台灣民衆中啓蒙二次大戰民族自決運動以來的現代民族意識。但通常來說，啓蒙運動事實上絕不限於民族主義，而更在於現代性的方面。民族主義與啓蒙主義旣有互相配合的一面，更有相衝突的一面。在本書上一章，筆者曾以賴和爲例論及了民族主義和啓蒙主義之間旣重疊又衝突的關係 [225]。作爲台灣社會文化運動兩大潮流的民族主義與社會主義，其間的關係應該更爲引人注目。民族

主義與社會主義在政治文化理念上並不相同，一者以民族爲本
位，一者以階級爲標準。1927 年，台灣文化協會的分裂，正標
誌著台灣民族主義與社會主義團體的分道揚鑣。儘管如此，台
灣民族主義與社會主義在反抗日本殖民統治的文化啓蒙上其實
也是相通的，它們共同構成了台灣近代革命史。本章以楊逵爲
例，論述台灣左翼文學的殖民抵抗的精神特徵。

　　如果說「二世文人」賴和同時接受了國學和日文兩種訓
練，革命思想更深地淵源於晚清革命黨的民族主義思想；那
麼，較賴和年輕一代的楊逵（1905）則完全地生長於日本化的
教育之中，他的革命思想來自於東京時期的社會主義思潮。
1924 年楊逵到達日本後，正值日本社會主義思潮活躍時期。在
日本的學生當中，馬克思主義思想和社會主義運動十分風行，
「學生都認爲，資本主義崩潰的時代已經到了，取而代之的將
是馬克思主義。馬克思主義將是未來世界的新希望。」他們對
於資本主義與殖民地關係的認識是，「工業革命的成功，使得
資本主義興起，資本主義者又以帝國主義爲武器，攫取殖民地
的經濟資源；再製成商品向殖民地傾銷，造成殖民地大量失業
人口；然後又因商品無法推銷，造成帝國主義者自食產生失業
人口的惡果。」據楊逵回憶，當時關心社會的學生「幾乎淸一
色都成爲左派分子」[226]，台灣籍的日本留學生卻不儘然，因爲
台灣系殖民地，而且台灣籍日本留學生多來自富裕地主商賈家
庭，所以民族意識高於階級意識。這些台灣籍留學生，後來成
爲台灣民族運動的中堅。不過，出生於貧窮家庭的楊逵卻贊成
階級意識，投身於馬克思主義研究及實際的調查和社會運動
中。楊逵在日本生活貧困潦倒，卻熱心地參加讀書會，自己開
始閱讀馬克思的經典著作《資本論》，並翻譯了蘇聯莫斯科武

黎哈農國民經濟研究所的拉美卓斯和烏卓魯美智野農所著的
《馬克思經濟學》。在 1931 年為這部譯著所寫的序言中，楊
逵說明翻譯這部通俗的《馬克思經濟學》一書的目的，在於普
及馬克思主義經濟學知識，他把馬克思主義視為認識世界、改
造世界的最根本的工具，「對社會經濟有關心的人，亦是想要
研究經濟學的人不可不讀這本書。不只想要明白今日這樣呆景
氣的商理人，欲明白今日的世界恐慌、失業洪水的特志家，欲
明白蘇維埃俄國的五年計劃的工人，欲明白自己的生計日益的
切迫，而且恐懼不知何時要失業的工人及農民，總要刻苦去
讀。關於世界的各種問題，世界的現況，若要真正去理解，除
卻以馬克思主義的方法不可。馬克思主義經濟學是解答世界凡
事的根本。」[227] 楊逵參予到學生組織之中，四處演講，散發傳
單，「宣傳資本主義的罪惡，想喚醒工人的政治意識。」楊逵
還參加由學生組成的工人考察團，去淺草貧民區考察工人的生
活狀況。在那裡，大量的貧苦工人擠在地下室居住，多天只有
草包可以禦寒，致使不少人被凍死。這種情景，給予楊逵深刻
的印象，並強化了他的階級意識。在日本期間，楊逵還參加與
朋友組織新文化研究會，又在台灣留日學生中組成的台灣青年
會中組織了社會科學研究部，致力於將馬克思主義運用於台灣
的革命運動之中。1927 年，楊逵回台灣後，立即投入到農民運
動之中。同年，台灣文化協會「左」右分裂，右派主張議會運
動，左派主張工農運動。楊逵毫不猶豫地站在左派的立場上，
參加了「台灣農民組合」。1928 年，楊逵在竹山、梅山等地的
革命活動中多次被捕。1931 年，日本開始侵略中國東北，並對
台灣的社會文化運動進行了無情鎮壓。這一年，左傾分子遭到
大量檢舉，台灣共產黨解散，農民組合運動也癱瘓，台灣左翼

運動基本覆滅。不過，在左翼政治運動消失的同時，另外一種反抗形式左翼文學卻由此開始了。

被視為台灣左翼文學代表作的楊逵的《送報伕》，即誕生於此後的 1932 年。此文 1932 年經賴和之手發表於《台灣新民報》，但只刊出前半部，後半部被查禁。1934 年《送報伕》全文入選日本東京《文學評論》第二獎（第一獎缺），刊載於該刊十月號，這乃是台灣作家首次進軍日本文壇。楊逵與賴和關係交好，「楊逵」一名即為賴和所賜。在揭露和批判日本殖民統治上，楊逵受到賴和影響，繼承發揚了後者的戰鬥精神。《送報伕》站在台灣農民的立場上，對於日本殖民者強制兼併台灣農民土地的血腥罪行進行了生動的控訴。「我」的家在台灣農村，父母原來依靠土地自食其力，但日本殖民者對於台灣土地的掠奪導致了「我」的家庭的家破人亡。殖民者歷來將殖民地作為其原料來源，日本之於台灣正是如此，日本侵略者為了本國的工業發展，拼命地在台灣兼併農民的土地發展蔗糖種植，這造成了台灣農民的不幸。日本在台灣殖民統治的可怖之處在於，以警察為代表的國家機器直接支持資本家對於農民土地的兼併，並將此上升到殖民統治意識形態中去。小說中日本警察在「動員」農民交出自己的土地時說：「有些人正『陰謀』反對土地收買，這是如何道理！這個計劃既是本鄉的利益，又是『國策』，反對國策便是『非國民』，是絕不可寬恕的。」商業資本與政治資本結合，成為「國策」，台灣農民於是不得不被推到了無可反抗的悲慘境地。在小說中，我的父親因為拒絕出賣自己的土地，被罵為「支那豬」拖到警所，遭毒打而死。失去了土地之後，「我」的弟妹先後死去，母親最後也含恨自殺。這種遭遇並非「我」一家的遭遇，「我」家所在

的鄉村整個都在日本殖民統治下日益凋亡。母親在臨死之前給「我」的最後一封信中寫道：「村子裡的人們的悲慘，說不盡。你去東京以後，跳到村子旁邊的池子裡淹死的有八個。像阿添叔，是帶了阿添和三個小兒一道跳下去淹死的。」[228] 迫於家境，「我」流落日本，希望依靠做工維持生計。「我」找到了一份送報的工作，但起早貪黑幹了二十多天，卻只掙了四元多錢，而自己的五元保證金卻被老闆扣掉了，「我」也被逼上了生活的絕路。在《送報伕》這篇小說中，如果說我的家庭的遭遇反映了日本人對於台灣農村的掠奪，「我」的遭遇則反映了日本老闆對於台灣工人的壓迫。

不過，與賴和不同的是，楊逵的《送報伕》雖然揭露了日本對於台灣的殖民統治，但卻沒有整體化地以民族國家為單位，以台灣對抗日本，而是以台灣及日本的階級劃分為標準，以「剝削／被剝削」、「壓迫／被壓迫」的階級解放作為出路的，這是左翼文學與民族主義邏輯的不同之處。在楊逵的眼裡，並不僅僅是殖民者壓迫台灣，更是日本與台灣的統治階級壓迫日本與台灣的被統治階級。日本《送報伕》中的「我」，從兩個方面的實踐經驗中獲得了「階級意識」。一個方面的例子是「我」的哥哥，我的一母同胞的哥哥，雖然是台灣人，卻擔任巡查，幫助日本人欺壓鄉親，我的母親為此和哥哥斷絕了母子關係，並且至死不願接受哥哥的照顧，「哥哥當了（巡查），糟蹋村子底人們，被大家厭恨的時候，母親就斷然主張脫離親屬關係，把哥哥趕了出去。」另一個方面的例子是與「我」同為送報伕的日本人田中君。田中很同情「我」，在「我」吃不上飯的時候，田中請「我」吃飯，並借錢給我。在「我」受到日本老闆欺騙的時候，田中設法聯合起窮兄弟來對

抗老闆。這讓「我」看到了日本人之間的差別,「一面是田中,甚至節省自己的伙食,借錢給我付飯錢,買足袋,聽到我被趕出來了,連連說『不要緊!不要緊!』把要還他的錢,推還給我;一面是人面獸心的派報所老闆,從原來就因為失業困苦得沒有辦法的我這裡把錢搶去以後,就把我趕了出來,為了他自己,把別人殺掉都可以。」「我」的建立在民族對立基礎上的「台灣意識」由此「轟毀」:原來台灣與日本並不是一個同質的整體,台灣既有「我」哥哥這樣的敗類,日本也有田中君這樣的好人。「在故鄉的時候,我以為一切日本人都是壞人,恨著他們。但到這裡以後,覺得好像並不是一切的日本人都是壞人。木質宿底老闆很親切,至於田中,比親兄弟還……不,想到我現在的哥哥──巡查──什麼親兄弟,根本不能相比。拿他來比較都覺得對田中不起。」伊藤這樣對「我」說:「日本底的勞動者大都是和田中一樣的好人呢。(日本的勞動者)反對壓迫台灣人,糟蹋台灣人。使台灣人吃苦的是那些……對了……就像把你的保證金搶去以後,再把你趕出來的那個老闆一樣的畜生。到台灣去的大多是這種根性的人和這種畜生們底走狗!但是,這種畜生們,不僅是對於台灣人,對於我們本國底窮人們也是一樣的(朝鮮人和中國人)也一樣地吃他們底苦頭呢。」正是在這種認識的基礎上,「我」投入了階級鬥爭的行動中,聯合不同國度的窮兄弟,反抗日本老闆,終於獲得了勝利。

以階級意識而非以民族國家為中心的左翼思想,構成了楊逵殖民抵抗的不同方式,也制約了楊逵小說的結構特徵。以賴和為代表的以民族反抗為特徵的小說,基本上以日本/台灣二元對立作為結構小說的方式。在賴和的小說中,我們看得很清

楚，小說正義的一方是被欺凌的台灣下層百姓，另一方是作威作福以警察為代表的日本殖民統治者。楊逵的小說在揭露日本對於台灣的殖民統治時，注意將日本統治者與台灣統治階級捆在一起加以批判，而作為受害者的一面不僅僅包括台灣人，同時也包括日本人。在《模範村》中，我們即可以看到台灣地主阮老頭與日本警察互相勾結盤剝本地佃農的故事。與民族主義想像不一樣的是，在這裡，作為統治者的反面主角並不是日本人，而是台灣本地地方阮老頭，而且他甚至可以指使日本人。在小說第四章中，阮老頭躺在床上抽鴉片的時候，隨意一個電話就把日本警長木村叫來了。在木村在門口探頭探腦時，阮老頭「只微微抬了一下頭」，便又繼續抽他的違法的鴉片了。當然，阮老頭的這種地位建立在與日本人的配合上。在大的方面，他兼併農民的土地，為日本人開的糖業公司服務。在小的方面，他素來注意收買日本警察，比如小說中提到的他專門為派出所捐了一輛汽車，木村警長事實上是阮老頭家的常客，「木村走進客室。這裡他是常來的熟客，就彷彿是到了自己家一樣，毫無一點拘束。正因為如此，阮老頭吸著犯法的鴉片，也可以毫無一點顧忌。」[229] 而在《頑童伐鬼記》中，那位唆使一大群狗咬本地兒童的反面主角資本家，到底是日本人還是台灣人？作品中沒有交待。不過，小說的被壓迫和反抗者倒是日本人。小說中的主人公日本人井上健作的父親在早年日本殖民者征討台灣時戰死，他的大哥也移居台灣。井上健作此番是來台灣看他的大哥。他以為，作為烈士後代的大哥在台灣應該會受到特殊照顧，也許早已經是權勢人物了。沒想到，大哥生活於台灣貧民區，窮得連棉被都不夠蓋。原因呢？小說暗示是以那位殘暴對待台灣兒童的工廠老闆為代表的統治者壓迫的結

果。小說的結局是，井上健作開始幫助兒童反抗那位無情的資本家。

　　因為不將民族國家作為自然的對抗單位，卻強調其內部的階級分野，楊逵小說喜歡採用一種我稱之為「家庭分裂」式的小說敘述方式。在民族敘事的台灣小說中，無論描寫台灣人家庭的悲慘，或日本警察家庭的跋扈，家庭都是一個統一體：如台灣人家庭的妻離子散，日本人家庭的狼狽為奸。在楊逵小說中，因為階級的複雜，宗族家庭並不能保證其立場的統一。在《送報伕》中，我的父母受到日本人的欺凌，但哥哥卻擔任日本人的巡查，欺壓鄉親，母親為此和哥哥斷絕了母子關係。《模範村》中，反面主角是阮老頭，正面主人公卻是阮老頭的兒子阮新民。阮新民在日本獲得了新的理論視野，反觀台灣，便認識到他的父親和日本人聯手欺壓台灣人的罪行，「他看得明白，這裡面有著複雜的利害關係。農人們種了甘蔗，糖業公司要七除八扣，用低價收買，農人們自然是不甘心的，就想盡方法來避免種甘蔗。所以糖業公司便交結地主，共同來壓迫農民。至於地主，自然是站在糖業公司一邊較為有利。因為和擁有大資本的糖業公司聯絡，不論在土地的灌溉上、金融上，或者其他和官府有關的事情上，總可以多占些便宜，當然是樂意的。因此，倒霉的便是這些貧苦的農民了。看到這些，使他在東京所學的理論得到更充分的理解和證實。而且，他的許多抗日同志，也都以熱情鼓舞著他。對於他，這是為了真理與正義的一股很大的力量，使得他再也不能苟安目前的舒適生活了。」於是，他主動為他的父親向佃戶賠禮，並與農人站在一起抗議他的父親和日本統治者。在小說《水牛》中，十二歲的阿玉因為家庭破產被迫輟學，破產的原因同樣是因為地主收回

耕地。作爲知識者的「我」很同情阿玉，父親卻利用阿玉家破產之際欲將她買回來做小妾。對抗同樣發生在一個家庭的父子之間，不同的是，日本人在這裡乾脆缺席了。

（二）

　　如上所述，階級意識是以楊逵爲代表的台灣左翼文學的根本特徵。不過，需要說明的是，在楊逵小說中，階級意識並未完全取代民族意識，或者可以說，這裡的民族意識顯得更爲分明。事實上，社會主義運動雖然以階級分野爲社會動員的方式，並強調國際主義，但它同時以殖民地獨立和新的國族國家的建立爲具體目標。從歷史上看，在「台灣總督府警察沿革誌」所提到的「民族主義的啓蒙運動」和「共產主義的文化運動」兩方面，後者的民族意識反倒強於前者。賴和一生堅持漢文化，抗拒日本殖民統治，但這種鮮明的民族主義卻並不能代表近代台灣民族運動的主流。「台灣總督府警察沿革誌」在梳理台灣「民族主義的啓蒙運動」時，最早提到台灣東京留學生組織的啓發會、新民會、台灣青年會等組織。該書認爲，這些最早的台灣留學生由於受到近代世界思潮的影響，提倡民族自決思想，高倡「台灣應該是台灣人的台灣」的口號。在我們的想像中，很容易將其看作近代殖民地獨立運動。其實不然，這裡的「民族自決」事實上是極其有限的，台灣資產階級民族運動只是想改善日本對台灣的統治，想從日本殖民那裡分到統治台灣的一杯羹而已。他們的政治運動的最主要的目標，不過是在台灣設置特別議會。《台灣青年》一周年「卷頭詞」云：「我《台灣青年》的使命，如發刊當時的宣言，對內爲提升發展台灣的文化，並以去除存於內台人之間的障壁，謀相互之和

睦，對外為認識日華親善的連鎖為我台灣人士的天職，以資日華親善。內台人的和睦，日華的親善，實為東洋永遠和平的基礎。營造東洋永遠和平的基礎，即是自覺《台灣青年》的使命。」[230]「台灣青年」的使命不但不是推翻日本殖民統治，反倒是維護東洋和平。如此看，台灣民族資產階級承認日本對於台灣統治的合法性，並繼承了日本人的如內台和睦等政策口號，他們不過在此基礎上謀求日本殖民政策的改善而已。1924年3月11日《台灣民報》發表了一篇社論，名為《新時代的殖民政策——要放棄舊時代的殖民政策》，文章說：「舊式的殖民政策是征服的、支配的、軍國的、官僚的、專制的，皆以權力壓迫的方針，而奪取殖民地的利權為目的，沒有以殖民地人民為基礎，皆以本國本位而行種種政策了……而新時代所要求的殖民政策，就是民眾的、互助的、文化的、平和的、自由的、人道的政策了。」[231]這篇文章公開表明，此種台灣社會運動不過籲求日本人以新的殖民政策代替舊的殖民政策而已。反之，台灣共產主義運動雖不以民族意識自命，但對於日本殖民統治的民族反抗卻很徹底。1928年《台共綱領》第一條就明確提出：「打倒總督專制政治——打倒日本帝國主義。」第二條是「台灣民族獨立萬歲」。

　　左翼運動與民族運動在對於日台關係的判斷及社會解放的途徑上，都大不相同。在小說《鵝媽媽出嫁》中，楊逵通過兩個故事的並置明確地告訴讀者，在貪婪的日本殖民者面前，內台和睦共榮的民族運動路線是走不通的。第一個故事是關於「鵝媽媽出嫁」的。小說中的「我」以種花為生，在當地醫院日本人院長訂了大量的樹木後，遲遲不願付賬，讓「我」十分困窘。後經朋友指點發現，原來日人院長看中「我」家的鵝。

鵝是「我」的孩子們的最愛，給全家帶來了無數的歡笑，「我」在無奈之下，忍痛給日人院長送上了鵝，果然馬上拿到了賬。朋友告訴他：這就是「共存共榮」。第二個故事是關於「我」的一個朋友林文欽的。林文欽是「我」在日本留學的朋友，但他的社會革新理念卻不是馬克思主義階級鬥爭式的，而是「共榮經濟」型的，代表了上述台灣民族運動的主流思想。「那時正是馬克思經濟學說的全盛時代，血氣方剛的學友們都著了迷一樣，叫喊著階級鬥爭，跑去實踐運動去了。但他一直堅守著他的陣地，想念以直轄市，不是鬥爭就可達到所希求的目的。」「他以全體利益為目標，考察出一個共榮經濟的理想，從各方面找資料來設計一個龐大的經濟計劃。」[232] 林文欽的家本來廣有資產，大力支持民族運動，但這種善良的作法很快讓他們在現實上碰了壁。在殖民地經濟的傾軋下，林文欽家很快走向了破產，自己的妹妹甚至也面臨著被納妾的命運。林文欽終於在絕望中死去，還留下了厚厚的手稿「共榮經濟的理念」。從故事上看，林文欽的經歷與鵝媽媽出嫁似乎沒有多少聯繫，在一篇小說中並置起來多少有點勉強，但楊逵的用心在此卻很明確：出賣鵝媽媽的「共存共榮」的故事與林文欽的「共榮經濟」目標的破產卻存在著邏輯上的聯繫。小說通過鵝媽媽出嫁的故事，告訴我們所謂「共存共榮」的實質不過日本殖民者的貪婪強暴和台灣人民的屈辱，而林文欽「共榮經濟」理論破產的原因即在於此。

　　在楊逵的心目中，台灣人無法與日本殖民統治者「共榮共存」，那麼出路就是抵抗與革命，將日本人趕出台灣，這種激進的主張在台灣文學中是不多見的。日據時期台灣作家表現抨擊日本欺凌台灣百姓的作品很多，但多數是在殖民結構內的批

評，楊逵卻在《模範村》中明確地提出了「把日本人趕出去」的口號。阮新民在對農民談到他的父親的罪惡時說：「日本人奴役我們幾十年，但他們的野心愈來愈大，手段愈來愈辣，近年來滿州又被她占領了，整個大陸也許都免不了同樣的命運。這不是個人的問題，是整個民族的問題。我父親這種作風的確是忘祖了。他不該站到日本人那邊去，這是不對的。我們應該協力把日本人趕出去，這樣才能開拓我們的命運！」另外，值得注意的是，在楊逵的民族意識中，日本是非我族類的殖民者，而中國是台灣人的祖國。在阮新民出走後，大家在看阮新民留下的書刊時，小說中有這樣的敘述：「這些青年人既沒有讀過書，也沒有看過報紙，很多事情自然是聽不入耳的。不過，台灣人是中國人，日本人把台灣占領了，叫台胞過著牛馬不如的生活……這是大家由日常生活得來的很切實的經驗，不會不知道的。台灣雖然被日本人管了，不過，我們還有祖國存在，就是在隔海那邊……這是大家約略知道一點的。今天聽到日本想把整個中國都要吞下肚裡去，免不了要發生深切的感觸。」這些話明確無誤地告訴我們，台灣與大陸同屬中華民族，大陸是台灣的祖國，台灣民眾應該和大陸人民聯合起來抵禦日本侵略者，捍衛我們共同的民族。這些思想不僅體現在口頭上，更體現在行動中。在結尾的時候，阮新民「本想在城裡準備當律師，為窮苦同胞爭取一點權益的。但是，炮聲在盧溝橋響了。但說，做律師是無濟於事的……」[233] 小說暗示我們，阮新民奔大陸而去了，直接投入了捍衛中華民族的抗日戰爭。

1942 年，楊逵除發表了《鵝媽媽出嫁》外，另外還發表了寫於更早時候的小說《泥娃娃》。如果說《鵝媽媽出嫁》告訴我們「共存共榮」的破滅，那麼《泥娃娃》這一部小說則通過

孩子們的表現說明殖民意識的塑造過程，說明林文欽等人的「共存共榮」思想是如何培植出來的。在日本人鼓吹的大東亞戰爭的環境中，「我」的孩子們從學校裡感染來了戰爭的狂熱，在家裡也擺出泥娃娃，模仿戰場上的日本士兵，「哼，新加坡，真差勁……好了，攻下來了，攻下來了。」「我的飛機先攻的哪！」「才不是。我的坦克車先攻的。」大孩子們以從學校裡學來的，「充滿日本軍人臭味」的話和笑聲在談笑，而沒上學的小孩子也跟在後面模仿。這不單單是游戲，其實也是「皇民意識」的構成過程。果然，不久，「我」的大孩子就明確表示「我一畢業，要當志願兵。」當然，後面還有一句話：「我們老師每次談志願兵，就說我要是去當志願兵，一定可以甲上級及格！」如此可以看出，孩子的「皇民意識」日本殖民教育的關係。「我」聽完這句話後，「頓時間，殖民地兒女的悲哀，洶湧地塞塞了我的心膺。」「再沒有比讓亡國的孩子去亡人之國更殘忍的事了……」[234] 在小說的結尾，作者讓一場大雨把孩子們的泥娃娃打成一堆爛泥，以此表明對於皇民思想的掃蕩。

　　不過，希望一場大雨就能夠埋葬日本統治者多年來致力的皇民思想，顯然過於天真，也不可能。令人難過的是，後來連楊逵自己都被迫要講一違心之論。兩年之後的 1944 年，楊逵在台灣總督府情報課的逼迫下，寫下報告文學《增產之背後——老丑角的故事》，登在「台灣奉公會」的《台灣新文藝》上，後來收入 1945 年 1 月出版的《決戰時期小說集》。這篇小說寫在大東亞戰爭期的某煤礦，礦工們「為國增產」的事跡。小說的正面主角之一是一個名叫佐藤金太郎的日本老頭，他在小說中是一個好好先生，為公眾的事不辭辛苦，他滿頭大

汗地爲大家義務鋪路，又在大雨中爲大家修理房頂。在礦井出事的時候，他能夠帶頭衝進去搶救。這個老頭另外的事跡之一，是他培養了一個台灣本土姑娘。這個姑娘開始在他們家做下女，因爲感情好被老頭認做自己的女兒。在他們家中，這個姑娘從沒有受過教育的文盲，變得可以看報紙，讀小說，還能看早稻田的文學講義，據老頭說，這個台灣姑娘「學會了日本姑娘的所有優點」。[235]

楊逵一直習慣於從階級的角度看問題，不對台灣人與日本人作刻意的劃分。《送報伕》中的日本人田中君即是正面主人公，而反面角色反到是作爲台灣人的「我」的哥哥。七七事變後，楊逵因欠米店三十元要被告上法庭，日本警察入田春彥出手援助，支援楊逵 100 元，楊逵以此還清米債，並租了一塊花園耕作。這位入田春彥因此被抓進派出所關了好幾天，並被限令離台返日，他不願意離台，因此自殺於自己的屋裡。入田春彥思潮左傾，他的支助楊逵和他找不到出路而自殺，說明了日本軍國主義的殘酷性並不是每個日本人都能接受的。

楊逵在戰爭末期處境的惡劣，可以從一些非常明顯的違心之論看得出來。在《寫於大東亞文學者會議之際》一文中，他不但認爲在日本舉行的臭名昭著的大東亞文學會議「很有意義」，而且還按照「皇民意識」重新解釋自己以前的反日作品，他說：「爲了建設大東亞，爲了擊退英美勢力，我忠勇士兵在前線灑熱血，而後方民眾則忍受艱苦的生活協助他們。但是，這一億國民並不神，很難保證其中不會出現英美式的惟利的人物。我們要知道，萬一本地出現了我曾在本雜誌上寫的小說人物富岡（《泥娃娃》）或院長（《鵝媽媽出嫁》），那就功虧一簣了。」[236] 在《泥娃娃》中，楊逵批評了孩子們模仿日

本士兵進行侵略戰爭的行為。在這裡，楊逵卻反過來稱讚「我忠勇士兵在前線灑熱血」。在《鵝媽媽出嫁》中，楊逵本來以日本人院長貪婪欺榨台灣人為根據，提出將日本趕出台灣的主張，現在他卻解釋說院長之類的日本人只是少數，要警惕這種人出現。在《思想與生活》一文中，楊逵甚至說：「雖然我們生來具有漢族血統，這是不用說的，但是從我們呱呱落地那一天起，就被當成陛下的子民養育、成長。」[237] 楊逵歷來被視為台灣日據作家最堅強的反抗者，但他卻不得不講出這些話。當時著名的台灣作家無一倖免，包括呂赫若和張文環，也都不得不寫一些「奉命文學」。一個作家把自己「屈辱」到這種地步，說明了日本在台殖民統治的殘酷性。

第十二章
新殖民批判及其分化

（一）

二次大戰以後，多數殖民地國家在經歷了長期的鬥爭後，獲得了獨立，但他們後來發現自己並沒有最終擺脫殖民統治。西方國家、特別是前殖民統治國家，以種種方式繼續其對於獨立後的國家實施殖民控制，這被稱爲「新殖民主義」。

「新殖民主義」一詞出現於六十年代初期，一個具有標誌性的事件是 1961 年 3 月在開羅召開的第三屆全非人民大會。這次大會專門通過了一項關於新殖民主義的決議。決議認爲：「新殖民主義是非洲新近獲得獨立的國家或者接近這種地位的國家的最大威脅；新殖民主義是殖民制度的復活，它不顧新興國家的政治獨立得到了承認，使這些國家成爲在政治、經濟、社會、軍事或者技術方面進行間接而狡猾的統治的受害者。」[238] 它提到的殖民國家有美國、聯邦德國、英國等。

新殖民主義最早的代表性著作，是 1965 年出版的恩克魯瑪的《新殖民主義：帝國主義的最後階段》（Kwame Nkrumah, New-Colonialism, the last stage of imperialism）一書。在這部書中，恩克魯瑪以加納爲例，對新殖民主義這一新的概念進行了

詳細論述。列寧將帝國主義稱爲資本主義的最高階段，恩克魯瑪則將新殖民主義稱爲帝國主義的最後階段。新殖民主義是資本主義內部和外部兩種因素變化的結果。馬克思曾將資本主義滅亡的預言建立在資本主義內部窮人和富人的衝突上，在恩克魯瑪看來，二戰以後，情形卻較馬克思時代有了變化。這種變化是，西方資本主義國家在國內採用了提高工人生活水平的「福利國家」政策，因此緩解了資本主義國家內部的衝突，同時又阻礙了馬克思所期望的資本主義國家工人階級與殖民地人民的團結。但由此帶來的結果是，「發達資本主義國家一方面必須在國內維持一個福利國家，即一個寄生國家，一方面又必須挑起日益增加的龐大軍備費用的重擔，這就使它們有絕對必要從它們所控制的那部分國際金融聯合組織中取得最大限度的利潤。」這裡的意思是，更加必要從海外獲得資金。但從前的那種直接採取殖民統治的方法獲得利潤的方法，今天卻已不再有效，因爲殖民地及第三世界國家的人民已經覺悟起來，讓殖民者不再能夠輕易得手，因此必須轉爲由以國際金融機構控制前殖民地國家或第三世界國家，由此獲得最大的利益。

　　有趣的是，恩克魯瑪列舉了「戰後初期曾任蔣介石顧問的歐文・拉鐵摩先生」的話，說明殖民地人民現在已經不那麼容易征服，「曾經在 18 世紀和 19 世紀被征服者們如此輕而易舉地迅速征服的亞洲，現在表現了驚人的能力，頑強地抵抗了配備有飛機、坦克、摩托車和機動炮的現代化陸軍。從前只要用很少的軍隊就可以在亞洲征服大片領土。首先從掠奪中，其次從直接徵稅中，最後從貿易、投資以及長期剝削中所取得的收入，以令人難以置信的速度補償了軍事行動的開支。這樣的算術是對強國的巨大誘惑。現在它們碰上了另一種算術，而這種

算術則使它們感到沮喪。」儘管直接征服的難度增加，但由於對於海外資金的需要，對於殖民地的控制仍然不能放棄。於是，有了種種以經濟控制爲主的被稱爲「新殖民主義」的間接統治的方法的出現。據恩克魯瑪說：「這種支配的方式和形式可能是多種多樣的。比如舉個極端的例子來說，帝國國家可能派軍隊駐扎在新殖民主義控制下的國家的領土上，並控制它的政府。但是，在更多的情況下，新殖民主義的控制是通過經濟的或貨幣的手段來進行的。新殖民主義控制下的國家可能不得不接受帝國主義國家的製造品，而排斥來自其他國家的競爭的產品。對新殖民主義控制下的國家，控制其政府政策的辦法，可以用以下的方法來實現：支付這個國家的行政費用，安置居於決策地位的文職官員，強迫接受帝國國家所控制的銀行制度而從財政上控制外匯。」恩克魯瑪認爲實行新殖民主義的結果是，外國資本被用來對世界上的較不發達地區進行剝削，而不是用於它們的發展。在新殖民主義控制下，投資只是在擴大而不是在縮小世界上貧富國家之間的差距。在這種情形下，具有獨立主權的國家其實仍然未能逃脫像從前一樣被奴役的命運。非但如此，恩克魯瑪指出，新殖民主義較之殖民主義更加惡劣，因爲從前直接的殖民統治至少還可以對於殖民地國家進行保護等等，現在一切都沒有了，「對於那些奉行新殖民主義的人來說，它意味著只講強權而不負責任；對於那些身受新殖民主義之害的人來說，它意味著遭受剝削而得不到補償。」

　　恩克魯瑪的《新殖民主義：帝國主義的最後階段》一書，側重於經濟角度的分析批判，但他還意識到，新殖民主義「不僅在經濟領域進行活動，而且也在政治、宗教、意識形態和文化方面進行活動。」值得注意的是，恩克魯瑪在書中還對新殖

民主義的文化控制的手段予以了全面的揭示。書中談到,從六十年代初期開始,美國就開始制訂旨在以文化侵入第三世界意識形態的大規模計劃,「充作西方這種心理戰工具的,有以美國『無形政府』的情報機構爲首的西方國家情報機構。但是,其中最重要的還是重整道德運動、和平部隊和美國新聞出版署。」在書中,恩克魯瑪著重提到美國新聞出版署。美國在與第三世界國家的經濟合作協議中都包含一項要求,即給美國人以發布新聞的優先權,如此它的勢力就遍布了全世界。據恩克魯瑪當年的介紹,美國新聞出版署大約有一萬二千名工作人員,每年經費高達一億三千萬美元以上,在大約一百個國家擁有一百二十多個分支機構,它們受控於一個以美國總統名義進行工作的中央機構,與五角大樓、中央情報局甚至武裝部分情報中心等冷戰機構密切配合活動。「在有些國家裡,一兩個新聞機構就控制了全部的新聞供應,不論那裡有多少家報紙或雜誌,新聞內容都是千篇一律的;而在國際上,美國的金融優勢,通過它派駐海外的外國通訊員和辦事處以及它對國際資本主義刊物的影響,越來越被人感覺到了。在這種僞裝下,西方各個首都針對中國、越南、印度尼西亞、阿爾及利亞、加納及其他一切沿著自己的獨立道路走向自由的國家,發動了反解放的宣傳浪潮。世界充滿了偏見。舉例來說,只要出現了反抗反動勢力的武裝鬥爭,那些民族主義者就被說成是匪徒、恐怖分子,還常常被說成是『共產黨恐怖分子。』」在恩克魯瑪看來,美國新聞出版署已經遠遠超過了新聞出版的範圍,而與情報甚至軍事使命聯繫在一起了。對於其職責,恩克魯瑪分析說:「首先,它有責任分析各國的局勢,向美國大使館,從而也就是向美國政府提出可以使當地的局勢發展有利於美國的變

化的建議；其次，它組織對無線電廣播和電話的監聽網，同時從當地政府的各個部門中招募告密者。它還雇用人員散布美國的宣傳。第三，它搜集秘密情報，特別是搜集有關國防和經濟的情報，作爲一種消滅它在國際間的軍事和經濟競爭者的手段。第四，通過收買的辦法打入當地出版物以左右它們的方針。」

　　值得一提的是，恩克魯瑪還注意到了文藝作品如美國好萊塢電影的「新殖民主義」功能：「除此以外，連好萊塢那些荒唐的故事片也成了武器。人們只要聽聽那些非洲觀眾看到好萊塢的英雄們殺戮印第安人或亞洲人的時候所發出的歡呼聲，就可以知道這一武器的效果如何了。」[239] 這種對於好萊塢電影的分析，正是爲今天的後殖民論者所津津樂道的，這種論述是以薩義德在《東方主義》對於西方電影中的阿拉伯人的形象分析開始的。恩克魯瑪十幾年前的批評，正可以和薩義德《東方主義》一書的分析相互映照。不過，需要注意的是，薩義德與恩克魯瑪的視角的確是有差異的，恩克魯瑪主要將種族問題與西方的政治意識形態聯繫在一起，薩義德則更多將種族問題與對於西方的知識話語傳統聯繫起來，並且將意識形態反抗的政治二元對立的思維方式也同樣歸結於此。

（二）

　　上述恩克魯瑪所揭示的新殖民主義，與台灣的情形很相像，不過台灣的新殖民批判，自有其歷史脈落。

　　可以說，因爲特殊的歷史背景，台灣的新殖民依附較之於其它地區顯得更爲嚴重。1949 年後，由於將台灣納入了「冷戰」的反共前沿而加以支持扶植，美國對於台灣的支持，不止

一般的經濟投資，而是直接的經濟援助和軍事裝備，從而控制了台灣的命脈。據統計，自 1951 年至 1965 年十五年間，美國政府直接供給台灣的援助爲十四億多美元。除此「經濟援助」之外，還有巨額的「軍援」，據專家槪算，這十五年間的軍事援助總額不少於二十五億美元。因此，美國政府對台灣的經濟軍事援助大約四十億美元，相當於同一時期蔣家政府財政支出的百分之八十五。美援的對台支持，在制度上經過了四個過程：「一般經濟援助」、「公法四八〇剩餘農業物援助」、「開發借款基金」（DLF）、「開發援助」（AID），在時間上也逐漸由「贈予性」演變爲「借貸性」、由「軍事援助」演變爲「經濟援助」。對於這些數額驚人的援助，美國政府不會放任蔣家政府使用，而是經由嚴格的督導。美國除了派遣各部院駐台機關大批人員外，還成立了「美國安全總署分署」、「美國經濟合作總團台灣分署」、「台灣省美援聯合運用委員會」、「農村復興聯合委員會」等在台機關，監督執行美元的使用，並採用了「美援台幣基金制度」、「靑紙制度」、「四八〇號特別賬戶資金制度」等使用制度。如此，美國就「按部就班地實現了控制台灣的軍事、政治、經濟等原來目的」。[240]

　　1958 年，美國對台援助由無償贈予變爲有償貸款；1965 年，美國終止了經濟援助，僅保留軍事援助，剩餘農產品援助。但在美援之後，日援又跟上來了，正在 1965 年，台日訂定 540 億日元的第一次「日幣貸款」，1971 年台日又訂定了 80 億「日幣貸款」。早在 1949 年，台日就訂定了「台日貿易協定」，六十年代日本資本開始大舉進入台灣，「台灣一方面供給日本農產品（食料品），另一方面則成爲日本工業品的銷售市場。這種台日兩地間的貿易構造，完全意味著台灣對日本恢

復了戰前的殖民地經濟隸屬關係。」[241]

　　這種控制給台灣帶來的直接後果，是文化上的「西化」。早在 1953 年，紀弦就創立了《現代詩》雜誌，1956 年成立現代詩社，陣容強大，他們推出了「六大信條」，其中第一條和第二條是「1，我們是有所揚棄並發揚光大地包含了自波特萊爾以降一切新興詩派之精神與要素的現代派之一群。」「2，我們認為新詩乃是橫的移植，而非縱的繼承。這是一個總的看法。一個基本的出發點，無論是理論的建立或創作的實踐。」從這兩個信條可以看到，他們的文化運動是放棄中國傳統，全面移植西方波特萊爾以來的現代主義。「現代」詩派加上 1954 年出現的「藍星」及「創世紀」詩社，現代詩在五十年代蔚為大觀。這種公然擁抱西方的「橫的移植」的文化立場，是很讓人感到吃驚的。台灣的現代主義運動常被看作是主流反共文藝的對立面，但從現代主義派的反共立場看，反共與「西化」常常是璧聯珠合的。

　　1959 年 7 月，蘇雪林在《自由青年》上發表的《論象徵派與中國新詩》一文是較早的公開批評現代詩的文章。真正的爭論由四個月以後丘言曦的《新詩閑話》引起（1959 年 11 月 20 － 23 日《中央副刊》），這篇文章招致了現代派詩人的群起反攻。蘇雪林從批評中國現代文學史上的現代詩出發，延及台灣現代詩，她認為：「五四後，新詩由《繁星》《春水》《草兒》《女神》發展到新月詩派，已有走上軌道的希望。忽然半路上殺出一個李金髮，把新詩帶進了牛角尖，轉來轉去，轉了十幾年，到於今還轉不出，實為莫大憾事。李氏作俑固出無心，為了那種詩易於取巧，大家爭著做他尾巴，那則未免可羞吧！」言曦以「造境」「琢句」「協律」等古典詩的標準，從

通俗化等角度批評西方象徵主義詩歌。寒爵在《所謂現代詩》等文中談到，台灣現代派盲目引進波特萊爾等西方現代主義，卻沒有眞正認識到波特萊爾的頹廢意識。平心而論，蘇雪林將台灣現代主義歸於李金髮的影響，言曦、寒爵等人對於西方現代主義的貶斥，都並未打中現代派詩人的要害，而「正統」的立場卻儼然使其成爲了保守立場的代表。現代派卻因爲在反共文學的政治氛圍中獨闢蹊徑，受到歡迎，「在這西化的潮流中，反現代化的傳統的捍衛者居於劣勢，他們的主張在年輕一代的讀者群中產生的影響可以說是微乎其微。代表現代主義的作家群則聲勢強大，他們喊著『新的內容，新的形式』。這個『新』字是很具有誘惑力的，所以不論是來自學院中的青年，或者大多是流亡學生出身的社會青年，都聚攏在現代主義的旗幟下。」[242]

「西化」思潮的勝利，更明顯地表現在 1962 年《文星》等刊物上發生的「中西文化」論戰上。1961 年 11 月 6 日，胡適應亞東區科學教育會議之邀在開幕式上發表了題爲《科學發展所需要的社會改革》英文演講，這是胡適生前的最後一次演講。在這篇文章裡，胡適偏激地全面否定中國文化傳統，「我認爲我們東方這些老文明中沒有多少精神成分。一個文明容忍像婦女纏足那樣慘無人道的習慣到一千多年之久，而差不多沒有一聲抗議，還有什麼文明可說？一個文明容忍「種性制度」（the caste system）到好幾千年之久，還有多大精神成分可說？一個文明把人生看作苦痛而不值得過的，把貧窮和行乞看作美德，把疾病看作天禍，又有些什麼精神價值可說？「我主張把科學和技術的近代文明看作高度理想主義的，精神的。我大約三十多年前說過：「這樣充分運用人的聰明智能來尋求眞理，

來控制自然，來變化物質以供人用，來使人的身體免除不必要的辛勞痛苦，來把人的力量增加幾千倍幾十萬倍，來使人的精神從愚昧、迷信解放出來，來革新再造人類的種種制度以謀最大多數的最大幸福，──這樣的文明是高度理想主義的文明，是眞正精神的文明。」這篇演講引起徐復觀、胡秋原的激烈批評，徐復觀在《民主評論》十二卷二十四期（1961 年 12 月 20日）發表《中國人的恥辱，東方人的恥辱》一文，猛烈抨擊胡適「東方的老文明中沒有多少精神成分」這一說法。徐復觀說：「看到胡博士在東亞科教會的演說，他以一切下流的辭句，來誣衊中國文化，誣衊東方文化，我應當向中國人，東方人宣布出來，胡博士之擔任中央研究院院長，是中國人的恥辱，東方人的恥辱。」相隔不久，胡秋原 在《文星》第五十一期（1962 年 1 月 1 日）上發表二萬七千字的長信《超越傳統派、西化派、俄化派而前進》，他不以胡適否定中國傳統文化爲然，警告人們不可在「復古」、「西化」中二者選一。爭論後來主要成了李敖和胡秋原的大戰，最後鬧上了法庭。李敖後來引起巨大反響的挑戰文章，是發表於《文星》第五十二期（1962 年 2 月 1 日）《給談中西文化的人看看病》一文，在這篇文章中，他一口氣批判了所有形式的抵抗「西化」的思想的，包括義和團病、中勝於西病、古已有之病、中土流行病、不得已病、酸葡萄病、中學爲體西學爲用病、挾外自重病、大團圓病、超越前進病……等等，不一而足。李敖甚至認爲「取長捨短，擇善而從」地面對西方文化的理論是行不通的，他大力主張全面擁抱西方文化，連優點帶缺點，「我們面對西方現代文化，就好像面對一個美人，你若想占有她，她的優點和『缺點』就得一塊兒占有」，企圖改正美人缺點，就是妄自尊

大的厚顏；因此「我們一方面想要人家的胡瓜、洋蔥、鐘錶、西紅柿、席夢思、預備軍官制度；我們另一方面就得忍受梅毒、狐臭、酒吧、車禍、離婚、太保（不知害臊）、大腿舞和搖滾而來的瘋狂」

如此赤裸裸的全盤西化思想，在當時的台灣卻受到了思想開明者特別是年輕人的擁護，據呂正惠的回憶，「在李敖與胡秋原的中、西文化論戰上，年輕人很少不站在李敖這一邊的。」[243] 為什麼呢？大約在於其「對抗政治」的立場和不同於反共八股的新的文化精神。傳統文化被綁架到專制和「黨化」的體制之中，「西化」卻與自由、民主聯繫在一起，結果當然是前者受到抵制後者贏得同情。[244] 這樣一種格局所帶來的結果，是台灣忽略了「西化」背後的殖民主義和帝國主義。放鬆了對於「西化」的警惕，西方文化就主宰了台灣的社會心理。就文學而言，在現代詩的先導下，經過 1956 年夏濟安《文學雜誌》及 1960 白先勇等人的《現代文學》在小說上的發展，台灣的現代主義在六十年代成為了文壇最強勁的潮流。

陳映真是批判現代主義的先知。早在 1967 年，陳映真於入獄前在《文學季刊》上發表了《現代主義的再開發》一文。陳映真在看了《等待果陀》以後，首先肯定了這個劇作，「沒有疑問，《果陀》是一齣對於現代人的精神內容做了十分優越的逼近的少數作品之一。」但同時卻否定了台灣的現代主義，原因是作為機械移植的台灣的現代主義並沒有反映台灣的社會現實，「第一，在台灣的現代主義，在性格上是亞流的。」「第二，思考上和知性上的貧弱症。」陳映真本人的創作，開始也深受現代主義的影響，但他較別人更早地走出了現代主義，並反戈一擊，可惜在那個現代主義盛行的時代裡，他的聲

音是沒有人能夠聽見的，未得到反響的陳映眞不久就入獄了。

（三）

　　直到七十年代初，世界格局發生了變化，台灣被美國及日本拋棄，台灣才從「西化」的美夢中蘇醒過來。

　　這一時期發生的歷史事件有：一，1970 年 11 月的釣魚島事件；二，1971 年 10 月 25 日台灣退出聯合國；三，1972 年 2 月 21 日美國總統尼克松訪華；四，1972 年 9 月日本和台灣斷交。釣魚島事件最先給親美的台灣人予以打擊。美國不經中國同意，私自將屬於中國主權的釣魚島連同琉球群島一起歸還給日本。這一行爲無疑打了親美的台灣人一記耳光，激起了台灣及海外華人反對美國的保釣運動。美國、日本的轉向中國大陸，台灣退出聯合國，更讓台灣人感覺到被背叛、遺棄的滋味。全面擁抱西方，卻被對方推了回來，台灣人第一次認識到了美日帝國主義的眞實面目，產生了民族主義的反彈。台灣的新殖民主義批判，就是在這樣一種歷史背景下登場的。

　　1972 年 12 月，陳鼓應和王曉波在台大舉行「民族主義座談會」，提出了反帝國主義的主張。陳鼓應說：提倡民族主義，是因爲西方的政治、經濟、文化等方面的侵略。他並指出，「外國利用中國的人力，物力，美其名曰工業合作，實則不外是帝國主義的經濟侵略。」王曉波也指出，應該以民族主義抵抗帝國主義在軍事、經濟、思想等方面的侵略，「對外必須抵抗侵略，對內必須鏟除外國的『第五縱隊』」[245]。

　　1972 － 1973 年，文壇再次發起了對於現代詩的進攻。先是關傑明於 1972 年 9 月在《中國時報・人間副刊》上發表了兩篇批評文章：《中國現代詩的困境》、《中國現代詩的幻

境》。他認為，台灣現代詩脫離了中國文學的傳統，是對於西方現代主義的生吞活剝，他將《中國現代詩論選》稱為「『文學殖民主義』的產品」。接著唐文標連續在《文學季刊》《中外文學》等刊發表了《僵斃的現代詩》、《詩的沒落》、《什麼時代，什麼地方，什麼人》等文章，對現代詩發起尖銳的批評。他主要從文學的社會功能的角度出發，批評台灣現代主義的脫離社會，他將夏濟安的《文學雜誌》及余光中都稱為帝國主義的「文化買辦」。雖然余光中等現代派詩人像從前那樣進行了猛烈的反撲，但在 70 年代台灣新的社會形勢下，現代詩已經是強弩之末了。

後來鄉土文學論戰的主角之一尉天驄在 1973 年《文季》等刊物上發表了《幔幕掩飾不了污垢》、《站在什麼立場說什麼話》等系列文章，對於台灣現代主義作家歐陽子、王文興進行了點名批判，頗引人矚目。尉天驄認為台灣現代主義作家與社會嚴重脫節，是生活於上層的墮落、腐化的一群，「他們是由墮落的中產階級的文化培育出來的一批不自覺走向墮落的知識分子們，既無法走出自己的小圈子看看外面的世界，當然也就無法見出自己的罪惡，只好自滿地活在自定的道德標準裡，感傷流涕而自以為是世界上最不幸的人。其實，如果我們能揭穿他們生活中所蘊藏的自私、嫉妒、傷害的成份，便可以看出他們所說的道德實際上只是用來掩飾他們的不道德。而為達到掩飾的目的，藝術便成為他們的一面武器。」[246]

不過，我們注意到，七十年代初的文壇對於現代主義的批判，雖然出現了「文化殖民主義」、「文化買辦」等口號，但主要還是從陳映真開始的批判現代主義脫離社會、脫離中國文化傳統等視角出發的，而新殖民主義視角的批判直至七十年代

後期才醞釀成熟。這一點，我們只要比較一下尉天驄 1973 年的《幔幕掩飾不了污垢》和 1977 年的《我們的社會和民族精神》，就可以看得很清楚。上文提到，《幔幕掩飾不了污垢》一文主要從階級屬性的角度批判現代主義的腐化，而後來的《我們的社會和民族精神》一文則已經能夠從五十年代以後台灣社會文化變遷和新殖民主義批判的角度看待西化思潮。《我們的社會和民族精神》一文認爲：五十年代以來美國的軍事協防及美日的經濟支持，支撐了台灣的經濟繁榮，並長期隔離了台灣與中國的關係，由此產生了全盤西化的思想。只有到了七十年代以後，隨著台灣退出聯合國等事件的發生，台灣人才認清歐美的面目，導致民族主義的回歸。尉天驄的這樣一種認識思路，是直到七十年代後期鄉土文學論戰以後才得以明確的，在思路上很明顯受到了同年更早發表的王拓和陳映眞文章的啓發。還應該指出的是，比較而言，尉天驄的這篇文章其實是溫和的，他不但沒有正面批判美國對於台灣的經濟操控，也沒有完全否定五、六十年代以來的「西化」思潮，相反認爲在農業社會向工業社會轉變的過程中「西化」思潮具有一定的衝破「封建意識」的進步作用，只是由於教育的問題，使得台灣人處於否定傳統、崇洋媚外的無根狀態。文章的批判力度，顯然趕不上此前的王拓的文章和此後陳映眞的文章。

　　需要提及的，是日據文學的「發現」和鄉土文學的興起。在民族主義的情緒中，台灣人開始尋找自己過去的歷史，特別是抗拒日本帝國主義的歷史，於是有久被湮沒的日據文學的出土。1973 年 7 月，顏元叔在《中外文學》上發表了《台灣小說裡的日本經驗》一文，緊接著有張良澤討論鍾理和、林載爵討論楊逵、鍾理和的文章發表。報刊上出現了大量的介紹研究日

據以來台灣文學的文章，賴和、楊逵等人的作品也得以重刊。這種「發現」中的反帝反殖維度是明顯的。1974 年 10 月，《大學雜誌》舉辦「日據時代台灣文學與抗日運動」座談會，特別標出「抗日」的主題。王曉波也說：「在與大陸文學斷絕的情況下，探尋到了日據時代的反日愛國傳統。」[247] 更值得一提的是反帝反殖的鄉土文學的興起。戰後台灣鄉土文學雖然從六十年代就開始了，但其中的反帝反殖維度卻是在七十年代初民族主義的思潮的催生下出現的。黃春明自五十年代下半就開始發表作品了，六十年代中期後創作出《青番公的故事》《溺死一隻老貓》《看海的日子》（1967）、《兒子的大玩偶》（1968）、《鑼》（1969）之成熟之作。至七十年代初期以後，黃春明開始「轉向」，寫作《蘋果的滋味》（1972）、《莎喲娜啦，再見》（1973）、《小寡婦》（1974）和《我愛瑪麗》（1977）等暴露崇洋媚外，批判新殖民主義的作品。王禎和最早發表《鬼·北風·人》是 1961 年，成熟之作《嫁妝一牛車》發表於 1967 年，而批判崇洋媚外的小說《小林來台北》則發表於 1973 年，《玫瑰玫瑰我愛你》則至 1984 年才發表。陳映真 1959 年發表第一篇小說《麵攤》，1964 年發表成名之作《將軍族》。雖然敏感的陳映真早在 1967 年就批判台灣現代主義，但由於他隨即入獄，至 1975 後才獲釋，因此錯過了七十年代初期的反帝反殖文學思潮。不過，出獄後的陳映真在七十年代末和八十年代初發表《夜行貨車》和「華盛頓大樓系列」，它們是批判美國新殖民主義最有代表性的文學創作。

　　1976 年，《中國論壇》發表了一系列批判崇洋媚外的文章，如吳明仁的《從崇洋媚外到民族意識的覺醒》（4 月 10 日

2 卷 1 期）、林義雄的《知識分子的崇洋媚外》、江帆《談現代人與現代化》（10 月 10 日 3 卷 1 期），吹響了反「西化」的號角。

　　吳明仁的文章主要談論了商號使用洋名、雙重國籍擔任公職和「科學中化」的問題。他認為這幾件事背後透露出來的是台灣社會崇洋媚外的心態，而這種心態既與近代以來中國挫敗於西方的歷史有關，也是台灣當權者推波助瀾的結果。

　　林義雄的文章主要分析知識分子的崇洋媚外心理。他認為中國知識分子從前服務的是帝王，而現在的台灣西方列強代替了從前的帝王統治，為知識分子提供飯碗，知識分子怎能不為洋主子服務？「以前知識分子是『學成文武藝，賣予帝王家』，現在是直接或間接賣予洋人家；以前，知識分子不從政可『躬耕於南陽』，現在是服務為西洋或東洋，不然只有喝西北風。有道是『有奶便是娘』，今天知識分子口含大洋奶，手握『跑天下』，怎麼不認洋娘？尤其中國人講究孝道，『天下無不是的父母』，又怎能不崇洋媚外？」

　　江帆也認為當前台灣的「大困局」的根源，在於西方對於台灣的經濟控制。他具體分析了台灣的工業和農業皆受控於人的格局，認為在此情況下社會的崇洋媚外是必然結果，「在這樣農工業皆不能獨立自主樣樣仰人鼻息的經濟結構下，一般人的精神面貌當然也就無法自主，而相信只有外國的月亮才是圓的。」「在農業工業都仰人鼻息過分依賴的現狀下，人心之向外、媚外，乃是水到渠成。」

　　1977 年的鄉土文學論戰，是台灣新殖民主義批判的高潮。作為揭竿之作的，是發表於 1977 年 4 月號王拓的《是現實主義文學，不是鄉土文學》一文。這篇文章分三個部分。第一部

分題爲「一九七〇年至一九七二年的台灣社會」，文章談到，
保釣運動等事件「使我們看清了美國與日本互相勾結侵略中國
的醜惡面孔」「替我們的社會大衆上了很寶貴的一課政治教
育，使我們的民族意識普遍地覺醒和高漲」。作者還引述了報
刊對於台灣的殖民經濟壓迫問題的報導，如 1972 年美商設在
淡水的飛歌電子公司的女工得職業病死亡，1973 年日商在台北
的三井金屬礦業公司污染農田等等，認爲「對於這些事件的揭
發與抗議，一方面是表示社會大衆在國際政治上對帝國主義強
權的反抗，一方面是表示在照顧低層的農工同胞時對殖民主義
經濟侵略的反抗，都是民族意識高度的表現！」第二部分題爲
「一九四九年以後台灣文學的回顧」，談到了一九四九年以後
的台灣歷史，「韓戰爆發以後，美援物質開始大量傾入台
灣」，而「原來穿軍裝拿武器侵略中國的日本人，卻換了一身
裝扮，穿著西裝，提了 007 皮包重新進入台灣，開始對台灣進
行另一種面目的——經濟侵略。」而在文化上，中國文化完全
抵抗不了西方的思想，「中國在近代歷史上反抗帝國主義侵略
的民族主義傳統，卻完全地割斷了、忽略了！」第三部分題爲
「是『現實主義』文學，不是『鄉土文學』」，作者看好近年
來鄉土文學的崛起，他認爲「所謂的『鄉土文學』事實上相對
於那些盲目模仿和抄襲西洋文學、脫離台灣的社會現實，而又
把文學標舉得高高在上的『西化文學』而言的。」但他同時認
爲，這些文學作品並非僅僅局限於鄉土，而是反映現實的，因
此應該稱爲現實主義文學。王拓的這篇文章，第一次從台灣歷
史的背景上系統闡述了反殖反帝的思想，並且重新定位了反西
化的台灣鄉土文學，是台灣新殖民主義批判的奠基之作。

　　鄉土文學論戰中的另外一篇力作，是陳映眞的《文學來自

社會反映社會》（1977年7月1日《仙人掌雜誌》第5期）。
在這篇文章中，陳映眞從社會經濟、精神心理和台灣文學等諸
種方面，對台灣的新殖民主義進行了深入的論述。首先，陳映
眞具體揭示了五十年代以來美日對於台灣的經濟操控。他談
到，「美援在台灣整個經濟和財政上有非常重大的功能，甚至
於在決定台灣那一種工業應如何做，都得經過美國同意和審核
才能運用他的錢。」「在這十幾年來的台灣國民經濟生活裡
面，美國的資金、技術、資本、政策和商品對我們台灣經濟有
絕對性的支配性的影響。」美援之後，日本的資本也來到了台
灣，「一直到今天，日本的資本、技術和商品對台灣有非常顯
著的影響。」如此，三十年來台灣的國民經濟就是「開始是美
國，後來是日本的資本和技術的一種絕對性的影響下成長出來
的。」接著，陳映眞分析了在這樣一種社會經濟下所形成的台
灣精神生活的焦點——「西化」，他從雷震《自由中國》的西
方式民主談到李敖《文星》的「全盤西化」，從醫學界的英文
統治談到藝術界的唯洋是從，結論是「文化上精神上對西方的
附庸化、殖民地化——這就是我們三十年來的特點。」陳映眞
還專章提到了自己參預其中的台灣文學，題爲「文化附庸中的
台灣文學」。他逐個評點了台灣的文學刊物。1956年夏濟安的
《文學雜誌》主要由兩部分構成，一是對於西洋思潮的介紹，
二是外省作家的回憶文學，「並沒有現實上台灣生活的反
映」。1959年的《筆匯》也是以西方爲指導的刊物，「五月畫
會」的成員整天在刊物上搞「康定司基」「達達主義」「超現
實主義」等等。1960年的《現代文學》更不用說，是台大外文
系的習作刊物。1966年《文學季刊》開始也很西化，但後來有
了改變。陳映眞反省自己在寫作的時候，開始也有崇洋媚外的

心態，比如把不必要的英文夾雜在文章裡，後來才有了反省的意識[249]。

陳映眞的這篇文章之後，需要提到的是胡秋原的寫於 1978 年 3 月的文章《中國人立場之復歸》。作爲尉天驄編《鄉土文學討論集》的長序的《中國人立場之復歸》，算得上是鄉土文學論戰的壓卷之作。從台灣新殖民主義批判的譜系來說，這篇文章的長處在於它對於台灣的「西化」作了文化的追溯和新殖民主義的理論上升。

胡秋原將台灣的「西化」歷史根源追溯到「五四運動」，並從中西文化的角度對被視爲「現代」中國開端的「五四」進行了無情的批評。胡秋原認爲，從今天往回看，我們「沒有理由不承認我們的新文化運動全體而言，至今是一種失敗」，因爲「沒有出現一個眞正的中國人的新文化」他認爲，「五四」新文化、新文學一方面自斷其根，一方面模仿西方，致使整個民族精神的錯亂。胡秋原將「五四」文學革命的主張列舉爲二：「一，否定文言文，以白話爲正宗，二，無論在形式上內容上模仿西方文學或外國文學。」他認爲，這兩點都不正確。就第一點說，任何國家的書面語言和口語都是不一致的，而中國的文言文學和白話文學是消長的關係，不能一概否定文言是死的文學。就第二點說，模仿是學習的手段，但不能永遠模仿，並且中國的語言和民族立場都是絕對不能模仿西方的。新文化和新文學失敗的結果是，知識分子寧願讀過去的詩詞，百姓寧願看舊白話小說或武俠，新文學者，特別是新詩，只是在新文學家內部流傳。而到了五十年代以後的台灣，由於美日的影響，西化思想加劇。很多詩人主張文藝是「橫的移植」，而非「縱的繼承」，胡秋原憤怒地說：「世界上還有任何一國之

詩人說這種昏話嗎？」胡秋原接著談到他對於社會主義、資本主義及殖民地資本主義的看法。胡秋原回憶，社會主義自清末輸入中國，在國共合作後流行。二十年代中國知識界，除梁啓超外，很少有人不講社會主義。三十年代前後，胡秋原本人也以社會主義者自命。但他在 1934 年到歐洲，看到了莫索里尼和希特勒的社會主義，次年到蘇俄，看到了斯大林的社會主義，而那時候日本人在東三省也自稱「皇道社會主義」或「軍部社會主義」，胡秋原這才恍然大悟：馬克思說社會主義必以強大的無產階級爲條件是正確的，社會主義是「公有」國家，但要問誰來「公有」。社會主義不能由職業革命家和自稱社會主義者來實行，如果政權操之寡頭之後，即爲獨占的資本主義，所以蘇俄是「共黨獨占資本主義」，德國是「納粹獨占資本主義」，日本是「軍部獨占資本主義」。而且，他認爲，沒有大工業，就無可「共產」，爲了「共產」，必先造產，所以要首先發展資本主義。但在西方資本主義已經成爲主導的形勢下，殖民地第三世界國家發展資本主義卻碰到了特別的問題。西方經濟學家認爲，經由與西方國家貿易就可以了，但第三世界國家的經濟學家卻證明這種「貿易條件」是不平等的，「新殖民主義這個名詞不斷見於聯合國文件，不是我們所能否認的」。對於台灣來說，就是要擺脫美國和日本的經濟控制，避免買辦資本主義。

從吳明仁等人對於崇洋媚外風氣的批判，到王拓，陳映眞的歷史文化批判，再到胡秋原的文化追溯和理論上升，台灣的新殖民主義批判在思路上經歷一個逐步深化的過程。遺憾的是，鄉土文學派一出現就遭到打壓，結果使得剛剛出現的台灣新殖民主義批判戛然而止。

　　作爲被批判對象的西化派，進行了激烈的反批判，最有代表性的文章是台大外文系王文興教授的《鄉土文學的功與過》（1978年2月《夏潮》23期）。王文興立場鮮明地爲「西化」辯護，並將這種批判西化的民族主義思潮稱爲「新義和團思想」。觀點之針鋒相對，口氣之凌厲，可以從他的章節標題裡看出來：「我反對的是新義和團思想」，「外來的投資是互惠」，「把美、日帝國主義請出去我們靠什麼來過活？」，「主權何傍落之有？」「反對西化便是反對文化」，「文化侵略和政治侵略不能算侵略」，「民族本位的思想充滿矛盾、混亂和不通」。王文興這些聳人聽聞的說法，赤裸裸地展現了台灣以外文系爲代表的極端西化思想。胡秋原看到後大怒，他寫了一篇題爲「論『王文興的 Nonsense 之 Sense」文章，對王文進行一一反駁，最後怒斥：「這是洋奴主義，崇洋媚外，無知、反動和墮落下最新表演。這是亡國之路。王文興個人志趣是他的自由。但以其對文學之無知和墮落思想誤人子弟，教育部不可不問。一切自尊自愛的中國人自然有權反擊之。想到如此無知墮落之由來，更重要的事，是大家自勉自勵，創造中國人自己的新文化。」胡秋原指望「教育部」官方來批評「西化派」的思想未免過於天眞，事實上受到官方打擊的不是「西化派」，而是「鄉土派」自己。。

　　1977年鄉土文學論戰的受挫，並非來自外文系學者，而主要來自代表官方立場的文人。最早出現的鄉土文學爭論，是發表於1977年4月號《仙人掌》雜誌上的三篇文章：王拓的《是現實主義文學，不是鄉土文學》，銀正雄的《墳地裡哪來的鐘聲》和朱西寧的《回歸何處？如何回歸？》。在這三篇文章中，王拓的文章是正面立論，銀正雄和朱西寧的文章是反面批

評。銀正雄的文章批評的是近來鄉土小說「醜化」現實、批判社會黑暗面的傾向，「民國六十年以來，『鄉土文學』卻有逐漸變質的傾向，我們發現某些『鄉土』小說的精神面貌不再是清新可人，我們看到這些人臉上赫然有仇恨、憤怒的皺紋，我們也才領悟到當年被人提倡的『鄉土文學』有變成表達仇恨、憎惡等意識的工具的危機。」[250]。在 1977 年 8 月舉行的台灣第二次文藝大會上，鄉土文學受到批評，會議認為「以工人、農民為題材，提供鄉土文學的一部分作品」「是不僅違背當前的革命的需要，也違背了文學的時代潮流」，還提出了「預防敵人的統戰，分化陰謀」的說法。[251]大會甫一結束，就出現了激烈的批判鄉土文學的文章，那就是彭歌《不談人性，何有文學》和余光中的《狼來了》。彭歌認為，鄉土文學同情底層民眾、批判寡頭統治的做法，是以「收入」而不是以「善惡」為衡量標準，「不以『人』而以『物』為標準，這種論調很容易陷入『階級對立』、『一分為二』的錯誤。這種態度上的偏差，延伸到文學創作，便會呈現出曖昧、苛刻、暴戾、仇恨的面目。」[252]余光中更把鄉土文學誣為「工農兵文藝」，公然戴帽子，政治意圖十分明顯。鄉土文學反「西化」和殖民主義的方面，同樣受到了官方文人的批判。彭歌在《不談人性，何有文學》一文中批評了王拓關於台灣社會是「殖民經濟」「買辦」的說法，他認為：「在中華民國的國土之內，國民經濟蓬勃發展之時，卻被形容為『殖民經濟』、『買辦經濟』，這不僅是對政府的不公道，也是對於胼手胝足、嘔心瀝血努力建設的同胞極大的侮辱。」[253]在「反帝」上，彭歌響應官方意識形態，認為「反帝」主要應該是「反共」，「當我們全民一致為自由與生存而奮鬥之時，我們的『反帝』，首先是反共產主義

灣意識，我們搞不清，他標榜的是什麼『民族主義』？怎麼
『反帝』？」[258]本土意識論者開始隱約地將反殖民的矛頭對準
中國，對於美日新殖民主義批判於是只剩下了以陳映眞爲代表
的中國意識派。

　　陳映眞任重道遠，雙手出擊，既批判本土分離主義，又繼
續批判美日新殖民主義。在 1984 年「台灣結」與「中國結」
的論戰中，陳映眞是「中國意識」派的主角。他在《前進》雜
誌上發表了《向著更寬廣的歷史視野…》（1984 年 6 月《前
進》周刊第 12 期）、《爲了民族的團結與和平》（1984 年 7
月《前進》周刊第 14 期）等文章，論述台灣是中國的一個部
分，批判「台灣意識」獨立論。與此同時，陳映眞又在《夏潮
論壇》上發表了《美國統治下的台灣》（1984 年 6 月《夏潮論
壇》）、《一個罪孽深重的帝國》（1984 年 11 月《夏潮論壇》
雜誌）等文章，重點批判美國帝國主義及其對台灣的新殖民主
義統治。

　　陳映眞從台灣歷史出發對於美國新殖民主義批判，頗有建
樹。陳映眞指出：二次大戰以後，美國遠遠壓倒歐洲，成爲一
個超級帝國，美國的新殖民主義從而代替了以前的英法殖民主
義，「美國的國務院、五角大樓、跨國企業、新聞處、中央情
報局、軍事顧問團和學術基金會，所執行的環球策略，基本上
與舊式殖民主義政策性格相同，但範圍極大，內容極精巧，即
所謂新式殖民主義。」陳映眞的批判，正和六十年代以來恩克
魯瑪、阿明等非洲經驗的新殖民主義批評互相補充。陳映眞還
特別提到了美國的文化殖民，「美國的新聞處、電影、電視、
全球性企業廣告和遍布各國的美國新聞處，對全世界進行思想
和文化的美國化工作，製造對美國和世界體系有優美形象，相

對地消滅、破壞其他民族悠久、優美、深厚的傳統文化。」這讓我們想起恩克魯瑪在《新殖民主義：帝國主義的最後階段》一書裡也曾提到美國新聞署和好萊塢電影的文化殖民活動，兩者正可以驗證。

霍布森的帝國主義論述的貢獻之一，是揭示了「生物進化論」「文明使命論」等帝國主義自我合法化理論。陳映眞在此基礎上有更進一步的開掘，「代替過去的『白人的負擔』論、『文明的使命』論等，今日美國以『大國的責任』和『自由』、『民主』的『信念』，向全世界進行不知厭足的政治上、軍事上、文化上、經濟上之擴張。」陳映眞的這一闡述是富於洞見的，「現代性」「自由」「民主」的確是二十世紀西方新殖民主義的新的形式。

陳映眞所關注的，更在於台灣的殖民地性格。他在文章中指出：雖然國府與美國有衝突，但從整體上說「親美、揚美、依美成爲台灣三十年來主要的政治、經濟和文化政策。」「在台灣的朝野間，形成了一股深遠的、複雜的崇美、媚美、揚美的氛圍，並且在民族的精神和心理上造成了對美國、西方的崇拜，和對自己的自卑所構成的複雜情緒。」陳映眞指出：台灣黨外運動同樣具有對於美國的依附性格，這一點與黨內並無區別，這可能是台灣眞正的悲哀，「時至今日，在整個遼闊的第三世界中，幾乎已經沒有一個地方像台灣一樣，無論在朝在野，那樣地對美國的帝國主義政策缺少批判的認識，而對於美國的一切，還懷抱著跡近幼稚的幻想。」[259]

民』理論一詞，將西方後殖民理論搬上台面，並引以用來討論當時台灣文化關切的問題，或許可推至廖朝陽與我在 1992 年全國比較文學會議會裡和會外的後續辯論。」[261] 不過，台灣的本土後殖民論述的代表人物陳芳明似乎並不買帳。據陳芳明自述，他 1989 年在美國接觸到薩義德的《東方主義》，並開始將後殖民的思考運用於台灣本土文學的建構中。

索諸於早期的歷史，陳芳明的思想似乎有較爲突兀的變化。在 1981 年 7 月《美麗島》雜誌第 48，49 期上，陳芳明以宋多陽的筆名發表了《縫合這一道傷口──論陳映眞小說中的分離與結合》。在這篇文章裡，陳芳明稱陳映眞爲六十年代以來最有影響力的小說家，態度十分崇敬。陳芳明認爲，陳映眞六十年代的小說中台灣人與大陸人的分離或死亡的結局，反映了那一時代以階級差距爲主要內容的省籍矛盾，但他認爲，陳映眞似乎過於拘泥於省籍的界限，階級的利益應該會和解省籍的問題，比如《將軍族》中同爲下層階級的瘦丫頭和三角臉，應該會結合，而不是以死亡爲結局。陳芳明積極評價陳映眞在七十年代的小說中對於省籍問題的處理，因爲在陳映眞這個階段的創作中，工業化和跨國公司使得外省下一代與本省人因爲共同的利益而站到了一起，階級的維度終於取代了省籍問題。後來成爲本土論述代表的陳芳明，在強調省籍、排斥階級的時候，再回頭看這篇大作，不知道有何感受。

在 1984 年第 1 期《台灣文藝》上，陳芳明以宋多陽的筆名發表了《現階段台灣文學本土化的問題》一文。短短三年，陳芳明對於陳映眞的態度發生了 180 度的大轉折。文章對於鄉土文學論戰後台灣「台灣意識」與「中國意識」，「台灣文學本土論」與「第三世界文學論」進行了梳理和評論，他站在

「台灣意識」和「台灣文學本土論」的立場上對於「中國意識」和「第三世界文學論」的代表陳映眞進行了無情的抨擊。正因如此，這篇文章後來成爲繼葉石濤《台灣鄉土文學史導論》之後的又一篇具有代表性的台灣本土論述的大作。

在解嚴之後台灣本土主義高漲的情形下，陳芳明很自然地將他所瞭解的後殖民理論應用於他的本土化建構之中。雖然《東方主義》所批判的是西方，雖然美國對於台灣的殖民控制一直是鄉土文學以來民族主義的批判焦點，但在「台灣意識」與「中國意識」決裂後，陳芳明毫不猶豫地將後殖民的矛頭指向了中國，具體地說，是代表中國的台灣外來政權。在陳芳明看來，對台灣來說，光復以後的國民黨政權是和日本殖民者同類的殖民政權，它以中華民族主義對台灣進行殖民統治。他認爲，國民黨戒嚴體制「對台灣歷史、文學、語言、文化等等刻意壓制與扭曲」，「對台灣文學研究的禁錮，也是透過《東方主義》書中所描寫的西方白人殖民策略那樣，亦即以想像、論述、實踐三方面進行有計劃的權力干涉。不僅如此，當權者認爲，台灣歷史經驗的格局過於狹小化，逕徑以中國的歷史經驗來取代台灣的這種混亂的教育方式，終於使台灣歷史淹沒在龐大的中國論述之中。」[262]

值得注意的是，陳芳明以中國殖民主義取代美日殖民主義，公然重新解讀以鄉土文學論戰爲代表的台灣新殖民主義批判的歷史。陳芳明認爲，光復後台灣的殖民主義並非來自美日帝國主義，而是來自內部國民黨政權。現代主義的自我流放就是對於國民黨殖民統治的負面抵抗，而七十年代鄉土文學則是一種正面抵抗，因此現代主義與鄉土文學是朋友，而非敵人，他們之間的鬥爭原是一場誤會，「從一九七二年到七三年之間

豬」的口號，這裡的種族主義傾向是十分危險的。陳芳明在1981年發表的《縫合這一道傷口——論陳映眞小說中的分離與結合》中就已經提到，光復後台灣的階級問題早已經替代了省籍問題，不知道爲什麼過了這麼多年，他的思想反倒退步了。

就後殖民理論本身來說，陳芳明的運用讓人感到有點興之所致。在《後殖民台灣》一書的《自序：我的後殖民立場》一文中，陳芳明對於後現代後殖民有以下概括：「所謂後結構思考，便是指文化主體重建之際，應注意到組成主體內容的各種不同因素。」「解嚴後的八○年代，見證了同志文學、女性文學、眷村文學、原住民文學的大量崛起，這是非常可觀的後殖民現象。」這兩種大膽的概括，可以說與後現代與後殖民風牛馬不相及，後結構的特徵恰恰是反對現代性的核心主體性，作者居然將其與「主體重建」聯在一起；後殖民是處理殖民地種族關係的，作者居然將「同志文學、女性文學、眷村文學、原住民文學」稱爲後殖民現象。

在陳芳明的《後現代或後殖民——戰後台灣文學史的一個解釋》一文中，又出現了一個對於後現代與後殖民的概括：「後現代主義發源於資本主義高度發達的歐美，後殖民主義則崛起於第三世界。更值得注意的是，後現代主義最終目標是在於主體的解構，而後殖民主義則在追求主體的重構。」說後殖民主義崛起於第三世界，這眞是一個太過大膽的說法。後殖民理論家，雖然多數來自第三世界，但他們是西方移民，是西方名校教授，如薩義德和斯皮瓦克都在哥倫比亞大學，霍米巴巴在哈佛大學，羅伯特·揚更不用說，來自牛津大學，而且是英國白人，後殖民理論產生於西方語境，是當代西方的顯學之一。在「東方主義」成爲阿拉伯國家民族主義反抗的工具時，

薩義德專門撰文聲稱：「東方不是東方」，他所說的與真正的東方毫無關係。陳芳明的這種說法，看起來有點自做多情。另外，陳芳明剛剛說了後現代是「主體重建」，在這裡忽然又很明白地說「後現代主義最終目標是在於主體的解構」，自相矛盾。

（二）

　　引人注意的是，在當代台灣後殖民建構中，外文系學者的立場較之從前發生了很大的變化。我們知道，在鄉土文學論戰中，後來的左派和本土派聯合起來批評「西化」，作為現代主義大本營的外文系處於負面位置。從前文提到的王文興對於鄉土文學的反駁中，我們可以看到這種激烈對抗。事隔十幾年，在當代台灣文化場域的論爭中，外文系對於歷史有了反省，斷然變更了立場，由反對鄉土文學改為支持本土派了。這一歷程，在邱貴芬的下列說明中看得很清楚：「從戰後台灣文化生態來看，九〇年代幾次以外文系學者為主的後殖民理論論戰，可算是從六〇年代白先勇、王文興等人引介現代主義理論之後，外文系學者再一次積極地介入本土文化的爭辯，透過西方流行理論和當下台灣文化做面向的對話。但是，相較於六〇年代現代主義所強調的『橫的移植』和『漂泊』、『放逐』等等概念，九〇年代台灣『後殖民』論述的演繹卻自覺『橫的移植』這種外文系知識傳播典範隱含的殖民架構，在挪用西方流行理論之時不斷質疑『挪用』過程牽涉的種種問題，影響所及，『在地化』、『本土化』等等字眼時時在此類論述裡浮現並反復辯證。」[264] 從邱貴芬的話來看，當代外文系的學者已經意識到了台灣當年「橫的移植」的「西化」思潮中所隱含殖民

麼第二次則完全相反，變成了邱貴芬以「後殖民抵抗」反對廖
朝陽的「後現代解構」。這次同樣發生在《中外文學》上的論
爭，因陳昭英的《論台灣的本土化運動：一個文化史的考察》
和陳芳明的《百年來的台灣文學與台灣風格》兩篇文章引起，
這兩篇文章一者批評本土化運動，一者主張本土化運動。針對
於主體的實質化，廖朝陽提出了解構主義的「空白主體」概
念，但卻受到了邱貴芬的後殖民名義的攻擊。邱貴芬認為：
「廖朝陽所援以為例的女性主義論述者主要都是白人女性，其
以解構主義處理認同政治問題，性質上類近後現代女性主義。
如果我們考慮台灣的歷史情境，將目前建構台灣身份／認同的
文化論述大致歸類為被殖民國家抵拒殖民中心價值體系的後殖
民論述的話，那麼我們就不得不小心釐清後現代後殖民之間的
一線之隔。」上一次論爭中，廖朝陽提醒邱貴芬注意後現代與
後殖民的差別，邱貴芬似乎已經接受了，轉而開始提醒廖朝陽
了。邱貴芬進一步批評了廖朝陽的「空白主體」概念。她認為
廖朝陽主張主體在認同上完全開放，就不能完全封死台灣在某
一個未來的時間點採取中國認同的可能。她認為廖朝陽以「後
現代」身份認同理論處理台灣主體問題十分危險，因為「如果
真如廖朝陽所言，讓台灣『主體變成一無所有』，獨派的理論
也無法成立。陳昭瑛的問題『台灣成為中國的一部分又何不
可』就顯得不是那麼天真無理了。」[267] 邱貴芬引證 Bell Hooks
在「後現代黑人性」（ Postmodern Blackness ）一文中的論述，
強調台灣經驗的「絕對重要性」。在這裡，邱貴芬所強調於後
殖民的，正是她在前面批評的「奪回主體」的內容，而她所批
評後現代的，正是她前面褒揚的「以文化異質為貴」。[268] 看起
來，邱貴芬與廖朝陽的前後換位，顯示出外文系學者在本土主

義「後殖民」與解構主義「後現代」之間搖擺不定。

　　在外文系的學者中，較爲堅定地站在後現代立場上批判本土主義的是廖咸浩。廖咸浩辨析了「後殖民－本土論述」中所存在的國族認同與主體性的問題，他認爲一味誇大台灣本土認同，強調本質主義，對於台灣社會具有消極作用，「不同族群就一定有不同的政治選擇的『本質化』看法，不但不能釐清問題，反足以激化族群對立；本來沒有的差異，或不重的差異，到後來就被迫眞變成了對立雙方『眞正的』本質。」「族群的差異被以本質化方式誇大的同時，其他次團體之間的差異卻又被刻意抹殺，長期忽視。因此，台灣的社會可以說是病得太重了。」廖咸浩強調解構本質主義，主張多元平等雜處。他認爲，因爲台灣不同的階級、族群、性別都上有不同的利益，所以我們應該討論的就不應該是什麼是我們的認同，而在於明辨認同的原則，研究不同階層和團體的和睦相處。他認爲獨派思想上的迷障，是「單一主體」論，而廖朝陽引用齊切克（Slsavoj Zizek）的空白主體論時候，忽略了他的「天生的內在衝突」（constitutive antagonism）論，而他認爲這正是台灣更爲需要的[269]。

　　當然，站在解構主義的角度，廖咸浩批判一切本質主義，他既解構「台灣」，也解構「中國」，也解構「美國」和「日本」，而因爲「台灣」較近危害更大，他將批判的矛頭更多地對準台灣本土主義。不過，廖咸浩自 1987 年自美回台後寫的第一篇解構主義文章，倒是《解構中國文化》。讓他失望的是，雖然自此以後台灣出現了大量的「解構」中國虛構性的說法，但他們解構中國的目的卻是要以台灣代之。作爲解構主義的專家，廖咸浩認爲，雖然「去中心」在台灣學院內外成爲耳

熟能詳的口號，「但是，衡諸『去中心』觀念過去十年來在文化實踐上的表現，則顯然解構的精神非但沒有落實，甚至於反而常被濫用爲『本質化』的工具——對己之所惡動輒『解構』之；對己之所好，則解構與我何干。如此，解構不過是用來打擊異己的工具罷了。」對於獨統論戰，廖咸浩認爲兩方均有問題，「若以奠基於解構思維的當代文化理論觀之，便能一眼看出雙方共同的盲點：雙方同樣堅持的『大一統論』與『本質論』不但無益於解決問題，反而誘使思維打成死結。因此，我當時『解構中國』的工作是希望能在無法對話的兩極之間開拓第三種可能性。」[270]

從廖咸浩對於本土派的批評看，他雖然是一個後現代主義者，解構一切，但應該他的傾向稍稍偏「左」，這一點可以從他對於陳映眞的讚揚上找到佐證。1994 年 4 月，廖咸浩在《中國時報・人間副刊》上發表了一篇題爲《論陳映眞》的文章。在陳映眞在台灣被視爲「中國認同」的象徵而受到台獨派攻擊的時候，廖咸浩仍給予陳映眞高度評價，認爲陳映眞不但是台灣高壓時期的「社會良心」，而且是「最早、最深入、也最客觀的探討省籍問題的作家。」當然，廖咸浩所展開的也是一種解構式的辯護方式，他這樣概括陳映眞，「從陳後期的小說與論著中，可以看出以下的論證方式：中國的分裂以迄今天的台獨運動，都是西化的宰製階級（小資產階級）爲爭取自身的階級利益與西方合作，而扭曲或犧牲民族利益的作爲。所以，終極而言，統與獨的立場不同，並非源自省籍的差異，而是階級的差異。」[271] 廖咸浩認爲，作爲本省籍作家，由於陳映眞對於階級和地方性有特殊體認，因此他的民族主義其實是多元化的，可惜過於超前而不能被理解。

（三）

　　陳芳明的本土派的後殖民論述，引起了陳映眞的批評，於是有了 2000 － 2001 年兩人在《聯合文學》上一場往復多次的大論爭。在這場論爭中，陳映眞系列地表述了自己對於台灣殖民地性質的認識。

　　爭論的焦點之一，在於陳芳明認爲光復後國民黨是殖民政權這樣一個觀點。在陳映眞看來，光復以後的台灣是一個馬克思所說的「擬波拿巴國家」，惟一的不同是台灣對於美國的依附性質。時至今日，陳映眞已經十分自覺於「新殖民主義」批判立場，並以之分析台灣。他談到，「二次戰前，世界上百分之七十五的人口生活在各式各樣的殖民制度下。戰後，殖民地紛紛要求獨立。帝國主義（如法、英）曾分別企圖在越南半島、馬來半島、香港等地繼續殖民統治，但法在奠邊一役敗走，馬來亞獲得獨立，香港仍在英帝統治下。爲了繼續帝國主義的利益，帝國主義者改變了策略，給予前殖民地以形式上、政治上的獨立主權，同時利用過去宗主國和殖民地的關係，與殖民地精英資產階級合作，鞏固前殖民地在經濟、政治、軍事、文化意識形態上對舊宗主國的扈從結構，稱爲『新殖民主義』」。陳映眞明確指出，由於在經濟上對於「美援」的依賴，在政治、外交上成爲美國反共政治的附庸，在軍事上成爲美國遠東反共戰略的前沿，在文化、思想、文學、藝術各個方面都從屬於美國，「一九五〇後的台灣社會，不是什麼被國府集團『再殖民』的社會，而是美帝國主義下的新殖民社會。」[272] 在批評陳芳明混淆殖民主義與民族主義的時候，陳映眞也提到了法儂對這一現象的解釋，「後殖民理論的宗法師，范農提

出了一個深刻的問題，即殖民地獨立後自己民族的、可能賽過殖民統治當時還要苛酷、黑暗的統治問題。」不過，由於法儂並沒有看到阿爾及利亞的獨立，沒有看到新殖民主義問題，他只是提出了本地資產階級民族主義與殖民主義同構的問題，陳映真則進一步提出了殖民政權與本土政權的直接支持關係，那就是，「從戰後世界史的眼界來看，這『獨立後的黑暗』，與戰後美國為其政治、經濟和軍事利益在全球的擴張有密切關係。戰後不久，美國在廣泛的新獨立國家中保護、支持和製造了屈從於美國利益的國家所形成的新殖民主義體系。」他具體指出，從 1960 至 1980 年代，美國以顛覆、侵略，政治經濟滲透等形式，培養、炮製了二十多個軍事獨裁政權。在陳映真看來，本土法西斯政權與從前的殖民政權確有「延續性」，「其統治的殘虐性，思想文化的控制、臨近，確實與殖民時代『毫不遜色』，但如果說這些新法西斯政權下的社會是殖民地獨立後各國親美獨裁政權對同胞的『再殖民』社會，就是只有陳芳明才能說得出的笑話了。」[273]

看得出來，陳映真與陳芳明在立場上有一個反美與反中的基本差別。台灣本土派反中，自有其立場，但陳芳明一定要以西方後殖民主義建構自己的理論，則顯得勉強，因為後殖民理論從根本而言是一種對於西方殖民主義和西方中心主義的知識批判。陳芳明將解嚴後的台灣稱為後殖民時代，並寫出了《後殖民台灣》一書加以論述，但他卻只反中國，並不反西方和美國，用陳映真的話來說，「終其全部寫過的文章，從來看不見對於美國新帝國主義自五〇年代以降在軍事、經濟、政治、外交、思想、文化和意識形態上對台灣的統治。這樣的腦袋出來的『殖民地』論—『再殖民』論可以如何荒唐，不難想像。」

²⁷⁴ 關於後殖民理論的批判西方的性質，陳映眞的理解是正確的，他認爲，「後殖民論主要地是一種文化批判的理論，一種文化批評的理論。這文化批判和文學批評又集中焦點於對於過去的殖民主義和當前的新殖民主義對被殖民者造成的心靈、文化、思想、意識形態、自我認同所造成的被害、壓抑和損毀的揭破、反省與糾彈。」²⁷⁵ 從此出發，他批評陳芳明對於後殖民等西方術語的套用本身就是一種後殖民現象，「陳芳明以西方後現代的性別、性取向、族群、去中心、分殊、多元……這些舶來的概念，生吞活剝，強辭奪理地描寫、說明、比附台灣文學，以西方新殖民主義的文化概念描寫台灣，正是後殖民批判理論的批判對象的核心。」²⁷⁶ 在陳映眞看來，這種現象正是台灣依附於美國意識形態的歷史產物，是台灣的去殖民化的課題，「台灣在思想、文化意識形態上對美國的新殖民主義的扈從化，至八五年後達到了空前的高峰。美國學園專販過來的『結構主義』、『解構主義』、『女性主義』、『同性戀論述』、『後現代主義』和『後殖民主義』，透過留學回台老師、媒體炒作，在一知半解下成爲某種『霸權性論述』。知識分子、文藝評論家，一旦離開洋人提出的問題，就不會提自己的問題；一旦不用洋人的辭語，就不會用自己的語言談問題，鸚鵡學舌，而猶沾沾自喜。原來反對文化殖民主義的後殖民論，到了台灣，竟恰恰成爲美國對台學界文化殖民的工具。而只有在這個意義上，台灣文學才表現出深刻的『後殖民』性質──但與陳芳明所講，已南轅北轍了。」²⁷⁷ 陳映眞的這種說法，是新穎而有說服力的。

不過，陳映眞在談論了後殖民理論的西方文化批判的性質後，又說，「這樣的批判，絕不待薩義德的《東方論》以後才

有。二十世紀初共產國際展開的反帝民族解放鬥爭，二戰以後亞非拉廣泛的反對新老殖民主義戰線上的理論家和文學家，都有過深刻的理論和文學作品。」[278] 就此來看，陳映真還不太清楚後殖民與新殖民及殖民主義批評的差別。大體來說，對於解構主義、話語理論的吸收，對於主體及本質化的階級和民族主義的反對，這些都是作為西學「後學」之一後殖民理論的特色，看起來這些都是陳映真所不能接受的，故而陳映真主要還是在新殖民主義的框架裡進行批判。

引人注目的，是以陳光興為代表的台灣第二代左派的出現。陳光興有意識地繼承了陳映真批判西方殖民主義的路線，他在《去帝國》一書的「導論」中談到，「本書的主要論點深受魯迅、陳映真、法農、霍爾、帕薩·查特基、溝口雄三所代表的批判傳統的影響。」漢語文化界他所提到的人物除了魯迅，就是陳映真。[279] 不過，陳光興是外省第二代，外文系出身，八十年代留學美國，1989 年才回到台灣。這種世代、學術背景和位置，決定了他與陳映真等上一代左派的差異。在世代上，陳光興較為年輕，1989 年才回台灣，因此解嚴後台灣本土／國族主義是他所面對和批判的現實。美國留學和外文系背景，決定了陳光興能夠熟練引用並揚棄新殖民／後殖民理論。外省第二代的位置，決定了陳光興不像陳映真等人那樣認同中國大陸。既批評台灣國族主義，又不認同中國國族主義，陳光興的位置變得十分尷尬，他乾脆放棄了國族的維度而取橫向弱勢認同的位置。

台灣的殖民批判論述一向將自己處身於弱者的地位，批判他人，但尖銳的陳光興卻在「南進敘述」中發現台灣的殖民主體性，吊詭的是，這種殖民主體其實又是被殖民的產物，是

「次帝國想像」。1994 年台灣「南進叙述」的主要內容是資本輸出，進軍南洋，其歷史資源是 1930 年代日本的南進方案。這個以台灣爲中心點的帝國南進地圖，如今重新爲台灣知識人發現，以來支持九十年代台灣的帝國想像。讓陳光興驚訝的是，這個宏圖由「自由派」以及「本土左派」等衆多台灣知識人參加，但他們卻「完全沒意識到台灣中心論的地圖想像是帝國主義的產物；一頭熱的支持政府南進，卻沒看到這一次的南進其實與上一次帝國主義的擴張邏輯是一致的。」陳光興將這種心理稱爲「台灣次帝國主義的出頭天情緒」[280]，認爲台灣在戰後帝國主義扶持下，已經由殖民地躍到准帝國主義的位置，加入向下爭奪市場的帝國競爭行列。

　　從台灣的處境出發，陳光興對於殖民批判提出了自己獨特的看法。他認爲，後殖民理論可能模糊了資本主義全球化過程中的新殖民結構，而隱藏在「後殖民」背後的仍然是民族國家的幽靈。他引用法儂的理論，認爲殖民地國家獨立後，如果不及時將國族意識轉化成社會意識，那麼很可能會占據殖民主的位置，對外與帝國主義相結合，成爲新殖民主義，對內則實行「內部殖民」。陳光興歸納出一個理論原型：「殖民－去殖民－新殖民／再殖民／內部殖民，納入新殖民資本主義的運動過程。」在陳光興看，從「南進叙述」所顯示的帝國欲望來看，這個理論原型正是台灣所走的方向。所以問題就在於，「從殖民－去殖民－再殖民／新殖民的理論軸線來看，我們發現台灣次帝國欲望得以形成的意識形態基礎在於：去殖民的全面性反思根本沒有運轉，才會承續帝國主義的文化想像。」[281]台灣的去殖民何以沒有完成呢？陳光興認爲，關鍵在於冷戰格局。二次大戰後，日本迅速從殖民主變成了美國的殖民地，喪失了內

部去殖民化的契機，而台灣等地獨立後本應該反省日本及美國的殖民統治，但冷戰格局成功地將帝國主義的矛頭轉向了社會主義陣營和中國，真正的日本美國帝國主義反而成為靠山，於是，「在前殖民地重新發現與重新建立主體性的契機於是喪失。同時，由於日本，沖繩、台灣、南韓成為美國保護下的次殖民地，東亞區內的主體性從此染上深厚的美國色彩。準確地說，美國至此之後內在於東亞，成為東亞主體性構成的一部分。」[282]

在陳光興看來，國族主義是殖民主義的一個動力，也是當代台灣很多問題的癥結。他認為，台灣在歷史上歷經殖民，也有相當豐富的抵抗殖民的文化資源，但一直因高壓統治而不能展開。直至解嚴之後，才出現多元主體（勞工、女性、原住民、環保，同志運動等）。「不幸的是，這些原本可以展開的文化去殖民空間，都在快速的為政治獨立建國運動所吞噬，無法有自主性的深化，文化、學術都被吸到以統獨為後設敘述主軸的磁場中。」[283] 由此，他思索的是，「如果去殖民的意義不能停留在本土化運動，那麼出路何在？九十年代中期台灣這一波本土化運動論點的格局，以及台灣後續政治局勢的發展依然是在同樣的框架中進行，均沒有衝開統／獨國族主義文化想像的界限，其認同對象仍然沒有多元展開。」陳光興引用了第三世界的理論資源，法儂之於國族主義，敏米之於本土主義的批判，南地之於文明主義，指出它們在去殖民上固然功不可沒，但其間有一個共同的「妒恨邏輯」將殖民者與被殖民者捆在一起，使其不能脫離。陳光興提到了後殖民對於打破本質主義和二元對立的努力，比如離散、混合等概念，但他對此並未首肯，他認為否定殖民結構的存在，以至否認固定的文化認同，

並不利於解釋問題，因爲殖民結構是客觀存在的。不過，陳光興認爲，承認殖民結構並不意味著不需要認識到其它結構的存在。在殖民地社會，殖民體制可能是主導性結構，但仍然存在著其它社會結構，而且這些結構之間的關係是交叉的。例如，一方面存在殖民者／被殖民者的殖民體制，另外還存在著資本家／勞工的資本主義體制，存在著男性／女性的父權體制，異性戀／同性，雙性，跨性異性戀結構，陳光興指出，弱勢位置在抗議強勢，但其潛在的效果是對於體制／結構的不斷複製和強調，因而，在殖民體制、資本主義、父權體制、異性戀體制強勢早已結盟，而弱勢被分裂的情況下，我們應該做的是弱勢的結盟。本土化運動在重建主體的時候，不能單一地以殖民者爲對象，而認該尋找多元的認同對象。用陳光興的話來說，「批判性混合的基本倫理學原則就是『成爲他者』，將被殖民者的自我／主體內化爲（弱勢而非強勢）他者，內化女性、原住民、同性戀、雙性戀、動物、窮人、黑人、第三世界、非洲人……將不同的文化因子混入主體性之中，跨越體制所切割的認同位置所強加的『殖民』權力關係。因此，批判性混合是被殖民弱勢主體之間的文化認同策略。」[284]陳光興的橫向弱勢認同，作爲一種方法，主要限制在亞洲的範圍內。他認爲，在美國及西方內在化於台灣等地的時候，以美國和西方爲對象的去殖民反而容易鞏固了西方／東方的欲望結構，因而不如以亞洲爲中心，亞洲社會內部不同的社會能夠成爲彼此的參考點。一但對話對象轉移，多元化的參考構架進入視野，才能形成亞洲另類實踐的視野，從而貢獻於全球學術生產，「通過這個運動，才能證明全球化的想像不應該只是簡單的美國化，而應根植於在地經驗、多元參照思考和具有豐富、開放性格的民主實

註文

1　Robert J. C. Young, Postcolonialism, An historical Introduction, Blackwell, Publishers Ltd,2001.

2　《馬克思恩格斯論印度》，季羨林、曹葆華原譯，易廷鎮補譯，人民文學出版社。

3　Edward W Said，Orientalism, London: Routledge,1978.

4　卡爾・馬克思《不列顛在印度統治的未來結果》，季羨林、曹葆華譯，人民出版社。

5　馬克思《資本論》第 1 卷，郭大力、王亞明譯，人民出版社。

6　Edward W. Said, Culture and Imperialism, Published by Vintage 1994.

7　恩格斯《阿爾及利亞》，易廷鎮譯，《馬克思恩格斯論殖民主義》，人民出版社 1962 年 7 月北京第 1 版。

8　馬克思《秘密通告》，易廷鎮譯，《馬克思恩格斯論殖民主義》，人民出版社 1962 年 7 月北京第 1 版。

9　薩米爾・阿明《不平等的發展——論外圍資本主義的社會形態》（1976），商務印書館 1990 年第 1 版。

10　Nehru, Jawaharlal, The Discovery of India. New York, Doubleday Anchor. 1960.

11　弗蘭克《依附性積累與不發達》，譯林出版社 1999 年 12 月第 1 版。

12　弗蘭克《白銀資本——重視經濟全球化中的東方》，中央編譯出版社 2000 年 3 月第 1 版。

13　馬克思恩格斯《論波蘭》，《馬克思恩格斯選集》第 1 卷，人民文學出版社,P287 頁。

14　《恩格斯致卡・考茨基》（1882），易廷鎮譯，《馬克思恩格斯論殖民主義》，人民出版社 1962 年 7 月北京第 1 版。

15　《列寧全集》，第 23 卷，人民出版社 1958 年版，第 108 頁。

踐。」[285]

　　在本土主義成爲台灣文化主流的歷史語境下，台灣的殖民主義、帝國主義反省再一次失去了機會。本土派在台灣人丁興旺，左派卻江河日下，陳光興在《去冷戰》一文曾談到自己的承傳和境遇：「我個人對於冷戰及殖民主義的思考雖然不是直接受到陳（映眞）先生的影響，但他是在台灣提出這些問題的先驅，我的想法可以說只是承續了他所開啓的論述空間，同時也分享了他在台灣社會提出亞洲、特別是第三世界問題時的孤寂。」[286]

16　Frantz Fanon, The wretched of the Earth, P 61, Grove Press, Inc. New York.

17　Frantz Fanon, The wretched of the Earth, P 40, Grove Press, Inc. New York.

18　Aime Cesaire, Discourse on Colonialism(1950), P69,70, Monthly Review Press.

19　Frantz Fanon, The wretched of the Earth, P 99, Grove Press, Inc. New York.

20　Frantz Fanon, Black Skin, White Mask, Pluto Press 1986.

21　Frantz Fanon, Black Skin, White Mask, Pluto Press 1986.

22　Frantz Fanon, Black Skin, White Mask, Pluto Press 1986.

23　Frantz Fanon, The wretched of the Earth, P 99, Grove Press, Inc. New York.

24　Edward W. Said, Culture and Imperialism, Published by Vintage 1994.

25　Edward W Said，Orientalism, London: Routledge,1978。

26　謝強，馬月譯，福柯《知識考古學》，北京三聯書店 1998 年 6 月第 1 版。

27　Edward W Said，Orientalism, London: Routledge,1978。

28　史景遷（Jonathan D. Spence）《文化類同與文化利用》，北京大學出版社 1990 年 2 月第 1 版。

29　Edward W Said，Orientalism, London: Routledge,1978。

30　Edward W. Said, Out of Place: A Memoir（New York: Knopf, 1999),126.

31　Edward W. Said, Out of Place: A Memoir（New York: Knopf, 1999), 293.

32　Edward W. Said, The Question of Palestine (New York: Times Books, 1979; reprint ed., New York: Vintage Books, 1980).

33　Edward W. Said, The Question of Palestine (New York: Times Books, 1979; reprint ed., New York: Vintage Books, 1980).

34　Edward W Said，Orientalism, London: Routledge, P2，1978.

35　Edward W Said，Orientalism, London: Routledge, P24，1978.

36　Edward. W. Said, Criticism Between Culture and System, The world, the

Text, and the Critic (Cambridge, Mass.: Harvard University Press, 1983.

37 Edward. W. Said, Criticism Between Culture and System, The world, the
    Text, and the Critic (Cambridge, Mass.: Harvard University Press, 1983.

38 Edward W. Said, Culture and Imperialism, Published by Vintage 1994. P276.

39 Edward W. Said, Culture and Imperialism, Published by Vintage 1994. P369.

40 Edward W. Said, Culture and Imperialism, Published by Vintage 1994. P37.

41 Edward W. Said, Culture and Imperialism, Published by Vintage 1994. P87.

42 Edward. W. Said, Criticism Between Culture and System, The world, the
    Text, and the Critic (Cambridge, Mass.: Harvard University Press, 1983.

43 Edward W. Said, Culture and Imperialism, Published by Vintage 1994. P336.

44 Edward W. Said, Culture and Imperialism, P267，Published by Vintage
    1994.。

45 如 Moore-Gillert, B.J. Post-colonial Theory: Contexts, Practices, Politics
    （1997），Stephen Morton, Gayatri Chakravorty Spivak（P20，2003）
    等書均持這一說法。

46 Gayatri Chakravorty Spivak, In Other World: Essays in Cultural Politics, P117.
    First published in 1988 by Routledge.

47 Gayatri Chakravorty Spivak, In Other World: Essays in Cultural Politics, P103.
    First published in 1988 by Routledge.

48 Gayatri Chakravorty Spivak, In Other World: Essays in Cultural Politics, P107.
    First published in 1988 by Routledge.

49 改寫文章後來成了斯皮瓦克的習慣，隨著思想的變化，她不斷地改
    寫自己從前的文章。在她最新的著作「A Critique of Postcolonial Reason:
    Toward a History of the Vanishing Persent」(1999)中，斯皮瓦克收入改寫
    了從前的多篇文章，如 Can the Subaltern Speak?」，「The Rani of Sirmur:
    An Essay in Reading the Archives」，「Three Women's Texts and a Cri-
    tique of Imperialism」，「Imperialism and Sexual Difference」，「Versions
    of the Margin: J.M. Coetzee's Foe reading Defoe's Crusoe/Roxana」，「Time
    and Timing: Law and History」，因此在研究斯皮瓦克的時候，要注意
    她的文章版本及思想的前後變化。

50 Gayatri Chakravorty Spivak, In Other World: Essays in Cultural Politics, P90.
    First published in 1988 by Routledge.

51　Gayatri Chakravorty Spivak, In Other World: Essays in Cultural Politics, P91. First published in 1988 by Routledge.

52　Gayatri Chakravorty Spivak, In Other World: Essays in Cultural Politics, P78. First published in 1988 by Routledge.

53　Gayatri Chakravorty Spivak, In Other World: Essays in Cultural Politics, P79-80.First published in 1988 by Routledge.

54　Gayatri Chakravorty Spivak, In Other World: Essays in Cultural Politics, P84. First published in 1988 by Routledge.

55　Gayatri Chakravorty Spivak, The Post-colonial Critic: Interviews, Strategies, Dialogues, P133-134.　Edited by Sarah Harasym, Published in 1990 by Routledge.

56　Gayatri Chakravorty Spivak, A Critique of Post-colonial Reason: Toward A History of the Vanishing Present. P279. Published in 199 by Harvard University Press.

57　Gayatri Chakravorty Spivak, A Critique of Post-colonial Reason: Toward A History of the Vanishing Present. P263. Published in 199 by Harvard University Press.

58　Gayatri Chakravorty Spivak, A Critique of Post-colonial Reason: Toward A History of the Vanishing Present. P263. Published in 199 by Harvard University Press.

59　Gayatri Chakravorty Spivak, The Post-colonial Critic: Interviews, Strategies, Dialogues, P13.　Edited by Sarah Harasym, Published in 1990 by Routledge.

60　Gayatri Chakravorty Spivak, In Other World: Essays in Cultural Politics, P137. First published in 1988 by Routledge.

61　Kristeva, Julia, About Chinese Women, First British hardvover edition published by Marion Boyars publishers Ltd, 1977. Originally published in France in 1974 as Des Chinoises by Edition des Femmes.

62　Gayatri Chakravorty Spivak, In Other World: Essays in Cultural Politics, P150. First published in 1988 by Routledge.

63　Gayatri Chakravorty Spivak, In Other World: Essays in Cultural Politics, P291. First published in 1988 by Routledge.

64　Bart Moore-Gilbert, Gareth Stanton, Willy Maley, Postcolonial Criticism, P146,

Published by Addison Wesley Longman Limited 1997.

65　Bart Moore-Gilbert, Gareth Stanton, Willy Maley, Postcolonial Criticism, P150, Published by Addison Wesley Longman Limited 1997.

66　Bart Moore-Gilbert, Gareth Stanton, Willy Maley, Postcolonial Criticism, P154, Published by Addison Wesley Longman Limited 1997.

67　Bart Moore-Gilbert, Gareth Stanton, Willy Maley, Postcolonial Criticism, P146, Published by Addison Wesley Longman Limited 1997.

68　Gayatri Chakravorty Spivak, In Other World: Essays in Cultural Politics, P135. First published in 1988 by Routledge.

69　Homi K. Bhabha, The Other Question, Stereotype, discrimination and the Discourse of Colonialism, The Location of Culture, First Published 1994 by Rouledge P72.

70　Translator translated - interview with cultural theorist Homi Bhabha - Interview by W.J.T. Mitchell, ArtForum, March, 1995, P80-84.

71　Homi K. Bhabha, The Other Question, Stereotype, discrimination and the Discourse of Colonialism, The Location of Culture, First Published 1994 by Rouledge P 77.

72　Homi K. Bhabha, Interrogating Identity-Frantz Fanon and the postcolonial prerogative. The Location of Culture, First Published 1994 by Rouledge P52.

73　Homi K. Bhabha, Interrogating Identity-Frantz Fanon and the postcolonial prerogative. The Location of Culture, First Published 1994 by Rouledge P44.

74　Homi K. Bhabha, Sly Civility,The Location of Culture, First Published 1994 by Rouledge P 93-101.

75　Homi K. Bhabha, Signs Taken For Wonders-questions of ambivalence and authority under a tree outside Delhi, May 1817. The l ocation of Culture, First Published 1994 by Rouledge P102-103.

76　Homi K. Bhabha, Signs Taken For Wonders-questions of ambivalence and authority under a tree outside Delhi, May 1817. The Location of Culture, First Published 1994 by Rouledge P119.

77　Homi K. Bhabha, Signs Taken For Wonders-questions of ambivalence and authority under a tree outside Delhi, May 1817. The Location of Culture, First Published 1994 by Rouledge P113.

78 Homi K. Bhabha, Of Mimicry and man, The Location of Culture, First Published 1994 by Rouledge P90.

79 "Don't Mess With Mister In-Between"Interview with Homi K. Bhabha By Christian Hoeller translocation_new media/art。A German version of this interview was published in: springerin - Hefte fur Gegenwartskunst 1 (1998).

80 Homi K. Bhabha, Signs Taken For Wonders-questions of ambivalence and authority under a tree outside Delhi, May 1817. The Location of Culture, First Published 1994 by Rouledge P120.

81 Homi K. Bhabha, Introduction: Narrating the Nation, Nation and Narration, First published 1990. P1-7.

82 Homi K. Bhabha,DisseiNation_ Time,narrative and the margins of the modern nation, The Location of Culture, First Published 1994 by Rouledge P139-140.

83 Homi K. Bhabha, Introduction: Narrating the Nation, Nation and Narration, First published 1990.P4.

84 Homi K. Bhabha,Conclusion: Race, time and the revision of modernity. The Location of Culture, First Published 1994 by Rouledge P236-256.

85 Edward W Said，Orientalism, London: Routledge, P2, 1978.

86 Homi K. Bhabha,The postcolonial an the postmodern: The question of agency. The Location of Culture, First Published 1994 by Rouledge P175.

87 Homi K. Bhabha,Conclusion: Race, time and the revision of modernity. The Location of Culture, First Published 1994 by Rouledge P236-256.

88 Homi K. Bhabha,lotroduction．The Location of Culture, First Published 1994 by Rouledge P2.

89 Aijaz Ahmad, Literary Theory and 「Third World Literature」, In Theory, Classes, Nations, Literatures, First published by Verso 1992. p.70-71.

90 Aijaz Ahmad, Literary Theory and 「Third World Literature」, In Theory, Classes, Nations, Literatures, First published by Verso 1992. p.68-69.

91 Ahmad, A., 1996. 'The Politics of Literary Postcoloniality', in P. Mongia. (ed.), Contemporary Postcolonial Theory. A Reader. London:. Arnold, pp.276-293.

92 Arif Dirlik, The Postcolonial Aura: Third World Criticism in the Age of Global Capitalism, The Postcolonial Aura, 1997 by Westview Press, A Division of HarperCollins Publishers, Inc. p.52-83.

93 Arif Dirlik, Postcolonial or Postrevolutionary? The Problem of History in Post-colonial Criticism, The postcolonial Aura, 1997 by Westview Press, A Division of HarperCollins Publishers, Inc. p.76.

94 Robert Young, 「White Mythologies」, White Mythologies: Writing History and the West, First published 1990 by Routledge. P4.

95 Robert Young, 「White Mythologies」, White Mythologies: Writing History and the West, First published 1990 by Routledge. P6.

96 Robert Young, 「White Mythologies」, White Mythologies: Writing History and the West, First published 1990 by Routledge. P8.

97 Robert Young, 「Marxism and the question of history」, White Mythologies: Writing History and the West, First published 1990 by Routledge. P24.

98 Robert Young, 「Marxism and the question of history」, White Mythologies: Writing History and the West, First published 1990 by Routledge. P27.

99 Robert Young, 「Sartre's extravagances」, White Mythologies: Writing History and the West, First published 1990 by Routledge. P47.

100 Robert Young, 「The scientic critique of historicism」, White Mythologies: Writing History and the West, First published 1990 by Routledge. P53.

101 Foucalt, Georges Canguilhem, Robert Young, 「White Mythologies」, White Mythologies: Writing History and the West, First published 1990 by Routledge p9.

102 Robert Young, 「White Mythologies」, White Mythologies: Writing History and the West, First published 1990 by Routledge. P10.

103 Robert Young, 「White Mythologies」, White Mythologies: Writing History and the West, First published 1990 by Routledge. P13.

104 Robert Young, 「White Mythologies」, White Mythologies: Writing History and the West, First published 1990 by Routledge. P15.

105 Robert Young, 「White Mythologies」, White Mythologies: Writing History and the West, First published 1990 by Routledge. P16.

106 Robert Young, 「White Mythologies」, White Mythologies: Writing History and the West, First published 1990 by Routledge. P18.

107 Robert Young, 「White Mythologies」, White Mythologies: Writing History and the West, First published 1990 by Routledge. P1

108 Robert Young, 「White Mythologies」, White Mythologies: Writing History and the West, First published 1990 by Routledge. P20.

109 Ewpanding humanism: An Intervies by mark Edmundson with Edward Said, Wild Orchids and Trotsky: Messages from American University (New York: Penguin Books, 1993, 中譯參見《知識分子論》，單德興譯，北京三聯書店 2002 年第 1 版，P124 頁。

110 Edward W. Said, The world, the Text, and the Critic, Harvard university Press, Cambridge, Massachusetts, 1983, P214.

111 Gayatri Chakravorty Spivak, A Critique of Post-colonial Reason: Toward A History of the Vanishing Present. P279. Published in 199 by Harvard University Press.

112 Gayatri Chakravorty Spivak, A Critique of Post-colonial Reason: Toward A History of the Vanishing Present. P263. Published in 199 by Harvard University Press.

113 Frantz, Fanon, The Wretched of the Earth，originally published by francois maspero editeur, Paris, France, under the title Les damnes de la terre, 1961. Grove Press 841 Broadway New Youk, NY, P17.

114 Albert Memmi, The Colonizer and the Colonized, Portrait du Colonisateur, by Editions Buchet/Chastel, Correa, 1957. First published in Britain in hardcover and paperback by Souvenir Press ltd in 1974; This edition first published in the UK in 2003 by Earthscan Publications Ltd. P,19.

115 Frantz, Fanon, The Wretched of the Earth，originally published by francois maspero editeur, Paris, France, under the title Les damnes de la terre, 1961. Grove Press 841 Broadway New Youk, NY, P24,25,26.

116 Frantz, Fanon, The Wretched of the Earth，originally published by francois maspero editeur, Paris, France, under the title Les damnes de la terre, 1961. Grove Press 841 Broadway New Youk, NY, P30-31.

117 Robert Young, 「White Mythologies」, White Mythologies: Writing History and the West, First published 1990 by Routledge. P119.

118 Robert Young, Postcolonialism: An Historical Introduction, First published 2001, Blackwell Publishers Inc. P384

119 Bart Moore-Gilbert, Postcolonial Theory: Contexts, Practices, Politics, First published by Verso 1997. P16.

120 Robert Young, Colonial Desire, Hybridity in Theory, Culture and Race, First published 1995, P27.

121 Robert Young, Colonial Desire, Hybridity in Theory, Culture and Race, First published 1995, P167.

122 Robert Young, Colonial Desire, Hybridity in Theory, Culture and Race, First published 1995, P169.

123 Robert Young, Colonial Desire, Hybridity in Theory, Culture and Race, First published 1995, P174.

124 《後殖民主義——歷史的導引》，周素鳳、陳巨擘譯，巨流圖書公司 2006 年出版。

125 Robert Young, Postcolonialism: An Historical Introduction, First published 2001, Blackwell Publishers Inc. P6.

126 Robert Young, Postcolonialism: An Historical Introduction, First published 2001, Blackwell Publishers Inc. P67.

127 Prtha Chatterjee, The Thematic and the Problematic, Nationalist Thought and the Colonial World:A Derivative Discourse，United Nation University, 1986, P38.

128 Partha Chatterjee, Histories and Naations, The Nation and Its Fragments-colonial and postcolonial histories, Princeton University Press, 1993, P96.

129 Partha Chatterjee, Histories and Naations, The Nation and Its Fragments-colonial and postcolonial histories, Princeton University Press, 1993, P97.

130 Partha Chatterjee, Histories and Naations, The Nation and Its Fragments-colonial and postcolonial histories, Princeton University Press, 1993, P99.

131 Partha Chatterjee, Histories and Naations, The Nation and Its Fragments-colonial and postcolonial histories, Princeton University Press, 1993, P102.

132 Partha Chatterjee, Histories and Naations, The Nation and Its Fragments-colonial and postcolonial histories, Princeton University Press, 1993, P110.

133 Ranajit Guha，The Small Voice of History", Subaltern Studies IX, Delhi: Oxford University Press,1996, pp.1-12.。

134 Ranajit Guha, On Some Aspects of the Historiography of Colonial India, Subaltern Studies 1, Writings on South Asian History and Society, Oxford University Press, 1982, P1-3.

135 秦輝《關於「文化和制度」》，2006-08-14　經濟觀察報。

136 甘陽《古今中西之爭》，三聯書店（北京）2006 年 12 月北京第 1
　　版，P12。

137 Rey Chow, Writing Diaspora: Tactics of Intervention in Contemporary Cultural
　　Studies, Indiana University Press, 1993, P7-8.

138 Partha Chatterjee, Nationalist as a problem in the history of Political Ideas, Na-
　　tionalist Thought and the Colonial World:A Derivative Discourse，United Na-
　　tion University, 1986, P21.

138 Partha Chatterjee, Whose Imagined Community, The Nation and Its Frag-
　　ments-colonial and postcolonial histories, Princeton University Press, 1993,
　　P5.

139 Partha Chatterjee, Whose Imagined Community, The Nation and Its Frag-
　　ments-colonial and postcolonial histories, Princeton University Press, 1993，
　　P5.

140 Partha Chatterjee, The Thematic and the Problematic, Nationalist Thought and
　　the Colonial World:A Derivative Discourse，United Nation University, 1986,
　　P51.

141 Partha Chatterjee, The Moment of Manoeuvre: Gandhi and the Critique of Ci-
　　ivl Society, The Nation and Its Fragments-colonial and postcolonial histories,
　　Princeton University Press, 1993, P85.

142 Prasenjit Duara, Rescuing History from the Nation: Questioning Narratives of
　　Modern China, University of Chicago Press, 1995, P224.

143 杜贊奇指出，列文森的主要問題在於完全將文化主義與民族身份認
　　同看作不同的東西，其實二者難以截然區分。這種自文化向種族的
　　轉變，多次發生於中國歷史中，如宋代抗金，明清之際，這時候部
　　分士大夫完全放棄天下帝國的觀念，代之以界線分明的漢族與國家
　　觀念。種族中心主義在中國其實並非新的東西，人們常常追溯到《左
　　傳》的「非我族類，其心必异」。

144 Prasenjit Duara, Rescuing History from the Nation: Questioning Narratives of
　　Modern China, University of Chicago Press, 1995, P5.

145 Prasenjit Duara, Rescuing History from the Nation: Questioning Narratives of
　　Modern China, University of Chicago Press, 1995, P4.

146 Prasenjit Duara, Rescuing History from the Nation: Questioning Narratives of

Modern China, University of Chicago Press, 1995, P49.

147 《從民族國家拯救歷史》，王憲明譯，社會科學文獻出版社 2003 年 2 月北京第 1 版。這裡將書名 Rescuing History from the Nation 譯成從「民族國家」拯救歷史似乎容易引起誤解，照字面譯應該是從「國家」拯救歷史，杜贊奇的意思事實與古哈一樣，批評的是國家主義史學。

148 Ranajit Guha, On Some Aspects of the Historiography of Colonial India, Subaltern Studies 1, Writings on South Asian History and Society, Oxford University Press, 1982, P7.

149 參見 Homi K. Bhabha, The Location of Culture, First Published 1994 by Rouledge.

150 參見 Robert Young，White Mythologies: Writing History and the West, First Published 1990 by Routledge.

151 Ziauddin Sardar, Orientalism, Open University Press, Celtic Court,22 Ballmoor Buckingham MK181XW, First Published 1999. P67.

152 Robert Young, Postcolonialism: An Historical Introduction, First published 2001, Blackwell Publishers Inc. P384

153 Peter Conrad, 「Empire of the Senseless」, Observer. 7 February 1993, P. 55.

154 Tmes Literary Supplement, 9 April 1993, p.15.

155 Bernard Lewis, Islam and the West, New York: Oxford University Press, 1993.

156 John M. Mackenzie, Orientalism History, theory and the arts,Published by Manchester University Press, 1995. p.8.

157 John M. Mackenzie, Orientalism History, theory and the arts,Published by Manchester University Press, 1995. p.15.

158 John M. Mackenzie, Orientalism History, theory and the arts,Published by Manchester University Press, 1995. p.36.

159 John M. Mackenzie, Orientalism History, theory and the arts, Published by Manchester University Press, 1995.preface xii.

160 Aijaz Ahmad, Orientalism and After , In Theory, Classes, Nations, Literatures, First published by Verso 1992. p.166.

194 Elleke Boehmer, Colonial and Postcolonial Literature, Oxford University Press, First published 1995, Second edition published 2005. P43.

195 Elleke Boehmer, Colonial and Postcolonial Literature, Oxford University Press, First published 1995, Second edition published 2005. P97。

196 Elleke Boehmer, Colonial and Postcolonial Literature, Oxford University Press, First published 1995, Second edition published 2005. P110.

197 Elleke Boehmer, Colonial and Postcolonial Literature, Oxford University Press, First published 1995, Second edition published 2005. P118-119.

198 Elleke Boehmer, Colonial and Postcolonial Literature, Oxford University Press, First published 1995, Second edition published 2005. P229.

199 米歇爾‧福柯：《詞與物——人文科學考古學》，莫偉民譯，上海三聯書店，P445-446。

200 米歇爾‧福柯：《什麼是啟蒙》，汪輝譯，《文化與公共性》（汪輝，陳燕谷主編），P437。

201 Homi K. Bhabha,Conclusion: Race, time and the revision of modernity. The Location of Culture, First Published 1994 by Rouledge P236-256.

202 李南衡主編《日據下台灣新文學‧明集 1‧賴和先生全集》，P6，明潭出版社中華民國 68 年 3 月 15 日初版。

203 王錦江《賴懶雲論——台灣文壇人物論（四）》，1936 年 8 月《台灣文學》201 號，李南衡主編《賴和先生全集》，明潭出版社中國民國 68 年 3 月 15 日。

204 賴和《阿四》，林瑞明編《賴和全集 2，小說卷》，P265-275，台北前衛 2000（民 89）初版。

205 賴和《一桿「稱仔」》，林瑞明編《賴和全集 2，小說卷》，P48，台北前衛 2000（民 89）初版。

206 日本／西方的關係值得另外撰文討論。

207 賴和《蛇先生》，林瑞明編《賴和全集 1，小說卷》，P89-104，台北前衛 2000（民 89）初版。

208 賴和《歸家》，原載《南音》創刊號，1932 年 1 月 1 日。林瑞明編《賴和全集 1，小說卷》，P21-29，台北前衛 2000（民 89）初版。

209 林瑞明《台灣文學與時代精神——賴和研究論集》，101 台北允晨

文化實業股份有限公司，1993，8。

210 賴和《鬥鬧熱》，林瑞明編《賴和全集 1，小說卷》，P33-41，台北前衛 2000（民 89）初版。

211 賴和《不如意的過年》，林瑞明編《賴和全集 1，小説卷》，P79-87，台北前衛 2000（民 89）初版。

212 賴和《未命名》，林瑞明編《賴和全集 2，新詩散文卷》，P217，台北前衛 2000（民 89）初版。

213 賴和《浪漫外記》，林瑞明編《賴和全集 1，小説卷》，P133-149，台北前衛 2000（民 89）初版。

214 趙稀方《小説香港》，三聯書店「哈佛燕京叢書」1993 年第 1 版，P6-7。

215 《台灣詩薈》1925 年元月第 13 號，施懿琳《從沈光文到賴和——台灣古典文學的發展與特色》，P190，春輝出版社 2000 年版。

216 張我軍《糟糕的台灣文學界》，《台灣民報》2 卷 24 號，1924 年 11 月 21 日。張光正編《張我軍全集》，P6-7，台灣人間出版社 2002 年 6 月第 1 版。

217 施懿琳《從沈光文到賴和——台灣古典文學的發展與特色》，P191-204，春輝出版社 2000 年版。

218 懶雲《讀台日紙的「新舊文學之比較」》，1926 年 1 月 24 日《台灣民報》89 號。

219 王錦江（詩琅）《賴懶雲論——台灣文壇人物論（四）》，1936 年 8 月《台灣文學》201 號，李南衡主編《賴和先生全集》，明潭出版社中國民國 68 年 3 月 15 日。

220 賴和《高木友枝先生》，林瑞明編《賴和全集 2，新詩散文卷》，P288，289，台北前衛 2000（民 89）初版。

221 賴和《孫逸仙先生追悼會挽詞》，林瑞明編《賴和全集 3，雜卷》，P58，台北前衛 2000（民 89）初版。

222 Gayatri Chakravorty Spivak, Can the Subaltern Speak? Marixsm and the Interpretation of Culture, 1988 by the Board of Trustees of the University of Lllinois Manufactured in the United States of America. P271-313.

223 賴和《歸家》，原載《南音》創刊號，1932 年 1 月 1 日。林瑞明編《賴和全集 1，小説卷》，P21-29，台北前衛 2000（民 89）初版。

224 王詩琅譯，「台灣總督府警察沿革制」第二編（中編）《台灣社會運動史——文化運動》，台北，稻香出版社，中華民 77 年 5 月初版。

225 參見趙稀方《在殖民地台灣，「啟蒙」如何可能》，《中國社會科學院文學研究所學刊・2007》，中國社會科學出版社 2007，12 第 1 版，P326-345。

226 楊逵《我的回憶》，《中國時報》1985 年 3 月 13-15 日，彭小妍主編《楊逵全集・第 14 卷・資料卷》，P61，台北文化保存籌備處，民 87。

227 楊逵《馬克思主義經濟學・譯者例言》，彭小妍主編《楊逵全集・第 14 卷・資料卷》，P327，台南市：國立文化資產保存研究中心籌備處，中華民國 90 年 12 月初版。

228 楊逵《送報伕》，張恒豪編《台灣作家全集・楊逵集》，P15-58，前衛出版社 1991 年 2 月 1 日初版。

229 楊逵《模範村》，張恒豪編《台灣作家全集・楊逵集》，P235-298，前衛出版社 1991 年 2 月 1 日初版。

230 吳瑞雲，吳密察編譯《台灣民報社論》，P21，稻香出版社中國民國 81 年 5 月初版。

231 吳瑞雲，吳密察編譯《台灣民報社論》，P107，稻香出版社中國民國 81 年 5 月初版。

232 楊逵《鵝媽媽出嫁》，張恒豪編《台灣作家全集・楊逵集》，P115-148，前衛出版社 1991 年 2 月 1 日初版。

233 楊逵《模範村》，張恒豪編《台灣作家全集・楊逵集》，P235-298，前衛出版社 1991 年 2 月 1 日初版。

234 楊逵《泥娃娃》，張恒豪編《台灣作家全集・楊逵集》，P85-96，前衛出版社 1991 年 2 月 1 日初版。

235 楊逵《增產之背後——老丑角的故事》，張恒豪編《台灣作家全集・楊逵集》，P235-298，前衛出版社 1991 年 2 月 1 日初版。

236 楊逵《寫於大東亞文學者會議之際》，彭小妍主編《楊逵全集》（第 10 卷，詩文卷下），P55，台北文化保存籌備處，民 87。

237 楊逵《思想與生活》，彭小妍主編《楊逵全集》（第 10 卷，詩文卷下），P158，台北文化保存籌備處，民 87。

238 《第三屆全非人民大會文件彙編》，世界知識出版社 1962 年第 1
版。

239 恩克魯瑪《新殖民主義：帝國主義的最後階段》（內部讀物），世
界知識出版社 1966 年 2 月第 1 版。

240 參見史明《台灣人四百年史》，台灣蓬島文化出版公司，1980 年 9
月初版，P995-1008。

241 參見史明《台灣人四百年史》，台灣蓬島文化出版公司，1980 年 9
月初版，P1012。

242 何欣《當代中國新文學大系‧文學爭論集‧導言》，台灣天視出版
事業有限公司，P7。

243 呂正惠《我的接近中國之路：三十年後反思鄉土文學運動》，《思
想》第六期，108 頁，聯經出版公司，2007 年 8 月。

244 將「西化」與台灣當局意識形態對立起來是一種簡單的講法，二者
既有分歧更有重合，事實上台灣當局是親美的，「西化」派也是反
共的。

245 北劍《論民族主義—第一次民族主義座談會》《釣運以來的年輕
人》，P64-65。轉引自陳正醍《台灣的鄉土文學論戰》（1977 —
1978），《夏潮通訊》2007 年第 9 期。

246 尉天驄《帳幕掩飾不了污垢》，《路，不是一個人走得出來的》聯
經出版事業公司中華民國六十五年五月初版。

247 王曉波《中國文學之大傳統》，尉天驄主編《鄉土文學論戰集》，
台灣遠景出版事業公司，1978 年 4 月版。P377。

248 王拓《是「現實主義文學」，不是「鄉土文學」》，尉天驄主編《鄉
土文學論戰集》，台灣遠景出版事業公司，1978 年 4 月版。
P100-6119。

249 陳映真《文學來自社會反映社會》，尉天驄主編《鄉土文學論戰
集》，台灣遠景出版事業公司，1978 年 4 月版。P53-68。

250 銀正雄《墳地裡哪來的鐘聲？》，尉天驄主編《鄉土文學論戰集》，
台灣遠景出版事業公司，1978 年 4 月版。P191 — 203。

251 《中央日報》，1977 年 8 月第 4 版，陳正醍《台灣的鄉土文學論
戰》，陳炳昆譯，《夏潮通訊》第 9 期，2007，11，1。

252 彭歌《不談人性，何有文學》，尉天驄主編《鄉土文學論戰集》，

台灣遠景出版事業公司，1978 年 4 月版。P245 － 263。

253 255 彭歌《不談人性，何有文學》，尉天驄主編《鄉土文學論戰集》，台灣遠景出版事業公司，1978 年 4 月版。P245-263。

254 朱西寧的《回歸何處？如何回歸？》，尉天驄主編《鄉土文學論戰集》，台灣遠景出版事業公司，1978 年 4 月版。P204-226。

255 葉石濤《台灣鄉土文學史導論》，尉天驄主編《鄉土文學論戰集》，台灣遠景出版事業公司，1978 年 4 月版。P69-92。

256 陳映真《鄉土文學的盲點》，尉天驄主編《鄉土文學論戰集》，台灣遠景出版事業公司，1978 年 4 月版。P93-99。

257 施敏輝《台灣向前走——再論島內「台灣意識」論戰》，施敏輝編《台灣意識論戰選集》前衛出版社 1988 年 9 月台灣第 1 版。P19 － 30。

258 陳樹鴻《台灣意識——黨史外民主運動的基石》，施敏輝編《台灣意識論戰選集》前衛出版社 1988 年 9 月台灣第 1 版。P203-204。

259 陳映真《美國統治下的台灣》，人間出版社 1988 年 5 月第 1 版，P7-21。

260 需要說明的是，這種劃分只是大致的，期間存在著種種交錯的關係，比如左派的陳光興是外文系的，而本土派的陳芳明則自稱左派。

261 邱貴芬《後殖民的台灣演繹》，《後殖民及其外》，台灣麥田，2003 年版。P265。

262 陳芳明《自序：我的後殖民立場》，《後殖民台灣》，台灣麥田 2007 年版，P9-20。

263 陳芳明《後現代或後殖民——戰後台灣文學史的一個解釋》P23-47，《後殖民台灣》，台灣麥田 2007 年版。

264 邱貴芬《後殖民的台灣演繹》，《後殖民及其外》，台灣麥田，2003 年版。P259。

265 《「發現台灣」，建構台灣的後殖民論述》一文宣布於「十年台灣文化研究的回顧」研討會，國科會，文化研究協會主辦，1999，9，18-19。
另見邱貴芬《咱儱是台灣人——答廖朝陽有關台灣後殖民論述的問題》，《中外文學》第 21 卷第 3 期。

266 廖朝陽《評邱貴芬〈發現台灣：建構台灣後殖民論述〉》，《是四

不像，還是虎豹獅象》，《中外文學》第 21 卷第 3 期。

267　邱貴芬《是後殖民，不是後現代——再談台灣的身份認同》，《中外文學》第 23 卷 11 期，1985 年 4 月。

268　廖朝陽《中國人的悲情：回應陳昭英並論文化建構與民族認同》，《中外文學》第 23 卷第 10 期。
　　　邱貴芬《是後殖民，不是後現代——再談台灣身份/認同政治》，《中外文學》第 23 卷第 11 期。

269　廖咸浩《超越國族：為什麼要談認同？》，《中外文學》第 24 卷第 4 期。

270　廖咸浩《愛與解構——當代台灣文學評論與文化觀察》的「序」《解構，是因為愛》，台北，聯合文學，1995 年 10 月。P11。

271　廖咸浩《論陳映真》，《愛與解構－當代台灣文學評論與文化觀察》，台北，聯合文學，1995 年 10 月。P176。

272　陳映真《以意識形態代替科學知識的災難》，《聯合文學》2007 年 7 月號。

273　陳映真《關於「台灣社會性質」的進一步討論》，《聯合文學》2000 年 9 月號。

274　陳映真《關於「台灣社會性質」的進一步討論》，《聯合文學》2000 年 9 月號。

275　陳映真《陳芳明歷史三階段論和台灣新文學史論可以休矣》，《聯合文學》2000 年 12 月號。

276　陳映真《關於「台灣社會性質」的進一步討論》，《聯合文學》2000 年 9 月號。

277　陳映真《以意識形態代替科學知識的災難》，《聯合文學》2007 年 7 月號。

278　陳映真《陳芳明歷史三階段論和台灣新文學史論可以休矣》，《聯合文學》2000 年 12 月號。

279　陳光興《去帝國：亞洲作為方法》，行人出版社 2006 年 10 月初版。P21。

280　陳光興《去帝國：亞洲作為方法》，行人出版社 2006 年 10 月初版。P24。

281 陳光興《去帝國：亞洲作為方法》，行人出版社 2006 年 10 月初版。
P93。

282 陳光興《去帝國：亞洲作為方法》，行人出版社 2006 年 10 月初版。
P12。

283 陳光興《去殖民的文化研究》，《台灣社會研究季刊》1996 年 1 月
第 21 期。

284 陳光興《去帝國：亞洲作為方法》，行人出版社 2006 年 10 月初版。
P152。

285 陳光興《去帝國：亞洲作為方法》，行人出版社 2006 年 10 月初版。
P418。

286 陳光興《去帝國：亞洲作為方法》，行人出版社 2006 年 10 月初版。
P245。

參考書目

英文

A Mission of Espionage, Intelligence and Psychological Operations: The American Consulate in Hong Kong, 1949-64. First published 2000 in Great Britain by FRANK CASS PUBLISHERS.

Achebe, Chinue. "*An Image of Africa: Racism in Conrad's 'Heart of Darkness'*", Massachusetts Review. 18. 1977.

——*Things Fall Apart*, London: Heinemann, 1958.

Ahmad, Aijaz. *Jameson's Rhetoric of Otherness and the "National Allegory"*, Social Text 17(1987):3-25.

——*In Theory: Classes, Nations, Literatures*. London: Verso, 1992.

——*Lineages of the Present: Political Essays*. New Delhi: Tulika, 1996.

——Althusser, Louis. *Essays on Ideology*. London: Verso, 1984.

Amin, Samir. *Neo-Colonialism in West Africa*. Publisher: Harmondsworth: Penguin, 1973.

——*Imperialism and Unequal Development*. New York: Monthly Review P, 1977.

Anderson, Benedict. *Imagined Communities: Reflections on the origin and Spread of Nationalism*, London and New Youk: verso.

Appiah, Kwame Anthony. "*Is the Post- in Postmodernism the Post- in Postcolonial.*" Critical Inquiry 17.2 (1991): 336-57.

Ashcroft, William D., Gareth Griffith, and Helen Tiffin, eds. *The Empire Writes Back: Theory and Practice in Post-Colonial Literatures*. London: Routledge, 1989.

——*Key Concepts in Post-Colonial Studies*. London: Routledge, 1998.

——*The Post-Colonial Studies Reader*. London: Routledge, 1995.

Bernard Lewis, The Question of Orientalism, New York Review of Books, 24,June,1982. Barthes, Roland. Empire of Signs. London: Jonathan Cape, 1970.

——Mythologies. London: Jonathan Cape, 1972.

Bhabha, Homi K. Nation and Narration. New York: Routledge, 1990.

——Locations of Culture: Discussing Post-Colonial Culture. London: Routledge, 1996.

——"Of Mimicry and Man: The Ambivalence of Colonial Discourse." October 28 (1984): 125-33.

——"The Postcolonial Critics ? Homi Bhabha Interviewed by David Bennett and Terry Collits." Arena 96 (1991): 47-63

Chakrabarty, Dipesh. "*Postcoloniality and the Artifice of History: Who Speaks for 'Indian' Pasts?*" Representations 37 (1992): 1-26.

——"*Provincializing Europe: Postcoloniality and the Critique of History.*" Cultural Studies 6.3 (1992): 337-57.

Chatterjee, Partha. *Nationalist Thought and the Colonial World: a Derivative Discourse?* Minneapolis, MN: U of Minnesota P, 1993.

——*Nation and its Fragments: Colonial and Postcolonial Histories*. Princeton, NJ: Princeton UP, 1993.

Childs, Peter, and Patrick Williams, eds. Introduction to Post-Colonial Theory. New York: Prentice-Hall, 1997.

——*Post-Colonial Theory and English Literature: a Reader*. Edinburgh : Edinburgh University Press, 1999.

Chow Rey, *Woman and Chinese Modernity, The Politics of Reading between West and East*, Published by the University of Minnesota Press, 1991.

"*Between Colonizers: Hong Kong's Postcolonial Self-Writing in the 1990s.*" Diaspora 2.2 (1992):151-170.

——*Writing Diaspora: Tactics of Intervention in Contemporary Cultural*

Studies. Bloomington, IN: Indiana UP, 1993.

——*Primitive Passion: Visuality, Sexuality, Ethnography, and Contemporary Chinese Cinema* Columbia University Press, 2005.

——*Sentimental Fabulations, Contemporary Chinese Films*, Columbia University Press, 2007.

Clifford, James. "Review of Orientalism by Edward Said." History and Theory 12.2 (1980): 204-23.

——Writing Culture: the Poetics and Politics of Ethnography. Berkeley, CA: U of California P, 1986.

Arif Dirlik, *Chinese History and the Questions of Orientalism, The postcolonial Aura*, 1997 by Westview Press, A Division of HarperCollins Publishers, Inc. p.118.

"*Confucius in the Borderlands: Global Capitalism and the Reinvention of Confucianism.*" Boundary 2 22.4 (1995): 229-273.

——"*The Postcolonial Aura: Third World Criticism in the Age of Global Capitalism.*" Critical Inquiry 20 (1994): 331-50.

E.J.Eitel, *Europe in China*, first published by Kelly and Walsh, Limited, and Luzac and Company, 1895.

Elleke Boehmer, *Colonial and Postcolonial Literature*, Oxford University Press, First published 1995, Second edition published 2005.

Fanon, Frantz. *Black Skin, White Masks*. New York: Grove P, 1967.

——*Studies in Dying Colonialism*. New York: Grove P, 1965.

——*The Wretched of the Earth*. New York: Grove P, 1961.

Foucault, Michel. *The Order of Things*. London: Tavistock, 1970.

——*Power/Knowledge: Selected Interviews and Other Writings*, 1972-77. New York: Pantheon, 1980.

Frances Stonor Saunders, *The cultural cold war : the CIA and the world of arts and letters*, New York : New Press, 1999.

Frank Welsh: *A Borrowed Place, the history of Hong Kong*, Published in

1993 by Kodansha America, Inc. P446.

1 Julian F. Harrington to Dept. of State, Hong Kong, 9 June 1953, #2526, Subject: Draft Country Plan for USIS Hong Kong, 511. 46G/6-953, RG59, USNA.

Gandhi, Leela. *Postcolonial Theory: A Critical Introduction*. New York: Columbia UP, 1998.

Gates, Henry Louis. *Black Literature and Literary Theory*. New York: Methuen, 1984.

——"*Critical Fanonism*." Critical Inquiry 17 (1991): 457-70.

Gramsci, Antonio. *Prison Notebooks*. New York: Columbia UP, 1991.

Guha, Ranajit, and Gayatri Chakravorty Spivak. *Selected Subaltern Studies*. New York: Oxford UP, 1988.

Jameson, Fredric. *The Geopolitical Aesthetic: Cinema and Space in the World System*. Bloomington, IN: Indiana UP, 1992.

——"Third World Literature in the Era of Multinational Capitalism." Social Text 15 (1986): 65-88.

Jameson, Fredric, and Masao Miyoshi, eds. *The Cultures of Globalization*. Durham, NC: Duke UP, 1998.

Jan Mohammed, Abdul R. "*The Economy of Manichean Allegory: The Function of Racial Difference in Colonialist Literature.*" Critical Inquiry 12.1 (1985): 59-87.

——*Manichean Aesthetics: The Politics of Literature in Colonial Africa*. Amherst, MA: U of Massachusetts P, 1983.

Jan Mohammed, Abdul R., and D. Lloyd, eds. *The Nature and Context of Minority Discourse*. New York: Oxford UP, 1990.

John M. Mackenzie, *Orientalism：History, Theory and the Arts*, Published by Manchester University Press, 1995.

Moore-Gilbert, Bart. *Postcolonial Theory: Contexts*, Practices, Politics. London: Verso, 1997.

——"Which Way Post-Colonial Theory?: Current Problems and Future Prospects." History of European Ideas. 18.4 (1994): 553-70.

Nehru, Jawaharlal, *The Discovery of India*. New York, Doubleday Anchor. 1960.

Nkrumah, Kwame. *Neo-Colonialism: the Last Stage of Imperialism*. London: Nelson, 1965.

Prasenjit Duara, *Rescuing History from the Nation: Questioning Narratives of Modern China*, University of Chicago Press, 1995.

Ranajit Guha, On Some Aspects of the Historiography of Colonial India, Subaltern Studies 1, Writings on South Asian History and Society, Oxford University Press, 1982.

——*The Small Voice of History*", Subaltern Studies IX ,Delhi:Oxford University Press,1996,pp.1-12.

Richard Mason, *The World of Susie World*, Published by The World Publishing Company,1957.

Said, Edward. *Representations of the Intellectual*. New York: Vintage Books, 1996.

—— *The Pen and the Sword:Conversations with David Barsamian*, Monroe, ME: Common Courage Press,1994.

——*Culture and Imperialism*. New York: Vintage Books, 1994.

——*After the Last Sky: Paletinian Lives*, New York: Columbia University Press,1986.

——*The World, the Text, and the Critic*. London: Faber and Faber, 1984.

——*Covering Islam: How the Media and the Experts determine How We See the Rest of the World*, New York: Pantheon Books, 1981.

——*The Question of Palestine*, New York Times Books, 1979.

——*Orientalism*. New York: Pantheon Books, 1978.

——*Beginnings: Intention and Method*. New York: Basic Books, 1975.

Sartre, Jean-Paul. *Being and Nothingness: An Essay on Phenomenological*

Ontology. London: Methuen, 1957.

Spivak, Gayatri Chakravorty. *A Critique of Postcolonial Reason: Toward a History of the Vanishing Present*. Cambridge, MA: Harvard UP, 1999.

——In Other Worlds: Essays in Cultural Politics. New York: Methuen, 1987.

——Outside in the Teaching Machine. New York: Routledge, 1993.

——The Post-Colonial Critic: Interviews, Strategies, Dialogues. London: Routledge, 1990.

Spivak, Gayatri Chakravorty, Donna Landry, and Gerald M MacLean, eds. The Spivak Reader: Selected Works of Gayatri Chakravorty Spivak. New York: Routledge, 1996.

Young, Robert. Robert Young, *Postcolonialism: An Historical Introduction*, First published 2001, Blackwell Publishers Inc.

——White Mythologies: Writing History and the West. London: Routledge, 1990.

——*Colonial Desire: Hybridity in Theory, Culture and Race*. London: Routledge, 1995.

中文書目

《馬克思恩格斯選集》第 1 卷，人民文學出版社。

《馬克思恩格斯論殖民主義》，人民出版社 1962 年 7 月北京第 1 版。

馬克思《資本論》第 1 卷，郭大力、王亞明譯，人民出版社。

《馬克思恩格斯論印度》，季羨林、曹葆華原譯，易廷鎮補譯，人民文學出版社。

《列寧全集》，第 23 卷，人民出版社 1958 年版。

《魯迅全集》第 6 卷，人民文學出版社 1981 年版。

霍布森《帝國主義》，上海人民出版社 1960 年第 1 版。

薩米爾‧阿明《不平等的發展——論外圍資本主義的社會形態》

（1976），商務印書館 1990 年第 1 版。

薩米爾‧阿明《資本主義的危機》，社會科學文獻出版社 2003 年 2 月第 1 版。

弗蘭克《依附性積累與不發達》，譯林出版社 1999 年 12 月第 1 版。

弗蘭克《白銀資本——重視經濟全球化中的東方》，中央編譯出版社 2000 年 3 月第 1 版。

恩克魯瑪《新殖民主義：帝國主義的最後階段》（內部讀物），世界知識出版社 1966 年 2 月第 1 版。

《第三屆全非人民大會文件彙編》，世界知識出版社 1962 年第 1 版。

劉存寬主編《十九世紀的香港》，中華書局 1994 年 8 月第 1 版。

汪輝《當代中國的思想狀況與現代性問題》，《天涯》1997 年第 5 期。

張頤武《在邊緣處追尋——第三世界文化與當代中國文學》，時代文藝出版社 1993 年 5 月第 1 版。

張寬《邊緣思想》，南海出版公司 1999 年 10 月第 1 版。

張頤武《從現代性到後現代性》，廣西教育出版社 1997 年 11 月第 1 版。

劉禾《語際書寫－現代思想史寫作批判提綱》，1999 年 10 月第 1 版。

甘陽《古今中西之爭》，三聯書店（北京）2006 年 12 月北京第 1 版。

張頤武《在邊緣處追尋——第三世界文化與當代中國文學》，時代文藝出版社 1993 年 5 月第 1 版。

《葉維廉論文集》，安徽教育出版社 2002 年第 1 版。

周蕾《寫在家國以外‧》，牛津大學出版社 1995。

朱耀偉《當代西方批評論述中的中國圖像》，（台灣）駱駝出版社，民 85 年。

朱耀偉《本土神話：全球化年代的論述生產》，P122 頁，台灣學生書局 2002 年 5 月初版。

趙滋番《港九文藝戰鬥十五年》，《文學原理》，東大圖書公司 1988 年版。

王宏志《歷史的偶然——從香港看中國現代文學史》，牛津大學出版
　　社 1997。

羅永生編《文化想像與意識形態》，牛津大學出版社 1997。

陳麗芬《現代文學與文化想像：從台灣到香港》，台北書林出有限公
　　司，P1-38。

陳光興《去帝國：亞洲作為方法》，行人出版社 2006 年 10 月初版。

廖咸浩《愛與解構－當代台灣文學評論與文化觀察》，台北，聯合文
　　學，1995 年 10 月。

邱貴芬《後殖民及其外》，台灣麥田，2003 年版。

陳芳明《後殖民台灣》，台灣麥田 2007 年版。

尉天驄主編《鄉土文學論戰集》，台灣遠景出版事業公司，1978 年 4
　　月版。P93-99。

施敏輝編《台灣意識論戰選集》前衛出版社 1988 年 9 月台灣第 1 版。

陳映真《美國統治下的台灣》，人間出版社 1988 年 5 月第 1 版。

尉天驄《路，不是一個人走得出來的》聯經出版事業公司中華民國六
　　十五年五月初版。

史明《台灣人四百年史》，台灣蓬島文化出版公司，1980 年 9 月初版。

何欣《當代中國新文學大系・文學爭論集・導言》，台灣天視出版事
　　業有限公司。

後殖民理論與台灣文學

著◎趙稀方

出版者　人間出版社

發行人　呂正惠

社長　藍博洲

地址　台北市長泰街59巷7號

電話　02-2337-0566

郵撥帳號　11746473人間出版社

印刷　承印實業股份有限公司

電話　02-2641-8661

登記證　局版台業字第三六八五號

初版　2009年5月

定價　新台幣320元

國家圖書館出版品預行編目資料

後殖民理論與台灣文學 / 趙稀方作. -- 初版.
-- 臺北市：人間, 2009. 6
面；公分

ISBN 978-986-6777-11-0（平裝）

1. 臺灣文學　2. 後殖民主義

863.1　　　　　　　　　　　　98009952